Keola

IL FUOCO SEGRETO di ALTEA

Ai nostri figli,
le nostre tre fiamme.

www.battelloavapore.it

Impaginazione e redazione: Paola Gerevini

I Edizione 2012

Stampa: Mondadori Printing S.p.A. - Stabilimento NSM - Cles (Trento)

Isabel Harper

Gli Arconti Ombra

Illustrazioni di

Silvia Bigolin

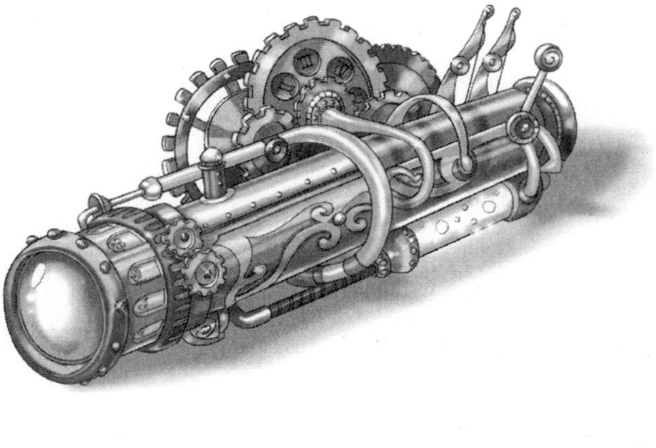

PIEMME

Possa la Fiamma illuminarti la via.

Prologo

Molti anni prima…

Quella notte la lampada a petrolio rimase accesa più a lungo del solito nella stanza di Midas Mentor, l'arconte traditore. Aveva poco tempo a disposizione e molte parole da scrivere, molti eventi dolorosi da ricordare, prima che fosse troppo tardi.

Quando ebbe terminato, chiuse il quaderno dalla copertina di cuoio e lo nascose sotto una lastra del pavimento.

Forse un giorno qualcuno avrebbe trovato quel diario. Solo allora, tutta la verità sulla storia di Altea sarebbe stata finalmente svelata e lui avrebbe riavuto il suo onore. Forse.

Il vecchio tornò allo scrittoio e posò il suo sguardo su uno scrigno di legno prezioso, ornato da una doppia spirale d'argento e da quattro minacciosi artigli di bronzo.

Era giunto il momento.

L'arconte traditore afferrò il cofanetto e il più affilato dei quattro artigli lo punse. Una goccia di sangue vermiglio colò sul coperchio, ma lui non se ne curò. Il vecchio sollevò il coperchio e prese un oggetto cilindrico, simile a un cannocchiale d'ottone con un complicato meccanismo di ghiere e ingranaggi luccicanti.

«I tecnomaghi hanno lavorato bene» si disse. «Ora tocca a me.»

Con mani tremanti si mise il cannocchiale davanti agli occhi e girò le tre ghiere, componendo una sequenza di lettere e cifre che lui solo conosceva. Infine fece scattare una leva.

Dal cilindro iniziò a formarsi del vapore. Esili lingue di fumo uscirono dai meccanismi scintillanti, fluttuando come serpenti e infilandosi nelle sue pupille. Midas gridò, ma resistette. Sentì freddi artigli frugargli il cervello, afferrare i suoi ricordi e strapparglieli a forza. E insieme ai ricordi, quegli artigli si portarono via i suoi segreti. Era quello che voleva: cancellarli e nasconderli per sempre.

Quando le lingue di fumo si furono dissolte, il vecchio si accasciò sulla sedia, fissando con occhi vuoti il cilindro di ottone. Stremato, lo depose nello scrigno. Come ebbe richiuso il coperchio, la porta della cella si aprì e un carceriere si fece avanti. Prese lo scrigno dalle mani del vecchio e si diresse verso la porta.

Prima di uscire, si girò un'ultima volta verso l'arconte. – Farò come mi avete comandato.

Midas Mentor alzò lo sguardo e lo fissò, senza capire.

1
L'attacco del gabbiano di rame

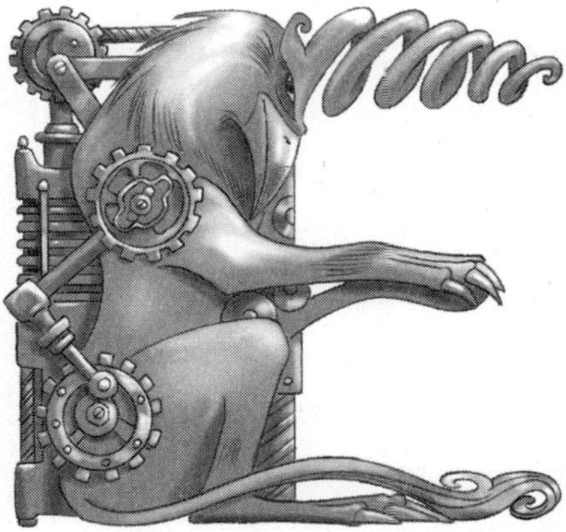

Era una tiepida mattina d'inizio estate, ma il sole stentava a farsi largo tra la foschia densa che stagnava sulla città e sul porto di Altea. Dai camini e dalle alte ciminiere in mattoni rossi si levavano grandi sbuffi di fumo grigio. La città si stava svegliando e con essa le sue fabbriche, vanto degli operosi cittadini e soprattutto del loro arconte, Victor Vimperion, che ne possedeva più della metà.

Uno dei primi abitanti di Altea a uscire di casa quella mattina era stato Ailan, un ragazzo dalla pelle scura e dai capelli corvini, che si avviava a passo svelto verso il centro, con lo stomaco che gorgogliava per la fame e un bizzarro animale appollaiato sulla spalla. Era una creatura delle dimensioni di un felino con una lunga coda arrotolata sopra il dorso come una rotella di liquirizia. La sua morbida pelliccia rifletteva il colore indistinto del cielo e le sue lunghe antenne retrattili vibravano, vigili.

Ailan alzò gli occhi, incredibilmente chiari sul volto ambrato, e lanciò uno sguardo sconsolato al cielo grigio. Appoggiò a terra per un istante l'involto ingombrante che portava sottobraccio e prese fiato. L'involto conteneva un dipinto, che odorava ancora di olio di lino, avvolto con cura in un foglio di carta da pacco e legato con due giri di spago. Con un sospiro, Ailan riprese il cammino. Superò le case dei pescatori, scolorite dal tempo e addossate l'una all'altra come cozze su uno scoglio, quindi si incamminò lungo i moli, tra uomini indaffarati a scaricare casse di pesce e merci di ogni tipo. Lui non notò nulla di tutto questo: la sua mente era altrove, in un mondo fantastico, dove il cielo era azzurro, l'acqua del mare blu e dove, al posto di case e ciminiere, c'erano alberi verdi e animali selvaggi…

Perso nei suoi pensieri, il ragazzo inciampò in un cumulo di cime arrotolate e reti da pesca, tirandosi dietro le imprecazioni di marinai e pescatori. L'animale sulla sua spalla balzò via con uno strillo di protesta, ricadendo agile sulle zampe, poi, con un altro balzo, riguadagnò la sua posizione sulla spalla di Ailan. Subito dopo, però, iniziò a guardarsi attorno inquieto, le sue antenne fremettero, si allungarono di un palmo e rimasero immobili, puntando verso il cielo.

– Che c'è, Zill? Cosa hai visto? – chiese Ailan, guardando in alto.

Un attimo dopo, dalle nuvole scure sbucò una sagoma che si avvicinava rapidamente. Si sarebbe detto un gabbiano, non fosse stato per le lunghe ali ramate e gli sbuffi di vapore che uscivano dal becco. Ma, qualunque cosa fosse, non c'era dubbio: stava scendendo in picchiata su di lui. Ed era enorme.

– Ma che roba è? – strillò il ragazzo, cercando istintivamente un riparo, senza trovarlo.

L'uccellaccio era sempre più vicino. Ailan sentì lo sbattere metallico delle ali a un palmo sopra di lui e udì il fischio assordante uscire dal becco spalancato. Si gettò a terra e si coprì la testa con il braccio, preparandosi all'impatto, ma, all'ultimo istante, l'uccellaccio cabrò e riprese quota. Solo allora, Ailan vide che teneva tra le zampe una grande conchiglia a due valve, dalla quale spuntava una specie di grossa medusa azzurrina che cambiava forma in continuazione. Per un attimo gli parve perfino di riconoscere il proprio volto, impresso in rilievo su quella strana massa gelatinosa.

Ailan si rialzò e si spazzolò con la mano i vecchi calzoni di fustagno che gli lasciavano scoperti i calzini spaiati. – Accidenti, Zill! Perché non mi hai avvertito? – disse all'animale appollaiato sulla sua spalla. – Per poco non rovinavo il quadro. Sai che devo venderlo! –. Nella mente di Ailan si formò l'immagine di un barile di pesce. – Ho capito, eri distratta. Pensi sempre a mangiare.

Ailan riprese a camminare nervosamente per le vie del

porto. Il gabbiano a vapore era alto nel cielo, e non si capiva che intenzioni avesse.

Il ragazzo allungò il passo, continuando a voltarsi per controllare le mosse dell'uccellaccio. Non si accorse che un uomo stava avanzando verso di lui nella direzione opposta, andò a sbattergli contro e finì a terra. L'uomo tese una mano fredda e umidiccia e aiutò il ragazzo a rialzarsi.

Mentre si rimetteva in piedi, Ailan lo osservò. Quell'uomo non era un passante qualunque: portava il doppiopetto di panno blu scuro a coda di rondine degli alti funzionari di Altea, con tre coppie di bottoni dorati, una spilla a forma di fiamma appuntata sul risvolto della giacca e un lungo cappello a cilindro. Il volto, dal naso aquilino e dal mento sporgente, era incorniciato da due folte basette rossicce che gli scendevano fin quasi agli angoli della bocca. Ailan si affrettò a scusarsi, ma il giovane funzionario non degnò il ragazzo di uno sguardo. Pareva molto più interessato a Zill.

– Cosa vedo? – disse l'uomo. – Un rarissimo esemplare di mimure femmina, della famiglia degli psicoguari. Dove l'hai preso, ragazzo?

– È mio. Ce l'ho da quando sono nato – rispose Ailan, lievemente infastidito dal tono dolciastro del giovane funzionario.

– Che esemplare magnifico. Forse il più bell'esemplare di mimure mai vissuto ad Altea.

– Non ci sono altri animali come Zill qui ad Altea.

– Al giorno d'oggi non ce ne sono, – precisò l'uomo – ma una volta ce n'erano. Non molti, ma ce n'erano. Vivevano nei boschi di Altea, prima che il Grande Incendio distruggesse la città vecchia, tanti anni fa. Ma il tuo – aggiunse lanciando un'occhiata rapace all'animale – è proprio un esemplare superbo. Neanche nel cuore di Keola se ne potrebbe trovare uno così. Sei un ragazzo fortunato. Ma dimmi, è vero quello che si dice? Sa davvero comunicare con la tua mente?

– Certo, mi trasmette delle immagini – rispose Ailan corrugando la fronte.

Quell'uomo non gli piaceva: i suoi sorrisi e il suo tono di voce gli sembravano falsi. Anche Zill aveva iniziato a emettere un brontolio sordo che passava dalla gola alla pancia e aveva scoperto due paia di canini affilatissimi. Il suo pelo era diventato di un blu elettrico.

Il giovane funzionario non staccava gli occhi dal mimure. – Certo, non deve essere facile per te possedere una bestiola come questa.

– Non mi dà nessun problema – rispose secco Ailan.

– Suvvia, ragazzo, conosco questi animali e so che hanno bisogno di una dieta molto particolare. Acqua dolce di Keola, tanto per cominciare. Un articolo molto costoso qui ad Altea.

Ailan ripensò a quel giorno quando, sprovvisto dell'acqua pura proveniente dalla lontana isola di Keola, aveva dato a Zill l'acqua comune di Altea. Zill si era ammalata ed era arrivata a un passo dalla morte per intossicazione.

– La cosa non la riguarda – rispose con voce incerta.

– No? Io invece dico che potrebbe riguardarmi. A giudicare dagli stracci che indossi, la tua famiglia non sembra ricca. Non vorrei che, per procurarti l'acqua di Keola, tu fossi costretto a rubare. Sai cos'è questo? – aggiunse, indicando il distintivo a forma di fiamma appuntato al risvolto del doppiopetto.

– È il distintivo dei feriflammi – rispose piano Ailan.

Gli occhi grigi del funzionario si fecero sottili come lame. – Dunque sai anche qual è il compito dei feriflammi.

Ailan non rispose.

– Cos'hai sottobraccio? – continuò il funzionario.

– Un quadro che ha dipinto mio padre. Devo venderlo per comprare l'acqua di Keola.

– Davvero? E quanto speri di guadagnare?

Ailan esitò. – Cinquanta fiorini... se sarò bravo a trattare.

Il funzionario rise.

– Cinquanta fiorini finiscono in fretta, se li spendi per comprare l'acqua di Keola. Quanto ci mette tuo padre a dipingere un quadro come questo? E poi come mai non lavora come ritrattista del nostro glorioso arconte Vimperion? L'offerta è stata fatta a ogni pittore della città, e tutti hanno accettato. O, almeno, così credevo –. Il funzionario s'interruppe e iniziò a fissare il ragazzo con uno strano sguardo indagatore, come se studiasse un potenziale sovversivo. – Dove abiti?

Ailan, senza parlare, fece un gesto vago verso la città davanti a lui.

– Che strano, – proseguì il funzionario – avrei scommesso che la tua casa si trovasse nella direzione opposta.

Ailan tenne gli occhi bassi e strascicò i piedi, senza rispondere.

– Non mi dirai che abiti nel quartiere degli indesiderabili.

– Oh, no, signore! – si affrettò a rispondere Ailan. – Vivo con mio padre, in un capanno lungo la costa, a due miglia da qui.

Il funzionario lo fissò con un sorrisetto divertito, che non riuscì a nascondere il suo disprezzo.

– Senti, ragazzo: nessuno meglio di me sa quanto sia costoso prendersi cura di un animale come il tuo. Posso immaginare quanti sacrifici dobbiate fare, tu e tuo padre, per nutrirlo. Io posso aiutarvi, sai?

– Davvero? – chiese Ailan sospettoso. – E come?

– Posso portare il tuo mimure in un posto dove sarebbe trattato come il barboncino di una contessa. Avrebbe acqua di Keola in abbondanza, il suo cibo preferito e tutte le cure di cui ha bisogno.

– Ma... noi non possiamo pagare.

Il funzionario rise di nuovo. – Ma voi non dovrete pagare nulla, al contrario! Vi metterete in tasca una bella sommetta! Si tratta...

– Di vendere Zill? – lo interruppe Ailan. – No, grazie.

– Non vuoi sapere quanto sarebbe disposto a pagare il mio cliente?

Il ragazzo scosse la testa.

– Ottocentomila fiorini.

Ailan trasalì.

– Con quei soldi tuo padre si compra una casa vera, e gliene avanzano per farti studiare da scienziato o da banchiere.

Ailan fece un passo in direzione della città. – Mi scusi, ora devo proprio andare.

– Suvvia, ragazzo, non puoi rifiutare un'offerta del genere! Dimmelo tu, allora: quanto vuoi per il tuo mimure? Ti prometto che se la passerà meglio che mai. Guarda, io e lui abbiamo già fatto amicizia.

L'uomo tese la mano per accarezzare l'animale, ma Zill l'azzannò, poi, veloce come una freccia, saltò su un peschereccio ormeggiato lì accanto, arrotolò l'estremità della sua lunga coda all'albero dell'imbarcazione e con due rapidi giri su se stessa prese lo slancio necessario per catapultarsi in mezzo alla fitta foresta di barche alla fonda. Un istante dopo era sparita.

– Non credo che abbiate fatto amicizia – commentò Ailan.

Il giovane funzionario trasse di tasca un fazzoletto e si fasciò alla meglio la mano sanguinante. Il suo sguardo si era fatto cattivo. – Ricorda, ragazzo: se ti pesco anche solo una volta a combinare qualcosa che non mi piace, mi prendo il tuo mimure e ti faccio rinchiudere in un posto dove non potrai vedere tuo padre per un bel pezzo.

E si allontanò biascicando parole incomprensibili.

Ailan, rimasto solo, si sedette su una bitta del molo ad aspettare. Zill non avrebbe tardato molto.

2
Cappelli a cilindro e velocipedi a vapore

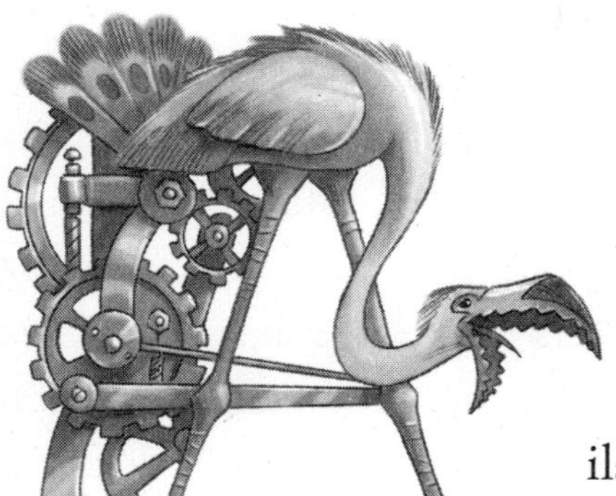

ilan osservava i pescherecci dondolare sulle acque scure e oleose del porto.

«Quel tizio doveva essere uno importante. Chissà perché era tanto interessato a Zill?» Tirò un sassolino in acqua. «Bah! Comunque, era viscido come un'anguilla.»

Ailan non sapeva di essersi imbattuto in Kaspar Kayman, segretario personale di Victor Vimperion e capo dei feriflammi, la polizia segreta di Altea. Un giovane ambizioso, disposto a tutto pur di compiacere il suo padrone e ottenere in cambio ogni sorta di vantaggi personali.

Ailan interruppe i suoi pensieri quando si accorse che Zill era ricomparsa sulla cima dell'albero di uno sloop. Il mimure si tuffò di sotto, attorcigliò la sua lunga coda al boma dell'imbarcazione, fece due giri su se stesso e con uno slancio si catapultò sulla spalla di Ailan.

– Allora, Zill, che ne pensi?

Nella mente di Ailan si formò l'immagine del funzionario, con un ghigno malvagio dipinto sul volto verdastro, avvolto da un alone fiammeggiante color ghiaccio.

– Quel tipo non ti piace, vero? Be', nemmeno a me. Meglio stargli alla larga.

Ailan teneva il quadro di suo padre posato per terra di taglio e vi si appoggiava a braccia conserte, col mento adagiato sul polso della mano destra. Il suo sguardo era rivolto alla città, ai suoi edifici di mattoni anneriti dalla fuliggine, ai pennacchi delle ciminiere lontane, che tessevano la loro coltre nera sopra tetti e comignoli.

– Sai certe volte a cosa penso? Che ci dev'essere un altro modo per avere tutto questo progresso. Senza tutto questo grigio. Anche gli abitanti di Altea stanno diventando grigi...

Zill, però, anziché ascoltare, volse la testa all'indietro e iniziò a soffiare. Nella mente di Ailan si formò l'immagine dell'uccellaccio meccanico che ancora una volta si tuffava verso di lui.

– Oh, no, rieccolo! Zill, tienilo lontano! –. Ailan balzò in piedi, afferrò il quadro e si mise a correre lungo la via principale che dal porto conduceva al centro della città. Poco più in là due individui in divisa stavano percorrendo la stessa via in senso opposto in precario equilibrio sui loro velocipedi a vapore.

Erano Sberling e Coppins, onorati membri del corpo dei velocipedanti, le guardie civiche di Altea. I due erano fieri delle loro divise d'ordinanza: lucidi cappelli a mezza tuba e giacche di panno scuro dalle lunghe code e dai bottoni dorati. Erano ancora più fieri dei loro veicoli: la ruota anteriore altissima e quella posteriore grande come un piattino da caffè, le luccicanti rifiniture d'ottone, la fiamma di smalto rosso che scintillava sopra la lanterna anteriore, la caldaia di rame, il fumaiolo luccicante e lo stantuffo che permetteva loro di muoversi senza bisogno di pedalare. Ma la cosa che li inorgogliva di più era senza dubbio la sirena. Per farla fischiare, bastava tirare la catenella appesa al manubrio. Un fischio e tutti si facevano da parte: carretti, biciclette, cavalli, pedoni e persino qualche rara automobile a vapore.

Sberling e Coppins procedevano fianco a fianco, diretti al porto per la ronda mattutina. E, come sempre, bisticciavano.

Il velocipede di Coppins, un tipo magro e allampanato, si lamentava con un fastidioso cigolio a due toni per il peso del suo proprietario.

– Maledizione, Coppins! – esclamò il più grasso dei due, mollando un ceffone sulla nuca al compagno. – Questo cigolio mi fa venire il mal di pancia! Quando ti deciderai a far riparare quel tuo dannato velocipede?

– Quando tu smetterai di brontolare come una vecchia

inacidita! – protestò Coppins, barcollando pericolosamente. – Se proprio vuoi saperlo, ieri ho portato la mia Bessie da mastro Cingoli, che l'ha smontata e ripulita fino all'ultimo ingranaggio.

– Eppure il tuo velocipede non vuole proprio stare zitto.

– La vecchia Bessie ha un'anima canterina. E tu, caro Sberling, mi farai il piacere di sopportarla.

I due erano così impegnati a bisticciare che non videro il ragazzino col quadro sottobraccio che, con la testa voltata all'indietro, correva a perdifiato nella loro direzione. Quando se ne accorsero, era troppo tardi.

– Attento, Sberling! – gridò Coppins, curvando improvvisamente a sinistra, verso le botteghe del porto.

– Attento, Coppins! – gridò Sberling, sbandando bruscamente a destra, in direzione del molo.

Il velocipede di Sberling, lasciando dietro di sé una scia di sbuffi di vapore, s'infilò nella porta della trattoria Le Tre Braci e terminò la sua corsa con un gran fragore di pentole e piatti rotti. Il velocipede di Coppins imboccò una piccola rampa per lo scarico delle merci, si staccò da terra, sorvolò un gruppo di ragazze addette alla salatura delle aringhe e scomparve dentro la stiva di un peschereccio, sollevando spruzzi di pesciolini d'argento.

Subito dopo, Sberling comparve sulla soglia della trattoria con uno scolapasta al posto del cappello d'ordinanza e una folta capigliatura di tagliolini al sugo di gamberi. Coppins invece emerse dalla stiva del peschereccio, davanti alle ragazze che lo guardavano terrorizzate, pronte a difendersi con i loro arpioni.

– Cos'è successo? – gridò Sberling, raggiungendo il compare.

– Quel ragazzo – disse Coppins con voce tremante, mentre indicava Ailan che fuggiva in fondo alla via.

Per tutta risposta, Sberling tirò un ceffone sulla nuca del suo compagno, facendolo sobbalzare. – Non startene lì così, Coppins! Acciuffiamo quel piccolo insolente!

3
Il siero degli arconti

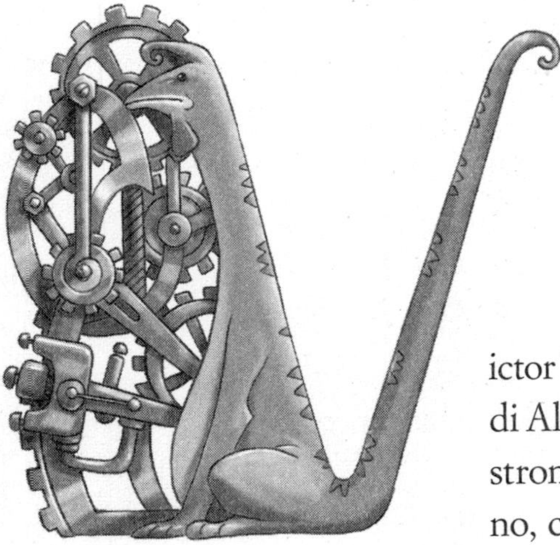

Victor Vimperion, arconte unico di Altea, affacciato all'alto finestrone del Palazzo del Governo, contemplava in silenzio le bianche scogliere a strapiombo sul mare. Di solito amava osservare i flutti ruggire e frangersi in nuvole di spuma ma, in quel momento, nella sua testa si agitavano altri pensieri.

L'arconte si girò di scatto e si avvicinò a un mobile di legno massiccio, con le ante decorate da elaborati intarsi in avorio e madreperla. Infilò una piccola chiave di bronzo nella serratura, aprì il mobile e ne esaminò il contenuto, trattenendo a stento un moto di rabbia. Del siero degli arconti non era rimasta che una fiala. L'ultima.

Quel siero era un segreto custodito gelosamente dagli

arconti, tramandato di maestro in discepolo lungo i secoli, fin dai tempi della fondazione di Altea. Era stato creato allo scopo di allungare la vita degli arconti, per permettere loro di servire il proprio popolo in salute e giovinezza. Purtroppo, una volta preso il siero, la sua somministrazione non poteva essere interrotta di colpo: occorreva diminuire la dose progressivamente, anno dopo anno. In questo modo il siero avrebbe a poco a poco esaurito i suoi effetti e l'invecchiamento sarebbe ripreso, lentamente e dolcemente, fino al termine naturale della vita.

Anche Vimperion aveva bevuto il siero degli arconti. Una volta all'anno, per molti anni. Esattamente lo stesso giorno e alla stessa ora.

Non aveva mai diminuito la dose, però.

E ora…

Vimperion afferrò quella piccola ampolla di cristallo e ne bevve il contenuto d'un fiato. Poi allentò la presa e l'ampolla scivolò a terra, rompendosi in mille schegge sul pavimento di marmo. Entro un anno esatto, Vimperion avrebbe dovuto bere una nuova dose di siero. Altrimenti sarebbe avvizzito in pochi giorni, fino a morire di una morte orribile.

Lo sapeva, l'aveva visto accadere sotto i suoi occhi. E, ora che anche l'ultima dose era stata consumata, l'unica possibilità di sfuggire a quell'atroce destino era preparare del nuovo siero.

Certo, Vimperion conosceva la formula per prepararlo e possedeva anche gli ingredienti. Perfino la rarissima radice di Obluvia, che cresceva soltanto sull'isola di Leto, in un luogo noto solo agli arconti.

Aveva tutto ciò che gli serviva, tranne una cosa: la Fiamma di Altea.

Il preparato andava portato a ebollizione con la Fiamma di Altea e solo con essa, altrimenti l'infuso sarebbe stato privo di efficacia.

L'arconte sentì montare un'ira incontenibile. Tanta fatica per arrivare dove era arrivato, per niente. Potere, denaro e successo non gli sarebbero serviti a evitare la morte. Con un gesto violento spazzò via flaconi e boccette di cristallo dal piano della scrivania, che finirono a terra mescolandosi ai frammenti di vetro dell'ampolla.

In quel momento, tre colpi alla porta interruppero quell'accesso di rabbia. L'arconte si arrestò all'istante e tentò di ricomporsi. Nessuno doveva sapere che aveva appena preso l'ultima dose di siero. Nessuno doveva conoscere la sua debolezza.

– Che c'è? – tuonò, affrettandosi a richiudere il mobile.

La porta si aprì ed entrò Kaspar Kayman, funzionario di Vimperion e capo della polizia segreta di Altea.

– Kayman! Dimmi che sei sulle tracce della Fiamma.

Il funzionario non rispose.

Una rabbia sorda travolse Vimperion. Afferrò il giovane alla gola e lo inchiodò alla parete con una sola mano. – Ti ho dato tutti i mezzi che hai chiesto. Che cosa aspetti a compiere la tua missione?

– Abbiamo cercato in ogni angolo, mio arconte – rispose Kayman con voce strozzata. – Non ci sono tracce che conducono alla Fiamma.

Vimperion strinse più forte. – La mia pazienza è finita.

Kayman si sentì perduto: la stretta dell'arconte lo avrebbe soffocato in pochi istanti. Doveva pensare in fretta a qualcosa. Si ricordò dell'incontro col ragazzino e dello strano animale appollaiato sulla sua spalla, e gli venne un'idea. – Mio arconte – boccheggiò. – C'è una creatura che può aiutarci.

L'arconte lasciò di scatto la gola del funzionario, che si accasciò a terra rantolando e boccheggiando. – Ti ascolto – disse.

– Un mimure di Keola – rispose Kayman massaggiandosi il collo – è stato visto ad Altea.

– Ho già tante creature nel mio serraglio. Non mi servono altri animali.

– Il mimure è speciale. Stabilisce un legame empatico col proprio padrone. E questo, unito alla sua straordinaria capacità di trovare oggetti, ci può aiutare.

– Spiegati meglio.

– Se il mimure riconoscesse voi come padrone, – continuò Kayman – farebbe di tutto per trovare ciò che vi sta più a cuore.

– La Fiamma di Altea.

– Sì, mio arconte. Il mimure ci aiuterà a trovare la Fiamma di Altea.

«Un mimure di Keola...» ripeté Vimperion tra sé. Che sciocchezza. Non credeva per niente alle ciance di Kayman, ma non poteva permettersi di trascurare nessuna possibilità, per quanto insensata potesse sembrare.

– D'accordo, Kayman. Trova questo mimure. E attento a non fallire.

– Non vi deluderò, mio arconte – rispose Kayman rialzandosi. Il funzionario fece un lieve inchino e si congedò, senza aggiungere altro.

Rimasto solo, Vimperion uscì sulla lunga balconata e raggiunse un ampio terrazzo, sospeso sulla Scogliera del Maestrale. Da quel punto si poteva scorgere lo scorcio di uno sterminato arcipelago, una lunga fila di isole e isolette che si stendeva sul mare fino a perdersi all'orizzonte.

Vimperion dubitava che Kayman riuscisse a ritrovare la Fiamma di Altea entro un anno e in ogni caso non poteva affidarsi totalmente a lui. Aveva bisogno di un piano di riserva.

Passò mentalmente in rassegna tutte le proprie immense risorse: industrie, miniere, laboratori di ricerca… Forse c'era qualcuno che poteva fornirgli l'alternativa che cercava.

L'arconte scese una scalinata di pietra, che lo condusse al cortile lastricato di marmo rosa della sua sfarzosa residenza. Qui il suo autista, con le mani avvolte in guanti di cuoio, stava introducendo una palata di carbone nella caldaia di una lussuosa vettura a vapore. Come si accorse dell'arrivo di Vimperion, scattò sull'attenti.

– Mio arconte! – esclamò l'autista, affrettandosi ad aprire lo sportello della vettura.

Vimperion salì e si accomodò sul divanetto di velluto rosso. – Al laboratorio.

– Subito, mio arconte.

La vettura varcò l'uscita e percorse il Viale della Gloria, ornato da una lunga fila di statue di antichi arconti. Passando, Vimperion diede una rapida occhiata a tre statue i cui volti erano coperti da un velo di stucco nero. I nomi, scolpiti alla base, erano stati cancellati a colpi di scalpello. Erano gli arconti traditori e il loro nome non doveva essere pronunciato né ricordato.

Raggiunta la piazza principale di Altea, la vettura superò la gigantesca statua bronzea che ritraeva Vimperion come padre della patria e salvatore della città. La statua reggeva solennemente nel palmo della mano destra una grande lanterna di cristallo rosso, simbolo della perduta Fiamma di Altea.

La vettura attraversò le vie di Altea seminando nuvolette di vapore nel cielo annerito dallo smog, diretta verso la zona industriale della città. Giunta davanti a un portone di legno nero che si apriva sul lato di un massiccio edificio di mattoni rossi, la vettura si arrestò.

Il conducente scese e si affrettò ad aprire lo sportello del passeggero, accompagnando il gesto con un inchino. – Come avete ordinato, mio arconte.

Vimperion entrò nell'edificio. – Chiama Camile – disse al portiere.

Il poveretto fece un salto per la sorpresa e schizzò come una freccia per il corridoio.

Vimperion, senza attendere, si diresse a passo spedito verso il laboratorio. Quando spinse la maniglia di ottone a forma di volante e varcò la porta a vetri, ad attenderlo c'era una donna in camice bianco, con una lunga treccia brizzolata che le scendeva sulla spalla. Dietro di lei, alcuni assistenti, anch'essi in camice bianco, si muovevano silenziosi, affaccendati dietro apparecchiature lucenti e gorgoglianti, con file di oblò, manometri e tubi di rame.

A Vimperion piaceva entrare in quel laboratorio bianco e immacolato, pieno di macchinari sfavillanti, specie dopo aver attraversato le vie della città avvolte dai rumori e annerite dal fumo. – Camile, – disse alla donna – come procedono gli esperimenti?

– Le spie volanti saranno pronte in tre giorni.

– Bene. Ma ora ho bisogno di un'altra cosa.

– Di che si tratta?

– La Fiamma di Altea.

– Volete che le spie volanti individuino la Fiamma di Altea?

– No, a questo stanno già pensando i miei uomini. Sto parlando di ricrearla in laboratorio.

– Che cosa? Ma...

– Ti servirà tutta la tua scienza e tutta la tua magia. E molti mezzi. Ma non è un problema. Ti fornirò un accesso illimitato a tutte le mie risorse.

– Mio arconte, voi mi chiedete una cosa impossibile.

– Impossibile? Proprio tu, la più grande dei tecnomaghi, usi la parola "impossibile"? Che cos'è la Fiamma se non una fonte di energia? Solo luce e calore, nient'altro. Un fenomeno fisico. Niente di soprannaturale né tantomeno di divino. La Fiamma non è un dono degli Dei: queste sono tutte frottole per gli ingenui.

– Se è quello che credete, mio arconte... Io non mi sento di esprimere giudizi sulla natura della Fiamma, non prima di averla studiata. E ogni bravo tecnomago sa che ci sono aspetti della realtà che vanno ben oltre la scienza.

– Non sono qui per discutere con te di scienza né della natura della Fiamma. Sono qui per darti un ordine.

– L'avevo capito, mio signore. Per prima cosa dovremo trovare un nuovo tipo di combustibile. Quelli che conosciamo non sono adatti allo scopo. Poi avremo bisogno di un impianto che possa generare una simile energia in sicurezza. Inoltre, occorrerà valutare tutti gli impatti derivanti dal suo impiego. Potrebbero esserci aspetti che al momento non siamo in grado di prevedere.

Vimperion fece un rapido calcolo mentale. Aveva dodici mesi di tempo, ma non poteva permettersi di sprecare neanche un giorno. Se la Fiamma di Altea non fosse stata ritrovata, l'unica speranza era ricrearla nei suoi laboratori segreti, ma se l'energia prodotta dalla Nuova Fiamma si fosse rivelata imperfetta, o insufficiente, lui voleva avere il tempo per fare altre ricerche e altri tentativi. – Ti do sei mesi, non un giorno di più – disse.

Camile trasalì. – Cosa? Ma è una follia! Per una cosa simile occorrono anni! In così poco tempo non posso garantire...

– Io ho garantito molte cose, Camile. La tua salvezza e la tua sicurezza, prima di tutto.

– In cambio dei miei servigi.

– E non sei grata al tuo arconte per questo? Purtroppo ad Altea i tecnomaghi non sono capiti: la gente vi teme e il timore si trasforma facilmente in odio. Io sono riuscito a salvarti e a mantenere segreta la tua identità. Agli occhi di tutti, tu sei una dipendente delle mie industrie, ma le tue figlie? Che succederebbe se si venisse a sapere che sono le figlie di un tecnomago? La pasticceria di tua madre non può offrire nessuna protezione alle ragazze. Basta il gesto di un folle per far accadere il peggio.

«Il gesto di un folle.» Camile ripensò a quella terribile notte in cui la gente di Altea era impazzita e aveva iniziato a dare la caccia ai tecnomaghi, casa per casa. Solo grazie ai feriflammi di Vimperion era riuscita a salvarsi. E mentre i feriflammi facevano sparire in gran fretta l'attrezzatura di Camile, suo marito era tra la folla impazzita. Era rimasto ucciso nei disordini.

Camile conosceva bene la minaccia nascosta dietro le parole dell'arconte. Da quanto tempo Vimperion la teneva in pugno? Era stato un errore accettare la sua protezione. Ora era in trappola e non sapeva come uscirne.

– Fatele venire qui – esclamò Camile. – Qui con me le mie figlie saranno al sicuro.

– Scoprirebbero che la loro madre è un tecnomago. Sei sicura di volere questo?

– La sicurezza delle mie figlie è più importante. Vi prego, fatele venire qui.

– Sai bene che non è permesso.

– Ma voi siete l'arconte.

Vimperion tacque, fingendo di esaminare i macchinari del laboratorio. Osservò distrattamente le lancette di alcuni strumenti. Fece scorrere la mano su una pulsantiera e si voltò di scatto verso la scienziata. – Consegnami la Nuova Fiamma, Camile, e io in cambio infrangerò le regole e lascerò che tu e le tue figlie abitiate nel Palazzo del Governo.

La scienziata trattenne un moto di sconforto. Ogni replica sarebbe stata inutile. C'era un solo modo per portare Marill e Maika al sicuro: consegnare a Vimperion la Nuova Fiamma il prima possibile. Sospirò. – Come desiderate, mio arconte.

Kaspar Kayman percorreva a grandi passi il lungo corridoio di Forte Akros, sede della polizia segreta di Altea, sul quale si apriva una lunga fila di vetrate a ogiva.

La storia dei poteri del mimure era un'invenzione bella e buona, ma era servita a guadagnare tempo. Ora doveva impadronirsi del mimure al più presto e poi sperare di ritrovare in qualche modo la Fiamma di Altea mentre l'arconte era intento a trastullarsi con l'animaletto. Non era un gran piano, ma sempre meglio di niente.

Mentre era assorto in quei pensieri, Kayman giunse davanti a una massiccia porta di quercia a due battenti. Li spinse ed entrò in una stanza interamente occupata da schedari. Erano gli archivi che contenevano tutte le informazioni raccolte dai feriflammi su ogni singolo abitante di Altea.

«Vediamo» disse Kayman tra sé mentre si sforzava di riportare alla mente l'incontro col ragazzino e il suo mimure. «Abita col padre in un capanno lungo la costa, abbastanza distante dal porto. Padre pittore. Ma non uno dei ritrattisti ufficiali dell'arconte.» Aprì uno schedario con l'etichetta "pittori di Altea" e scorse velocemente le schede, fino a fermarsi su una di esse. «*Amedeo Pintor. Pittore non inquadrato. Fascicolo 211126.* Ti ho trovato, ragazzino.»

Gli occhi di Kayman ebbero un guizzo malvagio. Adorava la sensazione di gioia perversa che provava ogni volta che scavava nella vita privata di qualcuno. Soprattutto se le sue ricerche gli fornivano un pretesto per sconvolgerla.

4
Ailan Pintor, soggetto idoneo

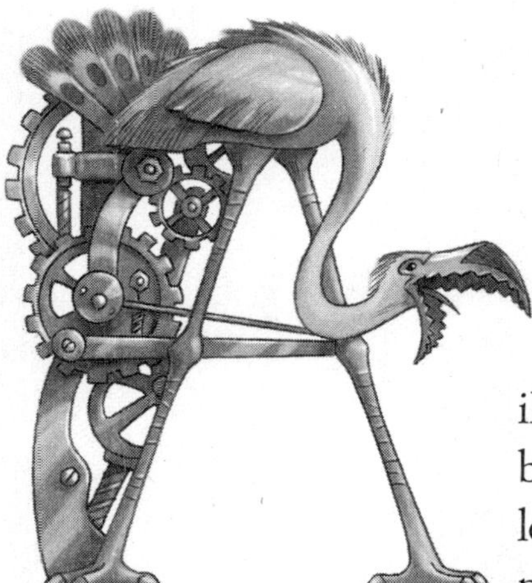

Ailan avanzava lungo il viale alberato, tenendo il quadro sollevato quel tanto che bastava per non fargli sfiorare le pietre del selciato. Ogni tanto si voltava indietro, scrutando il cielo, ma l'uccellaccio pareva aver rinunciato a seguirlo.

Sollevando lo sguardo, Ailan incontrò gli occhi azzurri di Vimperion, l'arconte unico di Altea, che lo fissavano da uno dei suoi ritratti. Aveva un'espressione che si sforzava, senza riuscirci del tutto, di apparire bonaria.

Ailan non amava quei ritratti, diffusi ovunque in città. Gli davano i brividi, anche se non sapeva spiegarsi il perché.

Fu allora che l'uccellaccio meccanico gli ricomparve davanti all'improvviso.

– Ancora tu? Si può sapere che cavolo vuoi da me? – strillò Ailan, riprendendo a correre.

Ma l'uccellaccio non mollava. L'unica speranza era infilarsi da qualche parte.

Ailan si ritrovò davanti a un negozio di stufe. Il vetro della porta rifletté l'immagine di un ragazzo scarmigliato, i capelli arruffati e il viso stravolto per la lunga corsa.

Ailan provò a girare la maniglia, ma la porta non si aprì. Corse avanti e provò ad aprire quella di un negozio di sedie, senza successo.

– Zill, tieni lontano quella bestiaccia! – gridò, tuffandosi verso una terza bottega. Si appoggiò di peso alla lucente maniglia di ottone, e questa volta la porta si aprì.

Ailan non vide che l'uccellaccio planava sul tetto dell'edificio, chiudeva le ali metalliche e s'infilava dentro un lucernario aperto, mentre Zill tentava inutilmente di raggiungerlo.

Come varcò la soglia, il ragazzo fu subito investito da uno sbuffo di vapore. – Ehi! – esclamò, ansimando ancora per la corsa.

Nonostante il fumo gli impedisse di vedere con chiarezza, si rese conto di essere all'interno di una specie di piccola anticamera con pareti di legno percorse da una nervatura di tubicini di vetro nei quali scorrevano liquidi colorati. Alle pareti erano appesi quadri elettrici, isolanti in ceramica, grosse valvole che emettevano bagliori tremolanti e manometri con lancette che guizzavano impazzite.

– In questo posto c'è la corrente elettrica? – esclamò il ragazzo incredulo. Ad Altea la corrente elettrica era un'invenzione recente, utilizzata solo nei palazzi governativi, nelle banche, nelle fabbriche e in alcuni edifici pubblici.

Un altoparlante gracchiò, risuonando tra il legno delle pareti: – *Soggetto: maschio. Età: tredici anni. Altezza: cinque piedi e ventiquattro pollici.*

– Chi ha parlato? – esclamò Ailan.

– *Soggetto in posizione. Misurazione avviata. Risultati disponibili entro tre minuti.*

Dal soffitto, appeso a una matassa di cavi ingarbugliati, scese un elmo di ottone lucente con un oblò rotondo, simile al casco di un palombaro, che si posò sulla testa di Ailan.

– Ehi, che state facendo? – gridò spaventato il ragazzo. – State attenti al mio quadro!

– *Misurazione risonanza vacuo-cranica* – tuonò la voce. I cavi presero ad agitarsi come i tentacoli di una piovra. – *Densità di materia grigia: soddisfacente. Soggetto: idoneo.*

Dalle pareti spuntò un gran numero di braccia metalliche, con gomiti fatti di rotelle e ingranaggi, che iniziarono a tastare Ailan. Lunghe proboscidi a soffietto col grugno di porcellino lo annusarono rumorosamente, e intanto la voce metallica seguitava a gracchiare tra ronzii e ticchettii di strumenti meccanici.

– *Esame callosità rotulea. Eseguito. Esame tendenza ossequio inginocchiatoria. Eseguito. Nessuna predisposizione all'ossequio pedissequo. Soggetto idoneo.*

– *Esame mielosità e biforcazione linguale. Eseguito. Nessuna biforcazione. Totale incapacità bufalo menzognera. Soggetto idoneo.*

– *Esame gastropelosità. Misurazione ipertricosi gastrica. Controllo pelosità dello stomaco. Eseguiti. Totale assenza di peli gastrici. Soggetto idoneo.*

Ailan era sempre più terrorizzato e temeva che qualche strano aggeggio potesse danneggiare il dipinto. – Per favore, fate attenzione al quadro!

– *Esame fifometrico* – echeggiò la voce. – *Controllo resistenza alla paura. Eseguiti.*

Ailan si sentiva sbatacchiato come un tappeto a primavera. Un braccio metallico gli mise davanti agli occhi una specie di binocolo con due alettoni in legno di ciliegio.

– *Esame vista naso mondo. Misurazione ampiezza e capacità di guardare oltre il proprio naso* – rimbombò la voce. – *Prego guardare nel binocolo.*

Ailan accostò gli occhi per guardare nel binocolo, e subito i due alettoni di ciliegio scattarono verso l'interno dandogli due schiaffoni sulle guance.

– *Eseguito* – echeggiò la voce. – *Vestiario inadeguato. Inizio fase uno: scuci-cuci pantaloni.*

Ailan si sentì tirare la gamba. Guardò in basso e vide che una manina di metallo stava sfilando le cuciture dei suoi pantaloni, mentre una seconda armata di ago e filo d'argento rifaceva tutte le cuciture con una velocità sorprendente.

– *Cucitura eseguita. Stiratura.*

Dal groviglio di fili e tubi spuntò un braccio meccanico con due ferri da stiro gemelli che gli arrostirono le chiappe.

– *Eseguito. Errore calzini. Inizio correzione.*

Dalla parete, all'altezza del pavimento, si aprì una porticina. Un treppiede a rotelle, con delle pennellesse ad altezza caviglie, gli passò accanto rapidamente, dipingendogli i calzini di rosso.

– *Correzione eseguita. Inizio fase Due: crinieratura.*

Dal soffitto colò un rivolo di shampoo violetto che gli impastò i capelli.

Un braccio meccanico, terminante con un'enorme mano di metallo, spuntò dal nulla e gli frizionò vigorosamente la cute. Poi calò un padellone scintillante che gli avvolse la testa nel vapore. Quando il padellone si sollevò, Ailan si ritrovò con una criniera da leone.

– *Preparazione terminata* – rimbombò la voce.

Una porta si aprì, e Ailan si ritrovò dentro quella che aveva tutta l'aria di essere la bottega di un rigattiere.

5
Il custode delle invenzioni dimenticate

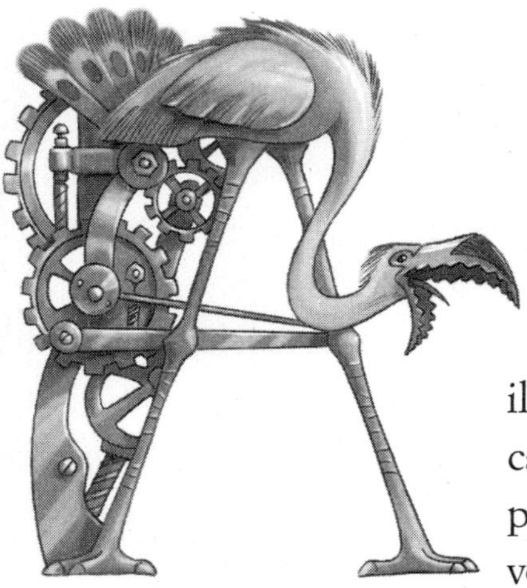

Ailan avanzò sospettoso nel locale, illuminato da deboli lampade elettriche, dirigendosi verso un lungo bancone di legno e cristallo, dietro il quale s'intravedeva una sagoma avvolta in una nube di fumo azzurrino.

– Bene, bene, bene – disse la sagoma dietro il bancone.

Solo allora da quella nuvola azzurrina emerse un tipo dall'aria severa e spiritata, con occhi azzurri e penetranti. La sua capigliatura bionda e ondulata incorniciava un volto con folte sopracciglia e lunghi baffi impomatati. Con una mano reggeva un nastro di carta lunghissimo, che usciva da una specie di registratore di cassa. Con l'altra mano stava facendo un grattino a uno strano budino azzurro che spuntava dalle valve aperte di una conchiglia dai colori cangianti e dalla forma a ventaglio aperta sul bancone. Il budino tremolava debolmente ed emetteva flebili gridolini, che si sarebbero detti di soddisfazione.

– La medusa! – gridò Ailan. – È proprio quella che l'uccellaccio teneva tra gli artigli!

A quel grido, il budino emise uno strillo acutissimo e balzò in petto all'uomo dietro il bancone. Poi con un rumore di risucchio gli scivolò dentro il colletto della camicia, lasciando fuori le due valve della conchiglia, aperte come una cravatta a farfallino.

– Piano, ragazzo – disse il tizio. – Mi spaventi la memostrilla.

– La memo… cosa?

– La memostrilla. È un mollusco, più precisamente un mollifluo bivalve. Rilassati, non ti fa niente. Anzi, per la verità è piuttosto fifona. Coraggio, Strilla, vieni fuori – disse il tizio picchiettando con l'indice la conchiglia sotto il mento. – Strilla, su, coraggio!

La memostrilla uscì con riluttanza dal suo nascondiglio e scivolò di nuovo sul bancone. Si appiattì sulle valve aperte della propria conchiglia e dalla sua superficie gelatinosa prese forma una successione di immagini in rilievo.

Ailan osservò a bocca aperta. Quei rilievi azzurrini e traslucidi riproducevano ora il suo volto, ora Zill, ora i velocipedanti che lo stavano inseguendo. – Che sta facendo? – chiese.

– Sta riproducendo tutto quello che ha visto. Formidabile, vero? E sa fare anche un sacco di altre cosine interessanti.

– Ma da dove salta fuori?

– Oh, che importanza ha? Parliamo di te, piuttosto. Sei qui apposta, giusto?

– Veramente io dovrei andare...

– Dunque, – continuò l'uomo senza prestargli ascolto – così tu sei Ailan e devi vendere il quadro. A proposito, non preoccuparti per i capelli. Tra un po' torneranno come prima.

– E i calzini? – domandò Ailan un po' seccato. – Me li ha verniciati di rosso.

– Belli, vero? Te li regalo.

– Come fa a sapere il mio nome?

L'uomo sventolò il lungo nastro di carta e iniziò a leggere. – *Ailan Pintor, figlio di Amedeo Pintor. Timido ma risoluto. Curioso ma saggio e riflessivo.* E molte altre cose. Ecco, per esempio, qui dice: *dotato di grande forza interiore che non ha ancora trovato il modo di esprimere.* Non ti preoccupare, ragazzo, avrai presto l'occasione per farlo.

– Mi dica una cosa – fece Ailan. – Quella specie di uccellaccio meccanico che mi stava inseguendo è opera sua?

– Mmm... Mi devi perdonare, ma sono mesi che la mia bottega ti aspetta. Tu però non sei mai entrato. Ho dovuto, come dire... creare un'occasione.

– Tratta sempre così quelli che entrano nella sua bottega?

– No di certo, gli esami costano. Ma tu hai delle

potenzialità –. L'uomo diede un colpetto al nastro di carta. – È scritto qui. Però… manca ancora una cosa.

L'uomo si avvicinò a una scatola di madreperla, con tre quadranti provvisti di lancette sul coperchio e una serratura su un lato. Si frugò nelle tasche dei pantaloni, ma dopo qualche istante la sua espressione si fece sorpresa e un po' seccata. – Ma dove ho messo la chiave? Eppure ce l'avevo in tasca, ne sono sicuro.

A quelle parole la memostrilla saltò sulla scatola di madreperla e infilò un tentacolo gelatinoso nella serratura. Il coperchio si aprì di scatto.

– Ah, ah! – fece l'uomo. – Simpatico, vero? Strilla sa aprire le serrature. Gliel'ho insegnato io –. L'uomo prese dalla scatola un tubo flessibile e lo porse ad Ailan. – Soffia qui dentro, per piacere.

Ailan soffiò.

– Basta così, grazie. Sempre più interessante – disse poi l'uomo consultando le lancette sui quadranti della scatola.

– Ma che posto è questo? – domandò Ailan a disagio.

– Perdonami, – rispose l'uomo – non mi sono presentato –. Si frugò nella tasca del gilè di tartan e tirò fuori un biglietto da visita. – Ecco qua.

Ailan lo prese e lesse:

Dulof Erwin Dagastik Admetus Labirent Ulunder Sakataranta
Risvegliatore di Intelletti

Guardiano del Bazar delle Meraviglie
Custode delle invenzioni dimenticate

– Ma tu puoi chiamarmi Dedalus – aggiunse l'uomo.

– Insomma, – sbottò Ailan – mi vuole spiegare che posto è questo?

Dedalus fece un ampio gesto con la mano, invitando Ailan ad ammirare il negozio dietro di lui. – Ragazzo mio, hai l'onore e il privilegio di trovarti da Dedalus, il Bazar delle Meraviglie. Qui puoi trovare ogni sorta di oggetto, dall'abaco allo zuzzurrofono. Certo, bisogna cercare un po'.

Ailan si guardò intorno con più attenzione e restò a bocca aperta. Si trovava in un locale grandissimo, ingombro di alti scaffali, traboccanti di oggetti strani e sconosciuti, che si stendevano in più file formando corridoi lunghissimi, fino a sparire nella penombra.

– Bene – concluse Dedalus, dando una pacca sul bancone con entrambe le mani. – Vediamo.

– Vediamo cosa?

– Il dipinto, ragazzo. Forza, dammi qua. Tranquillo, non lo rovino. So trattare gli oggetti di valore, io.

Ailan gli porse il dipinto e rimase colpito dalla delicatezza con cui Dedalus prese l'involto fra le dita, sciolse la corda e liberò il quadro dalla carta che lo avvolgeva. I suoi movimenti facevano pensare ai gesti affettuosi di una madre che cambia le fasce al proprio bambino.

«Nemmeno mio padre tratta i suoi dipinti con tanto riguardo» pensò Ailan.

Dedalus appoggiò il dipinto per terra contro la parete, mise un braccio attorno alla spalla di Ailan e lo fece allontanare dal quadro di un paio di passi, perché lo osservasse assieme a lui.

– Sai cos'è questa, ragazzo?

– È una barca. E la donna raffigurata è mia madre. Mio padre la dipinge in tutti i suoi quadri.

– Ma lo sfondo? – disse Dedalus. Hai osservato bene lo sfondo?

– Be', è un'isola. È una delle vedute che dipinge mio padre. È bella, ma è strana. Mio padre dipinge paesaggi che non esistono.

– Questo paesaggio esiste – disse Dedalus. – Si trova nel mini continente di Keola.

– Keola? Il posto che fornisce ad Altea l'acqua da bere?

Dedalus non rispose e si avvicinò nuovamente al bancone. – Forza, al lavoro.

– Quale lavoro?

Dedalus sospirò. Chiuse gli occhi e puntò il pollice e l'indice nel punto in cui si univano le sue folte sopracciglia, come se chiamasse a raccolta le proprie idee e la propria pazienza. – Se non li avessi costruiti io, – borbottò fra sé – giurerei che gli analizzatori d'intelletto abbiano fornito dei risultati falsati –. Riaprì gli occhi e si rivolse di nuovo ad Ailan. – Allora: io prendo il quadro. Tu prendi qualcosa dal mio bazar. Puoi scegliere quello che vuoi. L'importante è che ti sia utile per il lavoro che devi fare.

– Ma di quale lavoro parla?

Dedalus sospirò. – Calma – disse a se stesso. – Non puoi pretendere che il ragazzo comprenda tutto. Cioè, non tutto subito. Facciamo così, – continuò rivolto ad Ailan – prendi l'oggetto che ti piace di più e torna da me fra qualche giorno.

Questa volta fu Ailan a sospirare. Era sempre la stessa storia. Nessuno voleva sborsare soldi per un dipinto di suo padre. E comunque era sicuro di una cosa: non avrebbe ceduto a Dedalus il quadro in cambio di un pezzo di ciarpame da rigattiere.

Aveva deciso di andarsene, ma prima di uscire qualcosa lo costrinse a dare un'ultima sbirciata alla bottega. Il suo sguardo fu attratto da un accrocchio di specchi e palline scintillanti, dietro l'anta semichiusa di un cassone. Cercò di indovinare cosa fosse, ma non ci riuscì. Dagli scaffali spuntavano oggetti con tasti colorati, manovelle, trombe e soffietti. Potevano essere attrezzi da laboratorio, o strumenti musicali. Anche se, pensò Ailan, per usarli ci sarebbero volute tre mani.

In fondo a una corsia c'era l'abitacolo di una carrozza, sorretto da quattro gambe di ghisa simili a quelle delle vecchie macchine per cucire. Dal vetro dello sportello s'intravedeva una ruota dentata in movimento, costellata di cucchiaini che emettevano piccoli lampi di luce verde. Dal soffitto pendeva uno scafandro rosa con attaccate due enormi ali di tela, e accanto a esso era esposta una mostruosa dentiera irta di zanne lunghe come sciabole.

Ailan ripensò a ciò che Dedalus aveva detto poco prima. Poteva prendere quello che voleva? Bene: forse in mezzo a quella montagna di arnesi stravaganti si nascondeva anche qualche oggetto di valore. Doveva solo trovarlo e portarselo a casa. – Affare fatto – disse. E, sotto lo sguardo sornione di quello strano vecchio, si avventurò tra i corridoi del bazar.

6
Lo scrigno

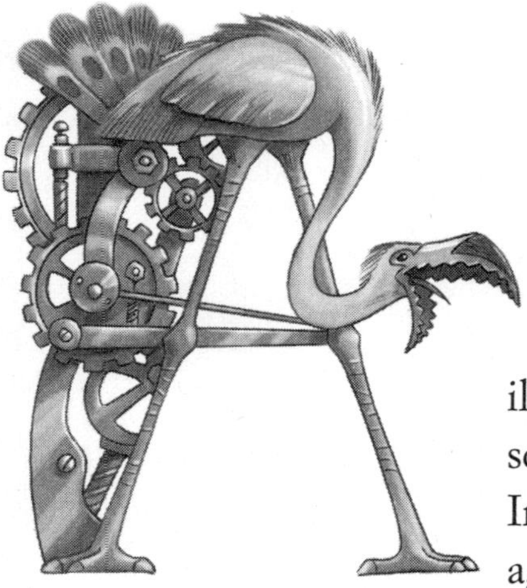

Rilan vagò come stordito tra gli scaffali di quello strano posto. In vita sua non aveva mai visto aggeggi tanto assurdi.

Per un bel pezzo camminò in quel caos di marchingegni luccicanti, ma non toccò nulla. Aveva l'impressione di muoversi tra le fronde di un'antichissima foresta di rame e vetro, cuoio, ottone e legno. Un bosco di alberi scintillanti e arbusti carichi di frutti bizzarri e strampalati. E, cosa ancora più bizzarra, aveva la strana sensazione di seguire un richiamo. Sentiva come una voce che gli diceva di non perdere tempo con cose inutili. Era come se la bottega lo stesse conducendo in un posto preciso.

Ben presto ogni forma si confuse in un caos indistinto. Poi, improvvisamente, la sua attenzione fu catturata da un piccolo scrigno di legno di radica, impreziosito da intarsi d'argento.

Ailan lo prese in mano. Era il cofanetto più strano che avesse mai visto. I quattro spigoli del coperchio erano rinforzati da borchie di bronzo a forma di artiglio d'aquila che si protendevano verso il centro del coperchio. Lì brillava una scanalatura argentata, che si avvolgeva su se stessa in una doppia spirale.

Rimase pensoso davanti allo scrigno per qualche istante. Vi passò sopra una mano per togliere la polvere e osservare meglio gli intarsi e gli intricati arabeschi sulla sua superficie, così simili a sbuffi d'inchiostro nell'acqua. Cercò di aprirlo, ma il coperchio fece resistenza. Forse c'era un pulsante che azionava un'apertura a scatto. Ailan rigirò il cofanetto in ogni direzione, ma non trovò nulla. Né congegni né serrature.

Tornò al bancone. – Ho deciso, – disse Ailan – prendo questo. Come si apre?

Dedalus impallidì. – Che mi venga un colpo…

– Mi piace questa scatola di legno – insistette Ailan. – Me la apre, per piacere?

Dedalus fissava il piccolo scrigno con occhi spiritati. Come in trance, allungò una mano verso il cofanetto, ma non lo toccò. – Non ho idea di come si apra. E non credo che Strilla riuscirebbe ad aprirlo. Non ha serrature.

– Ma come… – disse Ailan – non conosce questo oggetto?

– Mai visto prima. Non so come sia arrivato qui né cosa contenga.

– Ma questa è la sua bottega. Non dovrebbe sapere cosa c'è qui dentro?

– Mio caro ragazzo, la mia non è una bottega come le altre, ed esiste da molto prima che arrivassi io. Chiunque può portare qui oggetti e invenzioni. E la bottega li conserva tutti, anche per centinaia di anni. Finché un giorno lei stessa li lascia trovare alla persona a cui sono destinati.

– Quindi – concluse Ailan – il cofanetto era destinato a me.

– A quanto pare sì.

– E lei non sa cosa contiene.

– Certo che no.

– E allora perché lo guarda come se contenesse un tesoro?

– Perché... –. Dedalus esitò. – Perché so chi era il suo proprietario. Un uomo ricco e molto potente. C'è il suo sigillo: una fiamma dentro un triangolo.

– Interessante. Il patto è sempre valido però. Lei si tiene il quadro, io prendo un oggetto della bottega. E io ho scelto questo.

– Sì, ma – si affrettò a rispondere Dedalus – c'è un'altra cosa. Vedi, Ailan, il proprietario di quel cofanetto non era solo ricco e potente, era anche un uomo molto pericoloso. Non è saggio e non è prudente che tu prenda quel cofanetto. Qualunque cosa esso contenga. Credimi, ti conviene darmi ascolto. Scegli qualcos'altro.

Ailan esitò. Ci sono cose, in natura, che ti avvisano di stare alla larga. Una faina che ti soffia contro, un ragno con una croce scarlatta sul dorso, un serpente che ti fissa, pronto a scattare. Quel cofanetto era una di queste cose. Ma ormai era diventata una questione di principio: una promessa era una promessa! E quel cofanetto aveva tutta l'aria di contenere qualcosa di prezioso. – Mantenga la sua promessa, Dedalus. Il quadro in cambio del cofanetto.

– Sei un ragazzo deciso, vero? Del resto risulta anche dagli esami.

Dedalus esitava. Ailan non si muoveva. Per la prima volta dal momento in cui era entrato in quella pazzesca bottega, guardava quell'uomo dritto negli occhi.

– Oh, al diavolo – disse infine Dedalus. – In fondo, perché no? Se la bottega ti ha lasciato trovare il cofanetto, significa che devi averlo tu. Prendilo e sparisci. Prima che ci ripensi.

Ailan afferrò il cofanetto e fece un passo verso l'ingresso della bottega. Poi si fermò di scatto e si girò verso Dedalus. – Ma... Devo passare di nuovo in mezzo a tutti quegli aggeggi?

– Tranquillo, li ho spenti.

Ailan mosse alcuni passi incerti, poi, visto che non succedeva nulla, andò deciso verso la porta. Prima di abbassare la maniglia di ottone, si girò nuovamente. – Arrivederci, Dedalus.

L'uomo, dal fondo del suo bancone, fece un cenno di saluto. – Sei un ragazzo in gamba, Ailan. Sono contento che la bottega ti abbia trovato. So che farai buon uso di quel cofanetto, ma fai attenzione.

– Promesso – rispose Ailan –. E richiuse la porta dietro di sé.

7
Una spazzina dagli occhi blu

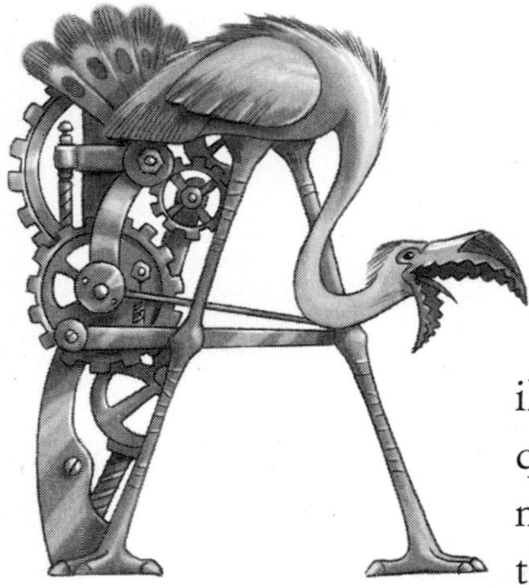

Ailan uscì dalla bottega con quello strano cofanetto in mano e mille pensieri che gli vorticavano in testa. S'incamminò in direzione della scuola, anche se ormai era così tardi che forse gli sarebbe convenuto saltarla e basta.

Un attimo dopo Zill si lasciò penzolare da una grondaia e gli saltò sulla spalla.

– Ah, eccoti – disse Ailan.

Nella mente del ragazzo si formò l'immagine del quadro avvolto in carta da pacchi.

– Ah, sì – farfugliò Ailan. – Be', l'ho venduto. Cioè, non proprio venduto. Sì, insomma, l'ho barattato –. Mostrò il cofanetto. – L'ho scambiato con questo.

Zill si rifugiò dietro il collo del ragazzo e iniziò a soffiare.

– Non ti piace?

Le antenne del mimure presero a vibrare. Ailan vide nella propria mente l'immagine di se stesso in bilico sopra un terribile dirupo.

– Ma dai, Zill, che esagerazione, è solo un cofanetto! Che pericolo può nascondere?

Zill mostrò i canini affilati ed emise il suo cupo brontolio.

– Senti, se hai paura non sei obbligata a guardare.

Il brontolio di Zill aumentò d'intensità. Poi cessò di colpo. Qualcosa aveva attratto la sua attenzione. Ailan seguì il suo sguardo e vide una coppia di velocipedanti che risalivano la via e si dirigevano rapidi verso di lui.

– Alt, ragazzo! Ti ordino di fermarti! – gridò uno di loro.

Ailan si rimise a correre. Sapeva che se l'avessero preso, gli avrebbero confiscato il cofanetto, di solito era così che si comportavano. – Zill, rallentali! – esclamò, infilandosi con uno scatto nella via principale della città.

Si ritrovò in un ampio viale fiancheggiato da sfarzosi palazzi rivestiti di marmo e affollato di carri, cavalli e qualche raro veicolo a motore che emetteva orgogliosi sbuffi di fumo nero.

Al momento giusto, Zill spiccò un balzo dalla spalla del ragazzo e atterrò sulla groppa di un cavallo con un calesse al traino. Il cavallo scattò in avanti tra le grida spaventate del conducente e si mise a correre, zigzagando nella direzione in cui stavano giungendo i due velocipedanti.

– Buono, Morello! – gridava il conducente del calesse. – Signori, attenti a voi! Ho perso il controllo! Fate largo!

La gente per la via si scansava al passaggio del calesse, mandando colorite imprecazioni all'indirizzo del conducente.

– Brava, Zill! – esultò Ailan.

I due velocipedanti evitarono miracolosamente il cavallo e, dopo un attimo di sbandamento, ripresero a inseguire Ailan.

– Alt, ragazzo! In nome di Altea.

«Prima dovete prendermi!» pensò Ailan mentre correva col cofanetto sottobraccio. Ma sapeva che presto le due guardie lo avrebbero raggiunto: loro erano a bordo dei velocipedi a vapore e lui a piedi. Che speranze poteva avere? Aveva già il fiatone e si sentiva la gola stretta da una morsa.

In fondo alla via Ailan intravide l'Antica Pasticceria di Altea. Proprio in quel momento ne stava uscendo una ragazza con una lunga treccia nera che le scendeva sulla spalla e la borsa dei libri a tracolla. Indossava un vestito semplice, di un verde intenso, appena un po' più scuro dei suoi occhi. L'unico ornamento era un bordo di raso bianco sopra l'orlo dell'abito, che lasciava intravedere due stivaletti di pelle un po' consumati, allacciati da lunghe stringhe.

Come si accorse del tumulto di grida, cavalli imbizzarriti e veicoli strombazzanti, la ragazza si fermò istintivamente sulla porta.

Un istante dopo Ailan sfrecciava davanti a lei, lanciandole il cofanetto. – Tieni, Marill! Non farglielo prendere!

La ragazza si trovò in mano il cofanetto, mentre Ailan stava già girando l'angolo in fondo alla strada.

Marill rientrò in fretta nella pasticceria e si mise a osservare la strada, al riparo di una crostata di mirtilli a tre piani. Da lì vide la coppia di velocipedanti correre all'inseguimento di Ailan. – Accidenti, che scompiglio! Cos'avrà combinato stavolta? –. Poi posò lo sguardo sul cofanetto. – Non lo avrà rubato, spero! –. Ma, anche con quel dubbio, Marill rimase dentro la pasticceria e non si fece vedere. Non amava i velocipedanti e prima di chiamarli avrebbe ascoltato la spiegazione di Ailan.

Intanto, qualcun altro si era accorto dell'agitazione che c'era in strada.

– Sei tu, Marill? – domandò una voce femminile dal retro della pasticceria. – Che succede? Perché sei rientrata? Non vorrei che perdessi altre ore di scuola. Ne perdi già molte per aiutarmi.

– Non è niente, nonna – rispose Marill. – Ho solo dimenticato un libro.

Dietro il bancone della pasticceria comparve una minuscola vecchietta, con un abito lilla ornato da merletti. – E cos'è quel fracasso là fuori? – domandò, con una voce stranamente decisa per una figura così minuta.

Era nonna Amandine, proprietaria dell'Antica Pasticceria, i cui dolci erano i più rinomati di tutta Altea. Ma i suoi clienti ignoravano la cosa più importante, e cioè che i suoi dolci erano *davvero* speciali. Alcuni ti facevano sentire ben disposto verso tutti, altri ti davano una bella sferzata di speranza e ottimismo, altri ancora avevano il potere di farti ridere a crepapelle o di farti sentire leggero e spensierato come una farfalla in primavera. Insomma, chi usciva dall'Antica Pasticceria con una torta o un vassoio di pasticcini presto si sarebbe sentito un po' meglio, senza sapere bene perché.

Naturalmente, tra la varietà di emozioni che nonna Amandine poteva provocare con i suoi dolcetti non mancavano la rabbia, la frustrazione o la tristezza, ma lei si guardava bene dal preparare dolci di quel tipo. Sapeva che ad Altea di tristezza e frustrazione ce n'era anche troppa.

Marill nascose velocemente il cofanetto dietro la schiena. – Un cavallo si è imbizzarrito, nonna.

– I cavalli non s'imbizzarriscono, se non c'è qualcosa che li fa imbizzarrire. Be', sbrigati, o farai davvero troppo tardi a scuola.

– Stai tranquilla, nonna. Arriverò in tempo per l'ora di matematica.

Intanto, fuori dalla pasticceria, qualche strada più avanti, Ailan stava perdendo terreno e aveva iniziato ad arrancare. «Per fortuna non ho più con me il cofanetto» si disse.

I velocipedanti si facevano sempre più vicini. Ailan poteva sentire gli sbuffi del vapore e gli stantuffi che muovevano le loro grandi ruote. Uno dei due veicoli emetteva un buffo cigolio a due toni, simile al verso di un cuculo.

– Fermati, ragazzo – gridò uno di loro. – Non peggiorare la situazione!

A poche iarde da lui, una figura snella, infagottata nell'uniforme grigia degli spazzini di Altea, ripuliva il marciapiede con vigorosi colpi di ramazza. Sembrava intenta solo al suo lavoro, ma sotto la visiera del berretto i suoi occhi, blu come il cielo al crepuscolo e fieri come quelli di un'aquila reale, osservavano attentamente ogni cosa.

Il primo velocipedante accelerò, passò vicino al bidone delle scope e si protese pericolosamente dall'alto del sellino, pronto ad acciuffare il ragazzo. In quell'istante la ramazza sfuggì di mano alla spazzina e il manico s'infilò tra i raggi del velocipede, che si schiantò a terra in una nuvola di vapore bianco.

– Maledizione, Coppins! – gridò il secondo velocipedante e un attimo dopo gli rovinò addosso in un groviglio di lamiera di rame, ruote e manubri.

Quando Sberling e Coppins si rialzarono spazzolandosi i vestiti, Ailan era già sparito.

– Stupido – strillò Sberling mollando uno schiaffone sulla nuca al compagno. – Lo hai fatto scappare!

– Non è stata colpa mia, – piagnucolò Coppins – è stata la ramazza. Cioè, la spazzina!

– Ma quale spazzina! Io ti... –. Sberling rimase improvvisamente senza parole. Alzato lo sguardo, aveva visto davanti a sé una ragazza che indossava l'uniforme da spazzino, ma aveva il portamento di una regina.

– Vi porgo le mie scuse, – disse la spazzina con una voce profonda e musicale – mi è scivolata di mano la scopa.

– Sì, be', – farfugliò Sberling – il fatto è che...

– Povera Bessie – gemette Coppins. – Sembra un ombrello rotto. Speriamo che mastro Cingoli riesca a rimetterla in piedi!

Sberling si girò a esaminare meglio lo sfracello. I due velocipedi erano orrendamente incastrati uno dentro l'altro. Gli stantuffi continuavano a pompare, e dai piccoli fumaioli uscivano bianchi segnali di fumo, come disperate invocazioni di soccorso.

Sberling si girò di nuovo verso la spazzina. – Senti... – iniziò a dire – purtroppo qualcuno dovrà rispondere di questo disastro...

E s'interruppe. La spazzina se n'era andata, lasciando i due velocipedanti a contemplare le carcasse dei loro veicoli.

8
L'oscura minaccia dei feriflammi

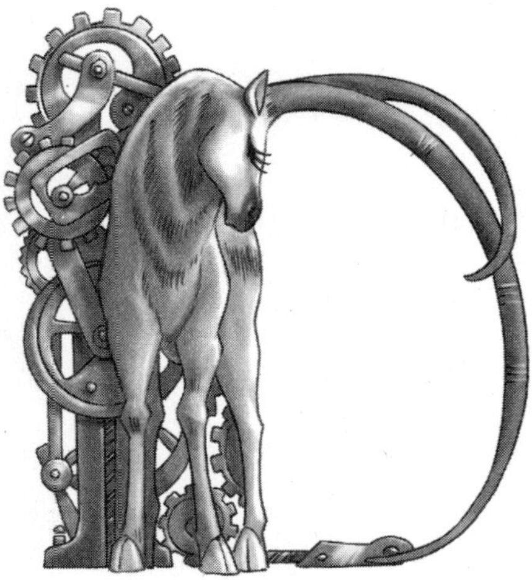

Dopo una marcia fastidiosa lungo un terreno irregolare cosparso di buche e sterpaglie, Kaspar Kayman, scortato da due feriflammi come lui in giacca a coda di rondine e alto cappello a cilindro, arrivò in prossimità di un capanno che sorgeva a poche iarde dalla riva sabbiosa. La costruzione era in pessimo stato e sembrava dovesse collassare da un momento all'altro.

Giunto davanti alla porta, il funzionario scrollò infastidito il piede destro, per liberarlo da uno sterpo. Poi bussò tre colpi impazienti. Voleva fare alla svelta e allontanarsi da quel luogo al più presto.

La porta di lamiera si aprì e si affacciò un uomo sulla quarantina, dall'aria intensa e lievemente sofferente.

– Amedeo Pintor? – chiese Kayman con tono irritato.

– Sono io – rispose Amedeo, ricambiando lo sguardo ostile del funzionario.

– Ho un mandato di perquisizione – disse Kayman, esibendo un pezzo di carta ripiegato.

– Firmato da chi?

– Firmato da me – rispose Kayman con arroganza. – Non farci perdere tempo.

Il funzionario oltrepassò deciso la soglia e Amedeo fu costretto a farsi da parte. Anche i due feriflammi entrarono. Diedero un rapido sguardo tutt'attorno e senza una parola iniziarono a perquisire ogni angolo.

– Bene, bene – disse Kayman, scrutando con disgusto l'interno del capanno. – Così, oltre che dipingere, il nostro amico si diletta a costruire barche –. Stava guardando uno scafo ancora poggiato sui cavalletti, al centro del capanno, da cui sporgevano una cabina e un piccolo fumaiolo. Accanto allo scafo era adagiato a terra l'albero, pronto per essere messo in posizione. Anche se l'imbarcazione non era ancora stata verniciata, sembrava quasi terminata.

Kayman si avvicinò alla parete dove erano appoggiati alcuni quadri, uno sopra l'altro. Il primo ritraeva una giovane donna sorridente, dalla pelle ambrata e dagli occhi azzurro chiaro, seduta a gambe incrociate su una gomena arrotolata. Alle sue spalle era ritratta una flottiglia di pescherecci alla fonda.

Kayman scostò il quadro e ne prese in mano un secondo.

Ritraeva la stessa giovane donna sorridente, con un mimure in grembo. Gli occhi di Kayman diedero un guizzo, ma continuò a esaminare i dipinti. Un terzo quadro ritraeva la giovane donna con un cesto di limoni sottobraccio, davanti a una limonaia. Un altro riproduceva un paesaggio collinare irrorato di sole; a prima vista sembrava deserto, ma accanto a un albero, quasi sullo sfondo, ecco la stessa giovane donna.

In ognuno dei quadri, qualunque fosse il soggetto, era ritratta quella donna bellissima.

– Il nostro amico – commentò Kayman con un sogghigno – non ama ritrarre il nostro glorioso arconte, sebbene l'opportunità gli sia stata offerta più volte. Lui, artista talentuoso, dipinge solo ciò che sente nel cuore.

– Qual è il motivo della vostra visita? – chiese Amedeo.

– Caporale – chiamò Kayman, senza staccare gli occhi da Amedeo.

Subito uno dei due feriflammi interruppe la perquisizione, gli si avvicinò e gli mise in mano un fascicolo che aveva estratto dalla sua borsa nera a tracolla.

Kayman iniziò a leggere. – *Rani, sovversiva di Keola, sposa Amedeo Pintor, pittore di grande talento e privo di mezzi, e lo segue ad Altea.* Interessante. Lo sa il tuo ragazzo di essere figlio di una ribelle di Keola? –. Aveva pronunciato le ultime due parole con una smorfia di scherno. Disprezzava a tal punto gli abitanti di Keola da considerarli poco più di un branco di cani randagi.

– Voi non avete il diritto…

– Silenzio! – ordinò Kayman. – Tua moglie era accusata di atti di sabotaggio, cospirazione e tradimento –. Lanciò un'occhiata di commiserazione ad Amedeo. – Sposare un pittore morto di fame… Una copertura perfetta per le sue azioni criminali. Sabotaggio dell'acquedotto che convoglia l'acqua di Keola ad Altea. Sabotaggio delle vasche di depurazione. Sabotaggio alle industrie Vimperion. Tentato sabotaggio alla villa dell'arconte. Devo continuare?

– Voi non dovete permettervi… – disse con foga Amedeo, ma fu interrotto da un violento colpo alla schiena che lo fece stramazzare sulle ginocchia.

– Ti ho detto di non interrompere – disse Kayman. – Il caporale si sta arrabbiando. Evidentemente, – continuò – anche Rani a un certo punto si accorge che il suo gioco non può durare a lungo, perciò ruba un'imbarcazione e fa vela in direzione di Keola. Viene intercettata da una vedetta e affondata con un colpo di cannone. Lascia un marito inconsolabile e un figlio di tre anni. Questo accade… – Kayman cercò una data tra le pagine del fascicolo – dieci anni fa. Come passa il tempo.

Le guance di Amedeo si erano rigate di lacrime. – Maledetti… – singhiozzò.

– E lascia anche un mimure di Keola – continuò Kayman, fingendosi sorpreso. – L'ho già chiesto al tuo ragazzo: come fate, voi due morti di fame, ad avere i mezzi per mantenere un animale con una dieta tanto particolare?

– Cos'avete fatto ad Ailan? – gridò Amedeo.

Un secondo colpo in mezzo alle scapole lo zittì di nuovo.

– Amedeo, – disse Kayman ostentando un'espressione meravigliata – non penserai che i feriflammi di Altea se la prendano con un ragazzino. Al contrario, noi tuteliamo i minori.

– Lasciateci in pace – disse Amedeo in tono sommesso.

– Noi – sottolineò Kayman – tuteliamo i minori. E visto che, com'è evidente, tu non hai i mezzi per provvedere al mantenimento di tuo figlio, l'autorità di Altea delibera che Ailan, figlio di Amedeo Pintor, venga preso in custodia da una struttura che sappia provvedere adeguatamente alla sua educazione. A breve saranno informate le autorità scolastiche. Dov'è ora il ragazzo?

– Lasciate stare Ailan! – gridò Amedeo.

– Inoltre, – proseguì Kayman – il mimure viene sequestrato. Gli animali non registrati non sono permessi ad Altea. Avanti, consegnaci il ragazzo e il mimure. Ti conviene fare il bravo.

Il feriflamma che poco prima aveva colpito Amedeo si accese una sigaretta e lasciò cadere a terra il cerino ancora acceso. Amedeo guardò con terrore quella fiammella che aveva già cominciato a lambire alcuni trucioli di legno. Ma una pedata di Kayman spense la fiamma prima che si propagasse.

– Ripasseremo presto – disse Kayman. – E la prossima volta mi aspetto di trovare il ragazzo e il mimure. Ti avverto: io non amo impiegare il tempo a spegnere fiammiferi. Oggi ho fatto un'eccezione.

Amedeo si sollevò da terra, dolorante. Restò in attesa qualche minuto, per essere sicuro che i feriflammi si fossero allontanati, poi uscì di corsa e si diresse a passo svelto verso la città. «Ailan, devo avvertire Ailan» ripeteva ossessivamente fra sé. «Deve nascondersi, non devono trovarlo. Non lascerò che me lo portino via.»

9

Naufrago in un mare di banchi vuoti

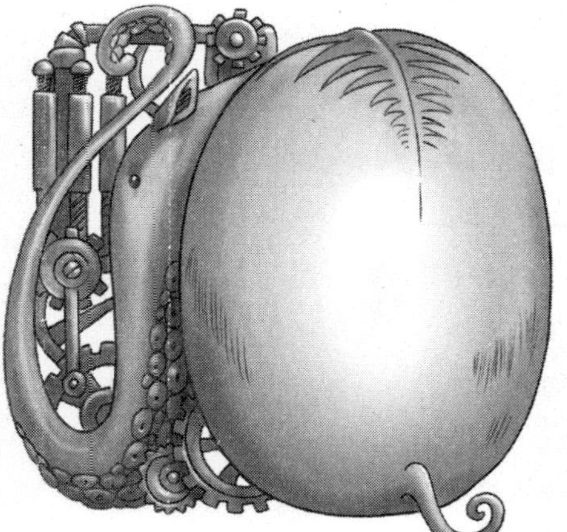

Quando Ailan, ormai sicuro di non essere più inseguito da nessuno, entrò finalmente in classe, la lezione di matematica, l'ultima dell'anno scolastico, era già incominciata. Il professore lo accolse sarcastico: – Signor Pintor, ci fa piacere vederla da queste parti. Immagino che anche stamattina sia stato trattenuto dai suoi importantissimi impegni. Per esempio, tentare inutilmente di vendere i quadri di suo padre…

La classe scoppiò in una risata.

– Favorisca il libretto, prego. Le aggiungo l'ultima nota di biasimo dell'anno. Contento?

Ailan si avvicinò alla cattedra e tese il libretto al professore, che vi aggiunse l'ennesima nota, questa volta per ritardo ingiustificato. Ne aveva un'ampia e fantasiosa collezione: *Ailan Pintor sogna a occhi aperti; Ailan Pintor si addormenta sul banco; Ailan Pintor ha dimenticato a casa il quaderno con i compiti; Ailan Pintor parla da solo; Ailan Pintor porta in classe un gatto, nascondendolo nello zainetto...*

Puah! Quello stordito di professore non sapeva neanche distinguere un mimure da un gatto.

Il professore gli restituì il libretto con un gesto teatrale e Ailan raggiunse il suo banco, passando accanto a Marill che era seduta due file davanti a lui. Lei lo ignorò.

Durante l'intervallo, Ailan prese in disparte Marill. – Ce l'hai ancora, vero? – chiese con ansia. – L'hai aperto?

– Vieni alla pasticceria dopo la scuola – rispose Marill, rifiutandosi di aggiungere altro.

A mano a mano che il tempo passava, l'ansia di Ailan crebbe, fino a diventare insopportabile. Durante l'ultima ora, cercò di fare arrivare a Marill dei bigliettini, ma l'insegnante di storia e mitologia se ne accorse e lui si beccò un compito extra per punizione, da eseguire subito dopo il termine della lezione.

Anche se era l'ultimo giorno di scuola, Ailan fu costretto a rimanere in classe mentre tutti gli altri sciamavano dal portone e si riversavano per le vie di Altea, urlando di gioia per la riconquistata libertà.

La professoressa, seduta in cattedra davanti a lui, leggeva un libro con l'aria di essere a cento miglia di distanza da quel luogo. Sopra la sua testa il ritratto ufficiale di Victor Vimperion, con tanto di veste scarlatta e medaglione a forma di fiamma attorno al collo, scrutava Ailan, inchiodandolo al banco con occhi severi.

Ailan, rassegnato, trattenne la propria impazienza e lesse il foglio. *Tema: La scomparsa della Fiamma di Altea.* Aperta parentesi: *Ci metta anche delle virgole, sono gratis.* Chiusa parentesi.

«Va bene,» si disse «è abbastanza facile. La professoressa non fa che parlare di questo».

Decise di mettercela tutta per terminare quel compito il prima possibile. Si concentrò e si sforzò di ricordare quanto aveva studiato alcuni giorni prima. Dopo pochi minuti, iniziò a buttare giù qualche riga.

Fin dai tempi antichi Altea era governata da tre arconti che guidavano il Consiglio dei Saggi e la Fiamma di Altea donata dagli Dei ardeva nel Tempio e infondeva forza e saggezza a tutti. Ogni arconte istruiva un discepolo e quando era il momento i tre discepoli diventavano arconti e i vecchi arconti si univano al Consiglio dei Saggi. Un giorno l'arconte Midas Mentor tradì gli altri due e li uccise perché voleva essere l'unico a comandare.

Allora la Fiamma di Altea s'infuriò e diventò sempre più grande e bruciò tutta la città nel Grande Incendio di Altea. Allora anche gli Dei s'infuriarono e si ripresero la Fiamma di Altea e gli abitanti di Altea rimasero senza la Fiamma e da quel giorno diventarono sempre più tristi.

Per fortuna c'era Victor Vimperion che era il discepolo di Midas Mentor. Lui si ribellò e chiamò il suo maestro arconte traditore e lo mise in prigione finché morì. Da quel giorno Victor Vimperion diventò arconte unico e tutti gli abitanti di Altea insieme a lui cercano di diventare più bravi e pregano con lui gli Dei perché restituiscano la Fiamma di Altea. Fine.

Il ragazzo, unico naufrago in quel mare di banchi vuoti, si alzò dal posto e consegnò il tema. – Professoressa, ho finito. Posso andare? Mio padre mi aspetta.

La professoressa diede una rapida lettura al tema. Neanche una virgola. Alzò gli occhi al cielo e sospirò. Aprì la bocca per dire qualcosa, ma all'ultimo momento rinunciò. Fece un gesto con la mano, come a dire: «Levati di torno».

– Grazie! – esclamò Ailan e, con un gran fragore di sedie spostate, si precipitò fuori dalla classe.

Come fu in cortile, Zill saltò giù da un albero e atterrò sulla sua spalla. Subito nella mente di Ailan si formò l'immagine del cofanetto.

– Ce l'ha Marill – rispose il ragazzo. – Presto, corriamo a prenderlo!

Ailan attraversò la città correndo come un pazzo e per fortuna non incontrò i velocipedanti. I passanti andavano e venivano facendosi i fatti propri, lo sguardo spento, ciascuno perso nei propri pensieri. Nessuno prestò attenzione a un ragazzino che correva con un bizzarro animale dalla pelliccia grigioazzurra appollaiato sulla spalla.

Dopo pochi minuti di corsa, Ailan bussò ansimando alla porta a vetri dell'Antica Pasticceria.

– Marill! Ci sei?

La ragazza fece girare la chiave nella serratura e aprì la porta. – Sssh! Non fare tutto quel chiasso, nonna Amandine potrebbe sentirti. O peggio, potrebbe arrivare mia sorella.

– Allora, ce l'hai? – domandò Ailan, entrando nella pasticceria. – Mmm, che profumo! Posso prendere un pasticcino?

– Ciao, Zill – disse la ragazza, accarezzando la testolina del mimure. – Ailan Pintor, in che guaio ti sei cacciato stavolta?

– Ma quale guaio? Ho solo scambiato un quadro di mio padre con il cofanetto. Non è che vi è avanzata un po' di pasta di mandorle?

– Ma hai sempre fame, tu?

– Vorrei vedere te. La professoressa di storia mi ha tenuto in classe fino a ora e ho dovuto saltare il pranzo.

Marill prese dal bancone tre tortine di ricotta. – Ecco, tieni. E i velocipedanti? Perché t'inseguivano?

Ailan si cacciò in bocca una tortina tutta intera e iniziò a farfugliare. – Boh, io non gli ho fatto niente. Hai qualcosa da dare anche a Zill?

Marill lanciò una tortina al mimure, che l'afferrò al volo e saltò in cima a una credenza, per mangiarsela in tutta tranquillità.

– E allora perché scappavi?

– Perché avrebbero cominciato a farmi un sacco di domande e avrebbero finito per prendersi il cofanetto.

– A chi hai dato il quadro?

Ailan si cacciò in bocca la seconda tortina. – Al tizio del bazar. In cima alla strada, subito dopo il porto.

Marill sgranò gli occhi. – Sei entrato da Dedalus? Da quel vecchio svitato?

Ailan si mise in bocca la terza tortina. – Senti, non mi interessa che cosa pensi di tutta questa storia. Basta che mi ridai il cofanetto.

La ragazza lo fissò negli occhi per qualche istante, senza rispondere. Poi gli voltò le spalle e si avvicinò a una credenza di ciliegio. Infilò la chiave nella serratura dello sportello più basso, tirò fuori il cofanetto e lo depose sul banco della pasticceria insieme a una busta spiegazzata.

– Eccoti il tuo prezioso cofanetto. Ah, c'è anche questa busta, l'ha lasciata tuo padre a mia nonna mentre non c'ero.

Ailan aprì frettolosamente la busta e lesse ad alta voce il messaggio: – *Ailan, non tornare a casa per nessuna ragione. I feriflammi sono venuti a cercarti. Chiedi a Marill di ospitarti finché non avrò trovato un posto sicuro per noi due. Stai tranquillo, non lascerò che ti portino via da me. Non cercarmi, è pericoloso. Verrò io a prenderti quando sarà il momento. Non metterti nei guai e non farti vedere troppo in giro. Papà. P.S. Vogliono anche Zill.*

Marill esclamò: – Che succede, Ailan? Voglio sapere tutto.

– Un pasticcio terribile e mi sa che è tutta colpa mia... Oggi al porto ho incontrato un uomo, un funzionario con la spilla dei feriflammi. Voleva Zill a tutti i costi. Era anche disposto a pagarmi un mucchio di soldi per averla. Gli ho detto di no, e lui si è infuriato.

– Così i feriflammi sono andati a casa tua per prendere Zill?

Zill emise un cupo brontolio.

– È terribile! – esclamò Marill indignata. – Chi gli dà il diritto, a quei prepotenti?

Ailan sentiva un nodo alla gola, ma non voleva darlo a vedere. – Be', vediamo il lato positivo: siamo in vacanza, sento odore di avventura. E avremo un sacco di tempo per viverla!

– A proposito di avventura, che cosa c'è nel cofanetto?

– Boh? Dobbiamo trovare il modo di aprirlo…

Marill osservò affascinata il coperchio dello scrigno. Fissava come ipnotizzata l'intarsio argentato a doppia spirale e le borchie a forma di artiglio d'aquila che si protendevano sopra di esso come per ghermirlo. – Queste borchie sono spaventose – disse piano. E tacque, per studiare con più attenzione il cofanetto. – Guarda, – aggiunse poi – questo artiglio è più lungo degli altri.

– È vero, non ci avevo fatto caso. E sembra anche più affilato.

Il pelo di Zill era diventato color porpora. Le sue antenne vibravano come le ali di un calabrone. Nella mente di Ailan si formò l'immagine di se stesso, sovrastato da quattro artigli mostruosi protesi verso di lui.

– Tranquilla, Zill, – disse Ailan – non c'è nessun pericolo –. E sfiorò l'artiglio con la punta dell'indice. – Ah! – esclamò, ritraendo di scatto il dito. – Accidenti se è affilato!

Una perlina scarlatta era sbocciata sul suo polpastrello, mentre una seconda goccia di sangue brillava sulla punta dell'artiglio di bronzo.

La gocciolina cremisi rimase per qualche istante sospesa sull'artiglio lucente. Poi si staccò e cadde esattamente in uno dei solchi argentati. Da qui si mosse e percorse le scanalature del cofanetto come risucchiata da qualcosa. Quindi s'infilò in un minuscolo buco del coperchio e sparì.

I quattro artigli fecero uno scatto all'indietro. Un secondo congegno scattò all'interno e il coperchio si aprì.

Il cofanetto conteneva un oggetto cilindrico in ottone, al quale erano fissate tre ghiere dentate, delle piccole valvole e strani meccanismi a leva.

I due ragazzi osservarono rapiti quell'oggetto sinistro e affascinante.

– E questo che cos'è? – domandò Marill.

10
Uno strano cannocchiale

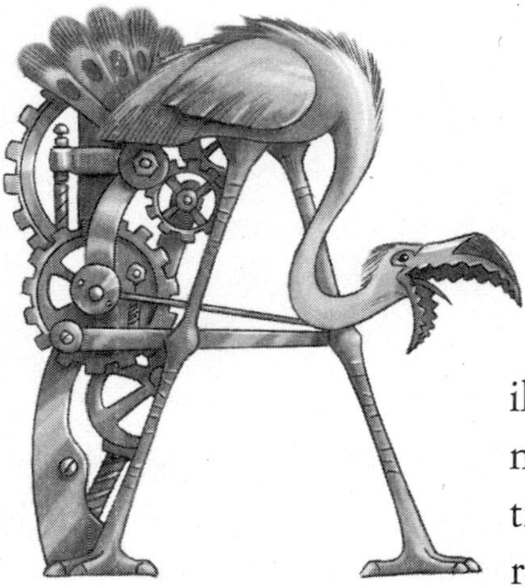

Ailan prese in mano quello strano ibrido di cannocchiale, trombone e sestante e lo rigirò da ogni parte, esaminandone i complicati meccanismi e cercando di intuirne il funzionamento. – Queste tre ruote dentate sembrano i meccanismi di un orologio. Guarda, si possono girare e cambiare di posizione. E queste levette? A cosa serviranno?

– Quest'aggeggio non mi piace – mormorò Marill. – E non piace neanche a Zill. Vero, Zill?

Le antenne del mimure ronzavano, e il cupo brontolio che passava dalla gola al ventre dell'animale era più eloquente di un discorso.

Ailan chiuse un occhio e con l'altro guardò dentro un'estremità del cilindro. – Non si vede niente – disse, senza smettere di pasticciare con ghiere e levette.

– Forse qui vicino al bancone è troppo buio. Perché non lo punti verso la vetrina, dove c'è più luce?

– Hai ragione. Puntandolo verso la luce si vede qualcosa. Strano…

– Cos'hai visto?

– Se te lo dico, non ci credi.

– E dai, cos'hai visto?

Ailan, senza smettere di guardare dentro quell'assurdo cannocchiale, si mise a ridere. – Pazzesco! Sto vedendo il sogno che ho fatto la scorsa notte.

– Fa' provare anche me!

Ailan si staccò dal cilindro di ottone e lo porse alla ragazza.

Marill esitò. Poi lo prese e ci guardò dentro.

– Cosa vedi?

– Non vedo niente.

– Prova a muovere qualcosa.

La ragazza abbassò un paio di levette e fece compiere due scatti a una ghiera.

– Ah! – esclamò Marill.

– Cosa?

– C'è nonna Amandine. È qui, nella pasticceria. Sta preparando dei dolci. Riempie d'acqua una ciotola. Dal rubinetto esce l'acqua di Keola.

– Che forza! – esclamò Ailan.

Tutti gli alteani odiavano l'acqua che usciva dai rubinetti delle loro case. Era oleosa e puzzolente, quasi imbevibile. Avevano provato in mille modi a filtrarla e depurarla, ma non c'era mai stato niente da fare. L'acqua di Altea manteneva il suo gusto nauseante di pesce andato a male. Per questo tutti amavano l'acqua di Keola, limpida e carica di energia. Il solo modo per averla, però, era acquistarla a caro prezzo dagli impianti di proprietà di Victor Vimperion.

– Ho sempre desiderato vedere l'acqua di Keola uscire dai rubinetti di tutte le case di Altea – disse Marill.

– Già, sarebbe fantastico.

– Sì, lo dice sempre anche nonna Amandine. Tutte le volte che deve comprare l'acqua di Keola per fare i suoi dolci.

– Tua nonna usa l'acqua di Keola per fare i dolci?

– Certo, è il suo segreto, ne aggiunge sempre un po' per renderli più soffici. Te la immagini la nonna che prepara i dolci con l'acqua di Altea? Crostate, bignè, torte e pasticcini, tutti che sanno di aringa.

– Che schifo.

– Già – rispose Marill e riprese a guardare dentro il cilindro.

– E adesso cosa vedi?

Marill si concentrò sul cannocchiale. Provò a girare una ghiera, poi un'altra. Alla fine si ritrasse di colpo, arrossendo.

– Cos'hai visto?

– Niente.

– Fa' vedere –. Ailan allungò la mano verso il cilindro.

– Ti dico che non era niente – disse Marill, allontanando l'oggetto dalla portata di Ailan.

– Mi vuoi far vedere? – insistette Ailan, protendendosi ancora di più.

Marill gli diede la schiena e girò qualche ghiera, prima che il ragazzo riuscisse a prenderle il cilindro. – Quanto sei cafone – disse lei, avvampando per la stizza e per l'imbarazzo.

Ailan guardò dentro il cilindro lucente. – Sono io.

Marill arrossì ancora più violentemente.

Ailan ridacchiò. – Sto mangiando i pasticcini di tua nonna.

A quelle parole Marill sembrò rilassarsi. Era evidente che l'immagine era cambiata. – Visto? – disse sollevata. – Non c'era niente di speciale da vedere.

Per alcuni minuti i due ragazzi rimasero in silenzio a guardare quello strano cilindro, che sembrava farsi beffe di loro riflettendo come in uno specchio sogni e desideri. Com'era possibile che quel cannocchiale leggesse nella mente? Com'era possibile che un oggetto simile fosse capitato in mano proprio a loro?

Ailan non poté fare a meno di ripensare alle parole di Dedalus: «Se la bottega ti ha lasciato trovare il cofanetto, significa che devi averlo tu».

– Hai notato i numeri sulle ghiere? – disse ancora Marill.

– È vero, – rispose Ailan – c'è un numero rosso su ognuna.

– È una specie di combinazione?

– Ci puoi scommettere. Ora proviamo.

Ailan ruotò le tre ghiere fino ad allineare i tre numeri rossi mentre Marill lo osservava con un accenno d'inquietudine dipinto sul volto.

Il cilindro lucente parve diventare più chiaro e più caldo.

Davanti agli occhi di Ailan si formarono delle immagini indistinte e tremolanti come fiammelle. Il ragazzo trattenne il fiato, mentre il cuore iniziava a battergli più forte. Dopo qualche istante le figure si fecero nitide.

Avanzava in un salone sfarzoso, dalle pareti rivestite di marmo candido e decorate da statue e bassorilievi meravigliosi. Al centro della sala, due uomini che indossavano l'auriflamma, la sacra veste scarlatta degli arconti, gli voltavano le spalle. Gli sembrò di avvicinarsi sempre di più, ma i due non lo sentivano arrivare: stavano cantando un inno sacro, davanti a un braciere dove ardeva una luminosissima fiamma. Una figura vestita di bianco arrivò all'improvviso e si avventò contro i due arconti, brandendo un pugnale. Con un gesto rapido tagliò loro la gola e gettò i corpi sulla fiamma.

A un tratto la fiamma si alzò rabbiosa, come se fosse indignata per quel crimine. Fruste di fuoco guizzarono per tutto il salone, incendiando ogni cosa.

Ailan cacciò un grido ma non staccò gli occhi dal cannocchiale.

Sentì Marill urlare, e la sua voce gli sembrò arrivare da molto lontano. – Ailan! Molla subito quell'aggeggio!

Ma lui continuò a guardare. Non poteva smettere.

La fiamma improvvisamente si rivolse contro la figura vestita di bianco, avvolgendole la veste. Il pugnale insanguinato cadde, rimbalzando sul pavimento di marmo.

Poi Ailan fu travolto da un turbine di immagini spaventose: l'intera città che ardeva in un terribile incendio, gente che fuggiva, avvolta dalle fiamme…

Si affacciò alla finestra di un palazzo, mentre sotto di lui la folla gridava: «Morte a Midas! Traditore! Assassino!».

Poi le immagini si fecero rapidissime fino a confondersi in un turbine colorato.

Era seduto a una scrivania, in una stanza buia, dalle finestre murate. Davanti ai suoi occhi c'era il cofanetto dagli artigli di bronzo. Lì accanto, c'era uno stendardo triangolare dai disegni complicati. Aveva tutto l'aspetto di una mappa e, lo seppe con certezza, nascondeva le istruzioni per trovare qualcosa di molto prezioso, indispensabile per la sopravvivenza di tutta Altea.

Molto più di un semplice tesoro.

Ailan avrebbe voluto vedere di più, capire meglio. Ma non era lui a controllare il flusso di quei ricordi.

La porta della stanza si spalancò ed entrò un giovane che indossava la veste scarlatta degli arconti. Con voce minacciosa gli ordinò di rivelare dov'era nascosta la Fiamma di Altea.

Infine ogni immagine sparì in un nero vortice, lasciando nel cuore di Ailan una cupa sensazione di morte.

11
Un fuoco che non si consuma

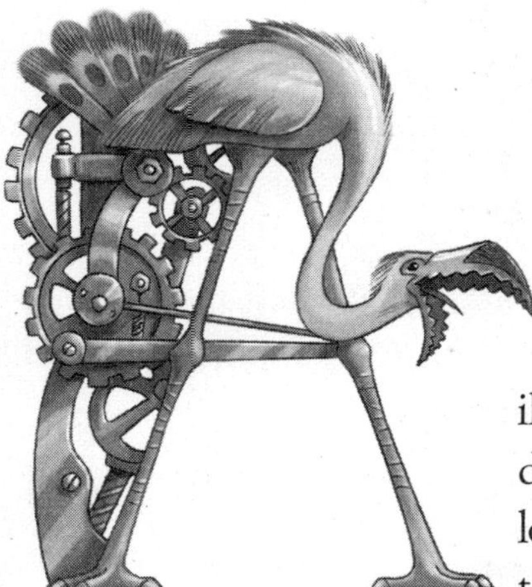

Ailan si lasciò sfuggire il cilindro di mano. Marill lo prese al volo, prima che potesse cadere a terra, e lo depose sul bancone.

– La Fiamma di Altea… – disse Ailan come ipnotizzato dal suono stesso della sua voce.

– Ailan, va tutto bene?

– La Fiamma di Altea, Marill. L'ho vista. Era bellissima, e terribile…

– Ma cosa dici? È stata portata in cielo dagli Dei. Ricordi la lezione di storia? «La Fiamma di Altea, il più prezioso dei tesori, custodita fin dall'inizio dei tempi dai tre arconti. La Fiamma è la fonte della forza vitale di tutti gli esseri viventi. Fu portata in cielo dagli Dei, adirati per il tradimento di Midas.»

– Lo so – rispose Ailan. – Ma la lezione diceva anche: «Altea vivrà finché la Fiamma continuerà ad ardere». Come lo spieghi?

– Non so… forse la Fiamma arde ancora, anche se ce l'hanno gli Dei.

– Ti dico che io la Fiamma l'ho vista – insistette Ailan. – Era proprio lì, davanti a me, e splendeva come il sole. Poi è arrivato qualcuno e ha ucciso due tizi vestiti da arconte, proprio davanti ai miei occhi! L'ho visto affondare il pugnale nella loro gola, e io ero lì, capisci? È stato terribile!

I due ragazzi tacquero, turbati. Stavano cercando di mettere ordine in quello che avevano visto e sentito. Cose terribili che non riuscivano a comprendere in pieno. Capivano solo che quell'oggetto e ciò che avevano scoperto poteva essere pericoloso. Molto pericoloso.

Il silenzio fu interrotto da Zill che si rizzò sulle zampe soffiando, mentre le sue antenne vibravano come impazzite. Fissava il cilindro, che aveva iniziato a scaldarsi. Da un'estremità uscirono piccoli nastri di fumo colorato, che s'intrecciarono come serpentelli in una strana danza.

– E adesso cosa succede? – disse Marill.

– Non lo so – rispose Ailan.

– Non mi piace quel coso.

– Non aver paura, è solo…

Marill lo interruppe con uno strillo. I nastri di fumo si erano avvitati su se stessi e avevano piegato verso Ailan. Un istante dopo gli avevano avvolto la testa come una ragnatela, insinuandosi nelle narici, dentro le orecchie, nella bocca. Due nastri di fumo si erano fatti sottili come aghi e gli erano entrati nelle pupille.

– Ailan! – gridò Marill.

Il fumo si torceva e guizzava, e in quella scia colorata Marill credette di riconoscere delle immagini. Sembravano provenire non dal cilindro di ottone, ma da Ailan. Era come se brandelli di immagini uscissero dai suoi occhi e scivolassero lungo quei serpentelli di fumo, per essere risucchiate in quel malefico cannocchiale. Marill agitò le braccia per cercare di interrompere quel flusso, ma i nastri di fumo danzarono intorno alle mani della ragazza e le immagini continuarono a fluire dalla testa di Ailan dentro il cilindro di metallo.

Marill cercò di spingere via il ragazzo, ma non riuscì neppure a muoverlo. Si accorse con terrore che il volto di Ailan stava cambiando. Si stava come raggrinzendo. Come se, oltre alle immagini, il cilindro succhiasse anche la carne sotto la pelle.

– Ailan, staccati! Staccati! – strillò, senza riuscire a separarlo da quel flusso d'immagini deformate. Sapeva che avrebbe dovuto afferrare quell'oggetto e scagliarlo lontano, ma la vista del volto di Ailan che si consumava davanti ai suoi occhi la paralizzava. Avvicinarsi a quel cilindro sfrigolante era pericoloso, come afferrare a mani nude un tizzone ardente.

Fu Zill a salvare la situazione. Balzò sul bancone, srotolò la lunga coda e la avvolse intorno al cilindro di ottone. Poi, con uno schiocco simile a una frustata, srotolò di colpo la coda e l'oggetto venne scagliato fra le torte della vetrina.

Il flusso s'interruppe e Ailan si accasciò a terra come un sacco vuoto.

– Ailan, stai bene? – strillò Marill, scuotendolo con forza.

Ailan aprì gli occhi e guardò la ragazza, ma sembrò non vederla.

– Ailan, rispondi!

Anche se non rispondeva, Marill si accorse, con un sollievo mai provato prima, che il volto di Ailan stava progressivamente riprendendo il suo aspetto normale. Si sentì come liberata da un incantesimo e allo stesso tempo provò una grande ondata di gratitudine e gioia. Scoppiò a piangere. – Ailan, – disse tra i singhiozzi – ti prego, dimmi qualcosa. Dimmi che stai bene.

Il ragazzo ebbe uno spasmo e afferrò convulsamente le braccia di Marill.

– Aiutami… – mormorò con voce strozzata.

– Ailan, – disse Marill tra le lacrime – ti prego, lasciami! Mi fai male!

Il ragazzo lasciò di colpo la presa. Diede un colpo di tosse, e dalla bocca gli uscì un pulviscolo colorato.

– Ti porto dell'acqua – disse piano Marill, con voce ancora turbata. Aprì una credenza e ne trasse una bottiglia di vetro azzurro.

Zill saltò accanto ad Ailan e prese a strusciarsi contro di

lui. Il suo pelo era di un bellissimo colore ocra ed era più morbido che mai.

– Tieni, – disse Marill – è acqua di Keola. Oggi nonna Amandine dovrà fare una torta in meno.

– O una torta che puzza di aringa – rispose Ailan con un filo di voce. – Scusami se ti ho fatto male. Non volevo. È che io…

Marill fece un risolino che terminò in un singhiozzo. Non sapeva se ridere o piangere. L'importante era che Ailan si fosse ripreso. – Mi hai fatto prendere una paura… Chiamo nonna Amandine, così magari ti fa vedere da un dottore.

– No, aspetta. Va molto meglio e poi non voglio che si sappia del cilindro. Meglio riportarlo da Dedalus.

– Non ho nessuna intenzione di avvicinarmi di nuovo a quell'arnese. E non lo farai nemmeno tu.

– Stai tranquilla. Credo di avere capito come funziona. Se non giri le ghiere sui numeri rossi, non c'è pericolo.

Ailan si avvicinò alla vetrina e prese il cilindro di ottone, che giaceva sopra una meringata completamente spappolata. – Vedi? Non succede niente.

– Stai indietro – disse Marill. – E butta subito via quell'affare.

Ailan non le diede ascolto. Ripose il cilindro nel cofanetto e abbassò il coperchio, che si richiuse con uno scatto. – Ecco fatto. Puoi venire.

La ragazza si avvicinò di un passo, ma rimase a distanza di sicurezza. Si era davvero presa un bello spavento. Più ci pensava, più sentiva montare la collera. – Non voglio più sentire parlare della Fiamma di Altea – disse. – E neppure del cilindro e del cofanetto. E anche tu dovresti restarne alla larga. Ti hanno causato abbastanza guai.

– Forse – disse Ailan. – Ma io voglio guardarci dentro ancora, voglio capirci qualcosa di più. Ho visto una mappa ricamata su uno stendardo. Voglio trovarla, capisci? Credo che si tratti di un tesoro. E poi mi sento strano. Come se avessi in testa dei ricordi non miei. Devo parlare ancora con Dedalus…

– Poco fa quell'affare ti ha quasi ucciso! – rispose Marill angosciata. – E quel Dedalus sapeva che era pericoloso, ma non ti ha fermato. Faresti bene a tenerti alla larga da lui!

Ailan guardò Marill negli occhi. Sapeva che aveva ragione, ma si sentiva attratto da quel cilindro. Sentiva che lì dentro c'era molto altro da scoprire. Rimase alcuni istanti in silenzio, a pensare.

– Hai ragione. È troppo pericoloso usare quel cilindro da soli. Ma forse Dedalus può aiutarci. Forse lui sa come usarlo.

Marill non sembrava per niente convinta.

– Forza, andiamo. Dedalus ci deve almeno una spiegazione, non credi?

– Va bene, hai ragione. Ci penso io a dirgliene quattro, a quello lì! Sai che cosa penso? Che sia un tecnomago, altro che bottegaio!

– Un tecnomago? Uno di quelli che inventavano oggetti magici potentissimi? Ma sono stati tutti cacciati da Altea dal nostro arconte! Comunque forse hai ragione, non ci resta che una cosa da fare, andare da lui e scoprirlo!

Il ragazzo prese il cofanetto con un gesto deciso e fece per dirigersi alla porta, ma ebbe un capogiro.

– Attento – disse Marill, sorreggendolo preoccupata.

In quel momento si aprì la porta che dava sul retro e si affacciò una bambina di circa sei anni, con un vestitino di lino dall'ampio colletto bianco, le guance punteggiate di lentiggini e una cascata di riccioli color rame. – Che bella scatola con gli artigli! – esclamò.

– Maika! – disse Marill. – Che ci fai qui?

– Cosa c'è dentro? – chiese la bambina.

– Niente che ti riguardi.

– Fammi vedere!

– Stai indietro – ordinò Marill.

A quel brusco comando Maika trasalì. Poi guardò la sorella. Marill stava ancora sorreggendo Ailan, e la bambina scambiò quel gesto per una specie di abbraccio.

– Cosa state facendo?

– Non sono affari tuoi.

– Lo so io cosa state facendo – continuò la bambina con un risolino.

– Non stiamo facendo nulla di quello che credi tu.

Maika non le prestò ascolto e iniziò a schernire la sorella cantando una filastrocca: – Ai-lan e Ma-rill si danno un baci-no e dopo nove me-si nasce un bambi-no!

– Piccola scimmia pestifera! – esclamò Marill infuriata. – Chi ti ha aperto la gabbietta? Non dovevi essere con nonna Amandine?

– La nonna è uscita e ha detto che oggi pomeriggio in pasticceria ci devi restare tu.

– Invece ci resterai tu – disse Marill. – Io devo andare con Ailan.

– Nonna Amandine si arrabbierà.

– Affari miei. E ora resta lì. Guai a te se ti muovi.

Marill sospinse Ailan, che teneva il cofanetto sottobraccio, fuori dalla pasticceria.

Una volta all'aperto, Marill fece in tempo a scorgere Maika dietro la vetrina che le faceva le boccacce. I due ragazzi la ignorarono e s'incamminarono tra i ciottoli della via.

– Peste di una sorella! – esclamò Marill ancora inviperita. – Ci mancava solo che si mettesse a pasticciare con il cilindro. Dai, sbrighiamoci. Andiamo a restituire il cofanetto.

Mentre percorreva la via con il cofanetto sottobraccio e Zill appollaiata sulla spalla, Ailan si guardò attorno.

I passanti, nei loro vestiti scuri, si affrettavano per strada con i volti tirati. Fissavano dritti davanti a loro e non scambiavano una parola con nessuno. I negozianti sistemavano la merce nelle vetrine e sui banchi davanti ai loro negozi con gesti stanchi, meccanici, rassegnati. Sembravano condannati a ripetere quei gesti per l'eternità, senza provare la minima gioia per quello che stavano facendo. I conducenti guidavano le loro vetture con lo sguardo fisso nel vuoto. Perfino i cavalli sembravano creature meccaniche. La gente era grigia e triste.

– Diventeremo anche noi così, un giorno? – chiese Ailan.

– Così come?

– Così… spenti.

Poi improvvisamente si sentì di nuovo cedere le gambe.

Marill lo sostenne, afferrando al volo il cofanetto e, sottobraccio, ripresero il cammino in direzione della bottega di Dedalus.

12
Corolle di latta e gigli di metallo

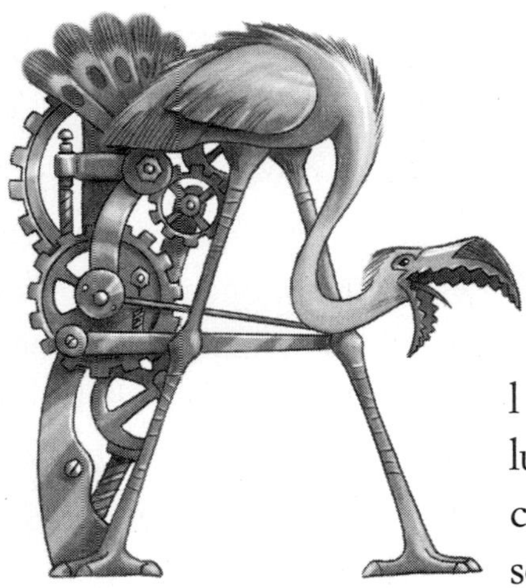

Al limitare della città di Altea, lungo la strada che tra orti e capanni conduceva al porto, sorgevano poche casette. Una di queste si distingueva dalle altre per la recinzione del cortile, fatta di scarti di lamiera, tubi arrugginiti e pezzi di metallo dalle forme più strane, e per le innumerevoli sculture ricavate da pezzi di velocipedi e carrozze, che spuntavano tra i radi ciuffi d'erba del cortile.

Dietro la recinzione, c'era una mite signora dai capelli grigi, che indossava un grembiule da giardino sopra un elegante vestito a fiori e un grazioso cappellino di paglia decorato con una farfalla d'ottone e trucioli di metallo arricciolati come cavatappi. Si muoveva trasognata fra le aiuole del cortile con in mano un innaffiatoio, accarezzando delicatamente i bizzarri fiori di latta delle aiuole, ondeggianti su lunghi steli di rame. Di tanto in tanto traeva dalla tasca del grembiule un paio di cesoie da giardino e dava una sforbiciata qua e là, oppure innaffiava rose e gigli metallici, spruzzandoli amorevolmente di lubrificante.

Come si poteva facilmente intuire dal gran pestare di attrezzi e dai gemiti di metallo tormentato che provenivano dall'interno, quella era la casa di mastro Cingoli, esperto meccanico e maestro ineguagliato nell'arte di riparare velocipedi a vapore.

La signora nel giardino era, come è ovvio, sua moglie, Adelaide Corsetti in Cingoli, un tempo la più richiesta modista di Altea e ora giardiniera a tempo perso. Davanti al capanno, seduti sopra un tronco poggiato su due cavalletti di ferro arrugginito, Sberling e Coppins dondolavano i piedi, succhiando un filo d'erba mentre aspettavano che il meccanico terminasse di riparare i loro velocipedi.

I due non smettevano di osservare l'amabile signora, affascinati dalle surreali premure che offriva ai suoi fiori. Finché lei, a un tratto, si accorse di loro. Smise di sforbiciare e li fissò per qualche istante. Poi si avvicinò ai due velocipedanti e si rivolse a Coppins. – Giovanotto, le serve quel cappello?

– Come dice?

– Il cappello, giovanotto. Le serve o no?

– È il cilindro di ordinanza, signora. Certo che mi serve.

– Peccato. Ne avrei fatto delle bellissime mutande per il mio Rufus.

– Il suo Rufus?

– Sì, il mio gatto. Farebbe un figurone con un paio di mutande di feltro.

I due velocipedanti si scambiarono un'occhiata sconcertata.

A un tratto, sovrastata dal rumore delle martellate, si udì una voce provenire da dentro il capanno. – Un velocipede è pronto – gridò.

Coppins si rianimò di colpo. – È la mia Bessie! Vero, mastro Cingoli?

I colpi di martello cessarono e un uomo brizzolato, con un grembiule di cuoio sporco di grasso sopra i suoi abiti di tela grezza, si affacciò alla porta del capanno.

– Temo di no, signor Coppins – disse Cingoli.

Sul volto di Coppins si dipinse una smorfia di delusione.

Mastro Cingoli rientrò nel capanno e ne uscì sospingendo un velocipede a vapore che sembrava nuovo di fabbrica.

A quella vista, Sberling s'illuminò in volto. – Ottimo lavoro, mastro Cingoli! Lei è sempre il migliore.

– Per servirla, agente Sberling – disse Cingoli con un lieve cenno del capo.

– Ma dov'è Bessie? – chiese Coppins.

– Vede, agente Coppins, – continuò Cingoli pulendosi le mani con uno straccio unto – come dicevo poc'anzi, uno dei due velocipedi è pronto. Ma l'altro…

– ...l'altro? – gli fece eco Coppins.

– Mmm... temo l'abbia preso la mia Adelaide.

– Cosa intende dire? – chiese Coppins con una lieve incrinatura nella voce.

– Vede, – continuò Cingoli grattandosi la testa con la punta di un cacciavite – il fatto è che proprio ieri le si è rotto lo stendibiancheria, e...

– Lo stendibiancheria?

– Lo so, agente Coppins, non è molto educato da parte di Adelaide, ma sa, quando si mette in testa una cosa...

– Quando si mette in testa che cosa? – gridò Coppins. E, senza attendere una risposta, scattò in piedi e iniziò uno slalom tra fiori giganti e sculture di metallo, alla ricerca della sua Bessie.

Sberling guardò Cingoli con aria interrogativa e lui ricambiò lo sguardo con un'espressione imbarazzata.

Improvvisamente Coppins lanciò un grido.

In un angolo del cortile c'era una scultura di metallo che ricordava un abete, con il tronco ricavato da pezzi di telaio e di caldaia e le fronde ricavate da ruote e da raggi di velocipede. Sulla scultura erano drappeggiate delle lenzuola di lino fresche di bucato.

– Bessie! – singhiozzò Coppins. – Che cosa ti hanno fatto?

– Il suo mezzo di trasporto è passato a miglior vita – sentenziò Adelaide. Poi si avvicinò ancora di più a Coppins, cercando di sfiorare la falda del cappello con il dito indice. – È sicuro che quel cappello le serva? Se me lo lascia, anche lui farebbe una vita migliore, sa?

Coppins, con gli occhi umidi di lacrime, appoggiò la mezza tuba su una sedia in ferro battuto. Stava per rispondere quando si sentì toccare la spalla dalla mano sporca di grasso di Cingoli. – Suvvia, agente Coppins, non la prenda così. Lo sa che facciamo? Si tenga pure la mia bicicletta.

– La sua bi-bicicletta? – balbettò Coppins.

– È una bellezza, mi creda. Si troverà bene.

– Senza nemmeno una caldaia a vapore? – piagnucolò Coppins. – Mi toccherà pedalare! Lo sa che salite ci sono per arrivare in città?

– Le garantisco che non farà nessuna fatica, grazie a una mia invenzione. Vede quelle ruote dentate vicino ai pedali? E quelle levette sul manubrio? Belle, vero? E funzionano benissimo. Le ho chiamate “scambio”.

Coppins scoppiò a piangere.

– Vedrà, – tentava di consolarlo mastro Cingoli – sistemeremo tutto. Presto Adelaide si dimenticherà del suo stendibiancheria. Tra un paio di giorni ci rivediamo, lei mi ridà la bicicletta e io le restituirò la sua Bessie meglio che nuova. Anzi, ci metto su anche le ruote dentate e le levette. Che ne dice?

– Posso riavere almeno la sirena e la catenella? – chiese Coppins tra i singhiozzi. Poi si accorse che il cappello che aveva appoggiato sulla sedia era sparito. – Ehi, – esclamò – dov’è finita la mia mezza tuba?

A quel punto Sberling lo interruppe, prendendolo per

un braccio. – Lascia stare la mezza tuba, Coppins. Guarda laggiù!

Dalla strada che conduceva al porto stava scendendo un ragazzo con un cofanetto di legno sottobraccio, accompagnato da una ragazza con una lunga treccia nera.

– È quel ragazzo! Lo riconosco benissimo! – gridò Sberling. – Presto, Coppins, prendi quella bicicletta!

– Ma io… – protestò Coppins, ma non finì la frase, perché fu colpito alla nuca da un violento ceffone.

– In sella ho detto, stupido! – sbraitò Sberling.

I due velocipedanti inforcarono i loro veicoli e si lanciarono fuori dal cortile di mastro Cingoli. Non si erano accorti che davanti a loro era appena passato un gatto tigrato con indosso un paio di mutande di feltro.

Ailan e Marill si erano appena lasciati alle spalle la piazza principale e si stavano dirigendo verso la bottega di Dedalus. Zill passava da uno all'altra, appollaiandosi a turno sulle loro spalle. Improvvisamente allungò le antenne, allarmata. Un attimo dopo i due ragazzi si sentirono chiamare.

– Ehi, voi due! Fermi, in nome di Altea!

Erano i due velocipedanti. Uno di loro non aveva il velocipede a vapore, ma pedalava come un forsennato su una bicicletta rossa.

Ailan e Marill fecero finta di nulla e allungarono il passo, imboccando il viale alberato che risaliva in città. Speravano di defilarsi in qualche vicolo, senza dare troppo nell'occhio, ma uno dei due velocipedanti li oltrepassò e tagliò loro la strada, mentre l'altro, quello con la bicicletta rossa, arrivò da dietro.

– Bene, bene, bene – disse Sberling, scendendo agilmente dal velocipede. – Ti abbiamo beccato! Stamattina sei fuggito davanti a due funzionari di Altea.

– Causando la distruzione dei loro velocipedi – aggiunse Coppins con tono petulante.

– Non è colpa mia – si difese Ailan. – Ero inseguito da un gabbiano a vapore che…

– Silenzio! – ordinò Coppins. – Cosa c'è in quel cofanetto? Dove l'hai rubato?

Ailan non rispose e fece un passo indietro, andando a urtare contro Coppins.

– Avanti, moccioso, – disse Coppins – dammi il cofanetto.

– Non ne avete il diritto – protestò Marill.

Zill si mise a soffiare e mostrò a Sberling i suoi canini affilatissimi.

– Buona, Zill – disse Ailan, trattenendola con la mano libera.

– Il cofanetto è confiscato – sentenziò Sberling, strappandolo dalle mani del ragazzo. – E ora filate, prima che chiami i feriflammi e vi faccia sbattere in prigione.

I due funzionari inforcarono i loro veicoli e si mossero in direzione della città.

Ai due ragazzi non rimase che osservare le sagome dei due

velocipedanti, in precario equilibrio sui loro veicoli, allontanarsi lungo il viale alberato.

Immediatamente Sberling e Coppins iniziarono a litigare sul destino dell'oggetto che avevano appena sequestrato.

– Voglio quel cofanetto – diceva Coppins.

– Sei uno stupido – rispondeva Sberling. – Sai bene che non possiamo tenere niente per noi. Se Kaspar Kayman scopre che abbiamo quest'oggetto, passeremo dei guai.

– Ma noi non glielo diremo – si difendeva Coppins.

Sberling mollò un violento ceffone sulla nuca del compagno, facendolo sobbalzare. – Sei doppiamente stupido. Se portiamo noi il cofanetto a Vimperion, potrebbe scapparci una ricompensa. Ha tutta l'aria di contenere qualcosa d'interessante.

Coppins, barcollando per il colpo ricevuto, strinse a sé il cofanetto. – Non lo cederò mai. È stata mia l'idea di sequestrarlo, quindi me lo tengo. E stanotte dormirò col cofanetto. Non vorrei che a qualcuno venisse l'idea di portarmelo via...

Sberling mollò per un istante il manubrio e agitò le braccia in segno di disappunto. Quando Coppins s'impuntava su una cosa, non c'era verso di farlo ragionare.

13
Gli arconti ombra

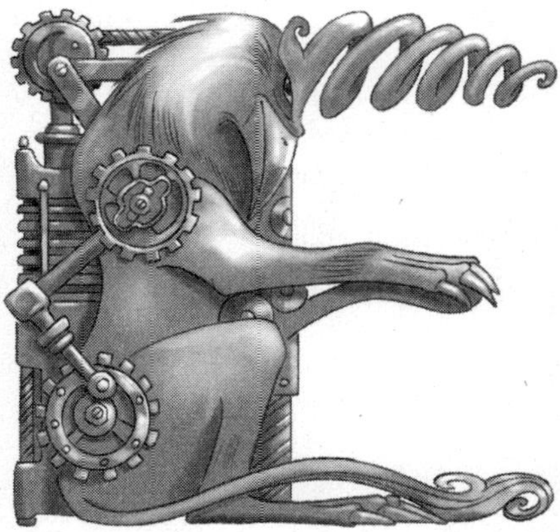

E ora che facciamo? – chiese Marill appena i due zelanti funzionari di Altea si furono allontanati.

– Andiamo da Dedalus – rispose Ailan riprendendo a camminare.

– E perché? Ormai non abbiamo più il cofanetto.

– Lo so. Ma ci deve delle spiegazioni. E poi voglio tentare di farmi restituire il quadro.

– E perché dovrebbe ridartelo? Avete fatto uno scambio.

– Lo so, ma voglio provare. E se non vuole ridarmi il quadro, gli chiederò di spiegare a quei due palloni gonfiati che il cofanetto è mio e che non l'ho rubato. Magari riesce a convincerli a restituirmelo.

Tutti presi dalla rabbia per l'ingiustizia subita, i due ragazzi arrivarono quasi senza accorgersene davanti alla bottega di Dedalus. Sulla porta era appeso un cartello rosso con una scritta dorata svolazzante: *Torno subito.*

Ailan fece alcuni passi indietro e scrutò la bottega. Anche le finestre al primo piano sembravano chiuse. Ma da uno dei comignoli usciva un filo di fumo.

– Io dico che è dentro.

– Proviamo dal retro.

I due ragazzi girarono dietro l'edificio e trovarono l'ingresso del retrobottega. La vecchia porticina di legno sbrecciato dipinta di rosso era socchiusa. Si scambiarono un'occhiata d'incoraggiamento e s'infilarono nella bottega.

Era buio pesto.

Ailan prese per mano Marill e si tuffò nel buio. Iniziò a procedere a tentoni, con il fiato sospeso, per paura di urtare qualcosa o di essere afferrato da qualche strano macchinario. Finché a un tratto, Zill, grazie ai suoi occhi simili a quelli dei gatti, iniziò a proiettare nella mente di Ailan le immagini del retrobottega per aiutarlo a districarsi tra gli oggetti di ogni genere, forma e dimensione sparsi ovunque.

Finalmente, al di là di una torre di cianfrusaglie, Ailan e Marill videro una lama di luce dorata filtrare tra le assi del pavimento. I due ragazzi si avvicinarono in punta di piedi e sbirciarono dalla fessura, ma non riuscirono a vedere nient'altro che il pavimento di pietra del locale sottostante. Però sentirono delle voci. Accostarono l'orecchio all'impiantito di legno grezzo, per ascoltare meglio.

– Non ci rimane molto tempo – diceva una voce maschile.

– Forse ne abbiamo ancora un po' – rispose una voce femminile. – Neppure Vimperion sa dove cercare la Fiamma di Altea.

– Ma che succede là sotto? – sussurrò Marill, staccando per un istante l'orecchio dall'asse e guardando il volto di Ailan nell'ombra. – E la voce della donna… mi sembra di conoscerla…

– Lui è Dedalus – sussurrò il ragazzo e senza aggiungere altro si pose il dito indice davanti alle labbra per invitare Marill a fare silenzio e a continuare ad ascoltare.

– Non è questo il punto – continuava la voce di Dedalus. – Vimperion potrà impiegare ancora mesi o addirittura anni per ritrovare la Fiamma di Altea, ma questo importa relativamente. Chi non ha tutto questo tempo è la gente di Altea. Si stanno spegnendo ogni giorno di più e neppure se ne rendono conto. Quanto tempo credi che ci resti?

– Se solo trovassimo l'hypnoscopio! – esclamò la voce femminile. – Potrebbe rivelarci i segreti di Midas e condurci alla Fiamma di Altea.

– Mia cara, l'ho cercato ovunque. Comincio a pensare che questo famigerato oggetto fabbricato dai tecnomaghi non sia mai esistito.

– E allora cosa pensi di fare?

Marill sollevò di scatto la testa. – Ma è nonna Amandine! Che ci fa da Dedalus?

Una delle due sagome si mosse, finì per un attimo nel campo visivo di Ailan e scomparve.

In quel breve istante il ragazzo vide attraverso la fessura del pavimento il proprietario del bazar, vestito con una tunica scarlatta bordata d'oro, uguale alla veste da cerimonia di Victor Vimperion.

– Sono tutti e due vestiti da arconte – disse piano Ailan.

– Eh? Se ne stanno nascosti in cantina vestiti da arconte?

– Guarda anche tu, se non ci credi.

In quel momento una figura emerse dall'ombra dietro di loro. – Bene, bene, – disse – sembra che abbiamo visite.

– Dedalus?

– Proprio io. Dulof Erwin Dagastik Admetus Labirent Ulunder Sakataranta, detto Dedalus. Di che vi stupite? Siete nella mia bottega, o no? Forza, seguitemi.

Dedalus scomparve dietro una porta di legno, quasi invisibile nell'oscurità del retrobottega.

I due ragazzi si scambiarono un'occhiata perplessa.

La testa di Dedalus ricomparve per un attimo. – Coraggio, venite con me e non abbiate paura. Restando lì continuerete a non capirci niente.

Ailan e Marill lo seguirono oltre la porta di legno e discesero una lunga scalinata scricchiolante, finché si trovarono in un locale intonacato di bianco, con un tavolo e delle panche di rovere. Una lampada a petrolio vi diffondeva una debole luce dorata.

Seduta al tavolo c'era una donna molto anziana, con due occhi acuti come spilli e il sorriso di una bambina, che vestiva una tunica scarlatta bordata d'oro.

Sul tavolo c'era la memostrilla, che appena vide il gruppo scendere le scale zompò con uno strillo in grembo alla vecchina.

– Buona, Strilla. Sono amici. Ailan lo conosci, vero?

La memostrilla replicò il volto di Ailan sulla propria superficie gelatinosa.

– Nonna Amandine! – esclamò Marill. – Ma cosa succede? Perché ti nascondi nella cantina di Dedalus? E perché sei vestita come l'arconte?

– Mio caro Dedalus, – disse Amandine rivolta al proprietario della bottega – pare che sia giunto il momento di dare una spiegazione a questi ragazzi.

– Sedetevi – ordinò Dedalus.

Ailan e Marill obbedirono, tanto intimoriti da dimenticarsi il motivo per cui erano arrivati fin lì.

Dedalus si sedette. Prese la memostrilla dal grembo di Amandine e iniziò a parlare, tranquillizzando il mollusco con dei grattini vicino alla conchiglia.

Zill dalla spalla di Ailan era intanto saltata sul tavolo e si avvicinava sospettosa alla memostrilla, con le antenne che vibravano come le ali di un calabrone, mentre il mollifluo si ritraeva.

– Come certo sapete, – disse Dedalus – un tempo gli arconti erano tre.

– E voi sareste gli altri due? – scherzò Marill fissando le loro tuniche scarlatte. – E io che pensavo che Dedalus fosse uno dei tecnomaghi!

Dedalus scoppiò a ridere. – Ma come, a scuola non v'insegnano che il nostro arconte li ha… "estinti"? A quanto pare non ti piacciono molto, i tecnomaghi. Non mi stupisce, con quello che vi raccontano a scuola, ma presto potresti scoprire cose su di loro che neanche t'immagini, mia cara –. Dedalus s'interruppe e restò un attimo in silenzio, quasi volesse dare più solennità alle sue parole, poi proseguì: – Non siamo tecnomaghi. Ci piace chiamare noi stessi "arconti ombra".

– Arconti ombra? – domandò Ailan. – E perché?

– Perché dovremmo essere arconti a fianco di Vimperion, ma siamo costretti a rimanere nell'ombra.

Marill sgranò gli occhi. – Quindi voi sareste…

– I discepoli degli arconti assassinati, costretti a rimanere nell'ombra e a vegliare su Altea in segreto. È questo il motivo per cui indossiamo l'auriflamma, la veste scarlatta degli arconti, ragazza. Per ricordare a noi stessi chi siamo e chi dovremmo essere. Anche se ci troviamo in una cantina.

Amandine sospirò. – Vimperion sospetta di noi da sempre. I suoi feriflammi ci tengono d'occhio e aspettano solo l'occasione buona per farci sparire. Anzi, a dire il vero, mi chiedo come mai non l'abbiano ancora fatto. Ogni tanto ricevo visite di quell'orribile individuo, Kaspar Kayman, ma le sue minacce non mi spaventano.

Marill corse ad abbracciare nonna Amandine. – Ma è terribile! Perché non mi hai detto niente?

Amandine accarezzò affettuosamente la nipote. – Non eri ancora pronta, piccola. Ora saprete, se non proprio tutto, almeno ciò che siete in grado di capire in questo momento. Dedalus, ti dispiacerebbe spiegare ai ragazzi come sono andate veramente le cose?

Dedalus fece un cenno di assenso, poi guardò entrambi i ragazzi negli occhi per assicurarsi di avere tutta la loro attenzione. Ma i due già pendevano dalle sue labbra, sbalorditi da quello che avevano visto e sentito, e morivano dalla voglia di sapere il resto.

– Come dicevo, il nostro destino era essere arconti a fianco di Vimperion. Amandine, Vimperion e io eravamo i tre discepoli dei precedenti arconti, destinati a governare Altea. Purtroppo nessuno lo sa. E, soprattutto, nessuno ci crederebbe se lo raccontassimo. Durante i primi anni di addestramento, il nome dei discepoli deve rimanere segreto, per permettere agli arconti di cambiare idea, in caso il loro allievo non si dimostri all'altezza dell'incarico. Neanche i discepoli si conoscono tra loro: Vimperion non sapeva di noi, mentre io conobbi Amandine quel giorno a causa di quello che successe… I nostri maestri furono assassinati poco prima di rivelare il nostro nome al Consiglio dei Saggi. Così l'unico a essere presentato al Consiglio fu Victor Vimperion, discepolo di Midas Mentor.

Dedalus si alzò in piedi, spostando fragorosamente indietro lo sgabello. – Ricordo quel giorno come fosse ieri. Eravamo vestiti di bianco, con il cuore che batteva forte per l'emozione. Victor era stato appena presentato da Midas al Consiglio dei Saggi e si era diretto con lui nel Tempio della Fiamma, per raccogliersi in preghiera. Amandine e io aspettavamo i nostri maestri, che ci avrebbero accompagnati davanti al Consiglio, per presentarci a loro ufficialmente, ma non arrivarono mai. Arrivò Victor, urlando che aveva visto Midas uccidere i due arconti. Subito dopo scoppiò il Grande Incendio che arse la città... e la nostra vita cambiò per sempre.

Amandine gli strinse un braccio. – Sono cose che non si dimenticano. Il seguito della storia è scritto sui libri: Midas è stato imprigionato, Vimperion è diventato arconte unico e la Fiamma è scomparsa. E noi siamo diventati arconti ombra.

14
Il segreto dell'hypnoscopio

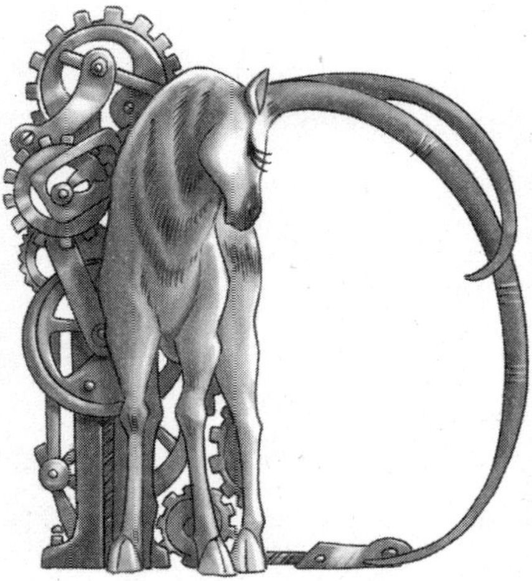

Dedalus picchiò un pugno sul tavolo.

Zill, spaventata, si rifugiò sulla spalla di Ailan e la memostrilla si nascose nell'auriflamma di Amandine.

– In tutti questi anni Vimperion ha fatto cattivo uso del suo potere – disse. – E noi, gli arconti ombra, abbiamo giurato di vegliare su Altea, di proteggere il popolo e di ritrovare la Fiamma.

– Ma la Fiamma è stata portata... – tentò di interromperlo Marill.

– Storie – sbottò Dedalus. – Noi non crediamo che la Fiamma sia stata portata in cielo dagli Dei. Pensiamo che sia ancora ad Altea, nascosta da qualche parte. Ma temiamo che stia per esaurirsi, perché vediamo gli abitanti di Altea perdere a poco a poco la propria forza vitale. Anche voi vi sarete accorti che la gente è sempre più grigia, spenta. Stanno perdendo la gioia di vivere. È l'inizio della fine: il primo sintomo dell'agonia del nostro popolo. Ma tutto questo potrà essere evitato se la Fiamma verrà restituita ad Altea. Ecco perché dobbiamo ritrovarla al più presto.

– Purtroppo anche Vimperion la sta cercando – aggiunse Amandine. – Lui però la vuole per sé: una fonte di energia illimitata per le sue industrie. Ma, più di ogni altra cosa, la Fiamma gli servirà per preparare altro siero degli arconti, che dona salute e lunga vita. In questi anni, non è invecchiato di un giorno. Questo significa che ha bevuto il siero in modo improprio, senza mai diminuire la dose. E il motivo non può essere che questo: Vimperion vuole conservare la giovinezza e il potere per sempre.

– Per fortuna, – concluse Dedalus – fino a oggi tutti i suoi sforzi per ritrovare la Fiamma di Altea si sono rivelati vani.

Nella penombra della cantina cadde il silenzio.

Intanto Zill era scesa dalla spalla di Ailan e aveva allungato una zampa verso la memostrilla. Il mollifluo, con la rapidità di una freccia, protrasse un'estremità del proprio corpo gelatinoso colpendo Zill sul muso. Entrambi gli animali fecero un balzo e si nascosero, agli angoli apposti della cantina.

Fu Ailan a interrompere il silenzio. – Allora è a questo che serve la mappa... a ritrovare la Fiamma di Altea!

– Mappa? – tuonò Dedalus, afferrandolo per un braccio. – Di quale mappa stai parlando, ragazzo?

– Era una specie di stendardo triangolare che stava sulla scrivania di Midas... L'ho vista nel cannocchiale...

Amandine guardò Dedalus. – Non starà parlando dell'hypnoscopio...

– L'hypnoscopio! – esclamò Dedalus. – Tu hai l'hypnoscopio? L'ho cercato in ogni angolo di Altea! Come l'hai avuto?

– Me l'ha dato lei! Era nel cofanetto.

Dedalus si picchiò il palmo della mano sulla fronte. – Ma certo! Come ho fatto a non pensarci? Avrei dovuto sospettarlo quando ho visto lo stemma sul cofanetto... Ottimo lavoro, ragazzo. Lo sapevo che eri in gamba. È giunto il momento di scoprire parecchie cose interessanti. Forza, tira fuori l'hypnoscopio.

– Mmm, – disse Ailan – ce l'hanno i velocipedanti.

– Che cosa hai detto? – gridò Dedalus. – È un disastro! Dimmi che non ho capito bene!

– Ha capito benissimo – rispose seccata Marill. – Quel coso, l'hypnoscopio, era dentro il cofanetto. E il cofanetto l'ha sequestrato una pattuglia di velocipedanti. E tanto perché lo sappia, quell'affare ha quasi ammazzato Ailan! Eravamo venuti a dirgliene quattro, ma lei ci ha rintronato con questa storia sulla Fiamma, sugli arconti ombra e su Vimperion!

– La ragazza ha ragione, Dedalus – disse Amandine. – Non puoi prendertela con loro. Come ti senti adesso, Ailan?

– A dire la verità mi sento un po' strano…

– Non mi stupisce affatto. Guardare nell'hypnoscopio è molto pericoloso se non lo si sa usare. L'hypnoscopio ha tre funzioni – spiegò Amandine. – Rende evidenti i sogni. Svela i desideri. Estirpa o innesta i ricordi, a seconda della direzione che si dà al flusso. A quanto pare, ora nella tua mente ci sono i ricordi di Midas Mentor. E nell'hypnoscopio potrebbero esserci dei ricordi tuoi. Dimmi, ragazzo, ti ricordi tutto? Prova a pensare al tuo passato. Pensa a quand'eri piccolo…

Ailan rimase un attimo in silenzio. Poi spalancò gli occhi, smarrito. – Io… non mi ricordo! Di quando ero piccolo, della mia casa… non ricordo neanche mia madre! –. Ailan nascose la testa fra le mani, per non far vedere che gli venivano le lacrime agli occhi. – Non voglio i ricordi di un altro, rivoglio i miei! Voglio ricordarmi mia madre!

Marill gli mise una mano sulla spalla. Avrebbe voluto consolarlo, ma non sapeva cosa fare. Si sentiva impotente e goffa.

Dedalus fece una pausa, arrotolandosi pensoso la punta di un baffo. – Mi dispiace, Ailan. Comunque è meglio che tu lo sappia: i ricordi di Midas potrebbero riaffiorare quando meno te lo aspetti.

– Ma i miei ricordi? – mormorò Ailan. – Posso riaverli?

– In teoria, sì. Basta girare le ghiere nel verso giusto – spiegò Amandine.

Dedalus si avvicinò ad Ailan, gli mise le mani sulle spalle e lo scrutò da sotto le sopracciglia cespugliose. – Devi assolutamente ritrovare l'hypnoscopio, e non solo per riavere i tuoi ricordi. Ormai avrai capito che da questo potrebbe dipendere il destino di Altea. Riportamelo e ti aiuterò a riprenderti i tuoi ricordi.

– E come facciamo a riprendere l'hypnoscopio? – chiese Ailan.

– Avete bisogno di un piano – fece Dedalus. – E magari di qualche attrezzo speciale. Andiamo di sopra.

Dedalus e Amandine si sfilarono le loro preziose tuniche scarlatte, le ripiegarono con cura e le riposero dentro una cassapanca intarsiata. Poi risalirono la scala di legno. I ragazzi si scambiarono un'occhiata dubbiosa e si decisero a seguirli.

Appena fu al piano di sopra, Dedalus girò un interruttore di ceramica e la debole luce di una lampadina elettrica illuminò la bottega, lasciando intravedere gli scaffali colmi di oggetti bizzarri e strampalati. Le invenzioni dimenticate.

– Bene – disse Dedalus. – Sapete come funziona. Scegliete un oggetto a testa.

Amandine aggiunse: – E cercate di scegliere un oggetto che vi possa servire nella vostra missione.

– Ma... – fece Ailan. – E il piano?

– Quello è compito vostro. Non possiamo certo suggerirvi qualcosa che non siete in grado di portare a termine.

I due ragazzi si scambiarono un'altra occhiata, poi iniziarono a scrutare gli scaffali. Dopo una breve ricerca Ailan prese una strana corda, composta di anelli metallici sovrapposti. «Una fune robusta serve sempre» pensò, mettendosela a tracolla.

Marill invece scelse una piccola bisaccia di stoffa blu.

– Bene, bene, bene, – disse infine Dedalus – avete scelto una palofune metallica e una sborsa miniaturizzante. Scelta brillante. Ailan, tu sai usare la palofune, vero?

– È solo una corda fatta di anelli metallici – disse Ailan. – Che c'è da sapere?

Dedalus lo guardò con disappunto. – Mi deludi, Ailan. Scegli un oggetto senza nemmeno conoscerne le proprietà. Va bene, stai a vedere.

Dedalus distese un pezzo della fune e girò in senso orario uno degli anelli metallici alla base della porzione srotolata. Il tratto di corda disteso rimase rigido, come un palo.

– Vedi? – disse. – Se stringi l'anello, la fune s'irrigidisce e mantiene la forma che le hai dato.

– Forte! – esclamò Ailan.

– Ora vediamo cosa sa fare la mia sborsa – disse Marill. – Ailan, dammi la tua palofune.

Ailan diede la palofune a Marill, che la introdusse nella sborsa. Anche con dentro la palofune, la bisaccia sembrava vuota.

– Perfetto – disse Marill. – Quanta roba può contenere?

– E chi lo sa? – rispose Dedalus. – Per ora il suo limite non è ancora stato raggiunto. E ora, ragazzi, buona fortuna. Uscite dal retro, è meglio. A quest'ora il viale è pieno di gente. Meglio che non vi vedano uscire dalla bottega.

Ailan e Marill, che non avevano ancora inquadrato bene

tutta la faccenda, si ritrovarono nel viottolo dietro la bottega di Dedalus, immerso nelle prime ombre della sera. Turbati dagli assurdi eventi di quella giornata, si diressero verso la casa di Marill, discutendo e litigando su ogni particolare di ciò che avevano visto e sentito.

I due arconti ombra rimasero soli.

– Allora, Dedalus, – disse Amandine – che ne pensi?

Dedalus si diede una grattata alla barba appuntita. – Penso, mia cara Amandine, che la ricerca dei nostri discepoli è terminata. Presto Altea avrà due nuovi arconti.

– Arconti ombra, vorrai dire.

– Arconti, mia cara. Ho detto esattamente quello che intendevo dire: arconti.

15
Il guerrieri di ghisa

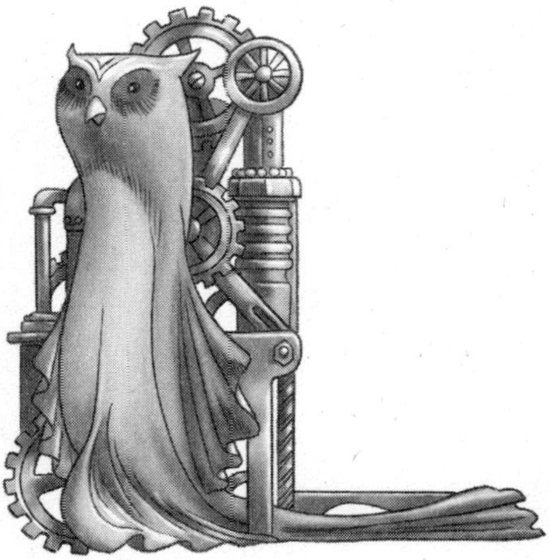

La mattina dopo, Ailan e Marill speravano di avere campo libero. L'idea era quella di fare un giro vicino alla caserma dei velocipedanti. Una volta lì si sarebbero fatti venire in mente qualcosa.

Sulla porta della pasticceria, vennero subito intercettati da nonna Amandine. – Fermi là, ragazzi. Dove credete di andare?

– Ma come? – borbottò Ailan. – Non dovevamo salvare Altea, la Fiamma e tutto il resto?

– Certo. Dopo che avrete finito di darmi una mano. Nel frattempo, nulla v'impedisce di pensare. Anzi: niente aiuta di più il cervello che avere le mani impegnate!

Così Ailan e Marill si ritrovarono a tritare nocciole, mandorle e pistacchi, impastare biscotti e torte, infornare e impacchettare paste e dolcetti. Poi spazzarono, spolverarono, ripulirono e lucidarono la pasticceria.

E, come aveva previsto Amandine, lavorare non impedì ad Ailan di pensare.

Anzi, per tutta la mattina Ailan non fece altro: pensò a suo padre, al funzionario che voleva Zill a tutti i costi, all'hypnoscopio, alla mappa disegnata sullo stendardo, alla Fiamma…

Ma quando finalmente riuscì a terminare tutte quelle faccende, per quanto avesse pensato, un piano ancora non l'aveva, e Marill neppure.

Solo dopo pranzo nonna Amandine disse, ripiegando il suo tovagliolo: – Adesso potete andare, ragazzi. A quest'ora, con il caldo che fa, non c'è in giro nessuno. Ma fate attenzione, soprattutto tu, Ailan.

Un'ora dopo, sotto un sole rovente, Ailan e Marill osservavano l'alto muro di mattoni rossi che circondava la caserma dei velocipedanti.

Oltre il muro si poteva scorgere solo l'ultimo piano della caserma, un edificio anch'esso di mattoni rossi con gli spigoli di pietre bianche e il tetto di ardesia.

– Zill, – disse Ailan – va' un po' a vedere che cosa c'è là dietro.

Il mimure lasciò la spalla del ragazzo e si arrampicò lungo

il tronco di un'alta magnolia che protendeva i suoi rami, carichi di foglie lucide, ben oltre il muro di cinta. Balzando di ramo in ramo, il mimure arrivò alla sommità dell'albero e si mise a scrutare all'interno. Subito nella mente di Ailan si formò l'immagine di un prato ben curato, sul quale erano disposte delle statue di metallo. Sembravano guerrieri, equipaggiati con zaini e lance, ed erano rivolti verso le mura, come se stessero di guardia.

– Che strano – esclamò Ailan. – A parte le statue, non c'è nessuno.

– Cosa pensi di fare?

– Pensavo di infilarmi nel vicolo qui a fianco, dove non passa mai nessuno. Da lì scavalchiamo il muro di mattoni.

– Sei matto? Ci vedranno di sicuro.

– No, se c'è Zill di guardia. Se c'è pericolo, ci avvertirà. Dai, seguimi.

Ailan si infilò nel vicolo, seguito di malavoglia da Marill.

– Ecco, – disse il ragazzo – da qui non ci vede nessuno. Ora vediamo se ho scelto bene l'oggetto di Dedalus.

Ailan srotolò la palofune di sei piedi e ne serrò un anello. Un'estremità s'irrigidì, mentre l'altra rimase flessibile. Modellò l'estremità flessibile facendole prendere la forma di un piedistallo, serrò l'anello a quell'estremità e la palofune rimase dritta in piedi, come un palo fissato a un supporto.

– Mitico! – esclamò Ailan, accostando la fune alla parete della caserma. – Ora provo ad arrampicarmi.

– Stai attento, per favore.

Ailan fece un sorriso spavaldo e si appese alla fune metallica, saggiandone la tenuta. Siccome sembrava reggere il suo peso, iniziò ad arrampicarsi.

La palofune ondeggiò ma resse e mantenne la forma. Quando fu in cima, si sporse verso il basso e sussurrò: – Forza, Marill, vieni su. Dai, che non c'è nessuno.

Marill lo imitò e si ritrovò accanto a lui in cima al muro. Ma la sua espressione non era per nulla rilassata. – E ora che facciamo?

– Non c'è nessuno di guardia. Scendiamo nel cortile.

– Sì, ma dopo?

– Troviamo un nascondiglio.

– Tu sei matto.

– Abbiamo Zill. Ci avviserà lei se c'è pericolo.

– Ailan, ragiona! Zill non può guardare dappertutto.

Ma Ailan non la stava più ascoltando. Si portò l'indice davanti alle labbra e, senza dire una parola, srotolò la fune metallica dall'altra parte del muro e si calò nel cortile. Marill lo seguì agilmente: in ginnastica era la migliore della sua classe.

Quando furono entrambi all'interno della caserma, Ailan girò in senso antiorario un anello alla base della palofune, che si afflosciò al suolo. Marill la arrotolò e la infilò nella sborsa, che rimase leggera e floscia, come se non contenesse nulla.

I due ragazzi avanzarono verso la fila di statue, guardandosi attorno, inquieti, con il cuore che accelerava i battiti per la paura. Avevano fatto solo pochi passi verso l'ingresso principale della caserma quando Marill si fermò di colpo. La sua mano serrò il braccio di Ailan.

Ailan, senza parlare, le restituì uno sguardo interrogativo.

Marill fece cenno con la testa in direzione della statua più vicina. Era un guerriero di ghisa alto sei piedi, con un'armatura in ottone dalla foggia antica e una sorta di zaino sulla schiena, dal quale scendeva un tubo che s'infilava in un piedistallo di pietra. La ragazza teneva gli occhi fissi sulla scultura di metallo. – È una mia impressione o gli occhi di quella statua stanno seguendo i nostri movimenti?

Ailan si sentì percorrere da un brivido. Marill aveva ragione: quegli occhi li stavano fissando.

Uno strano gorgoglio prese a salire su per il tubo e dentro lo zaino dell'armatura. Quando la scultura iniziò a socchiudere la bocca, Ailan non attese oltre.

– Corri, Marill! – gridò, scattando in avanti e tirandosi dietro la ragazza.

Dalla bocca della scultura eruppe un getto di vapore bollente, che colpì il punto dove un istante prima c'erano i due ragazzi. Contemporaneamente, tutte le altre statue del giardino emisero fiotti di vapore, fischiando come locomotive e incrociando i loro getti bollenti.

Ailan sentì Marill gridare di dolore. Subito dopo gridò anche lui, raggiunto a un braccio da un getto di vapore bollente.

I due ragazzi si precipitarono verso il muro di cinta, srotolarono la palofune, e riuscirono a calarsi dall'altro lato un attimo prima che i velocipedanti accorressero, richiamati dall'allarme.

Ailan fece appena in tempo a recuperare la palofune e passarla a Marill, che la infilò svelta nella sborsa.

I ragazzi potevano sentire le voci concitate dei velocipedanti e gli ordini del comandante. – Voi, controllate le mura, svelti! Voi, al perimetro esterno!

Ailan gettò uno sguardo ansioso alla via, in cerca di un nascondiglio. Non c'era nessun riparo. La strada era deserta. C'era solo una spazzina, intenta a lavare il marciapiede con generose secchiate d'acqua che colavano in un tombino aperto, poco lontano.

– Il tombino! – gridò Marill.

I ragazzi s'infilarono nel tombino e si aggrapparono alle staffe di metallo che scendevano nel pozzo.

La spazzina lanciò loro uno sguardo distratto, poi riprese il suo lavoro.

Scesi di pochi gradini, l'apertura sopra le loro teste si oscurò: era stata coperta da qualcosa. Ailan e Marill s'immobilizzarono, aggrappati alla meglio alle scivolose staffe di metallo. Si misero in ascolto e attesero.

In quella manciata di secondi un drappello di velocipedanti si era precipitato fuori dal cancello della caserma, sparpagliandosi a ventaglio nelle strade vicine. Non videro nulla, a parte un carretto delle scope fermo nel vicolo, quasi a ridosso del muro di cinta della caserma, e una giovane spazzina dalla pelle scura che stava pulendo il marciapiede con movimenti lenti e tranquilli.

Un velocipedante le si avvicinò e la scrutò con sospetto. – Ehi, tu! Hai visto qualcuno uscire dalla caserma?

– Nessuno, a parte voi.

Un altro velocipedante aprì gli sportelli del carretto e scrutò all'interno. – Qui ci sono solo secchi, spazzole e stracci.

– È il carretto di uno spazzino, non di un gelataio – rispose la ragazza. – Cosa cercate, di preciso?

I due velocipedanti non si accorsero del tombino scoperchiato, proprio sotto il carretto delle scope.

– Stiamo perdendo tempo. Forza, andiamo a cercare più avanti nel vicolo. L'intruso non può essere lontano.

– Siamo sicuri che non sia un falso allarme? E se le sculture si fossero azionate da sole?

– Impossibile. Qualcosa deve aver attraversato il loro campo visivo.

– Sì, un gatto! È già capitato una volta. Questi allarmi sono troppo sensibili.

– Forse hai ragione. Controlliamo fino in fondo al vicolo, poi torniamo dagli altri.

Passarono alcuni minuti. Accucciati dentro il pozzetto, Ailan e Marill aspettavano, senza fare il minimo rumore. Poi le voci si spensero, tutto ritornò tranquillo e l'imboccatura circolare del tombino si riempì di luce.

Marill non si fidava ancora a muoversi. Ailan, poco più sotto di lei, iniziò a risalire la scala metallica, oltrepassò la ragazza e sporse timidamente la testa fuori dal tombino. Il vicolo era deserto. Non c'era traccia né dei velocipedanti né della spazzina col suo carretto.

Ailan con un cenno fece capire all'amica che la via era libera e uscì all'aperto.

16
Trenta galline da sistemare

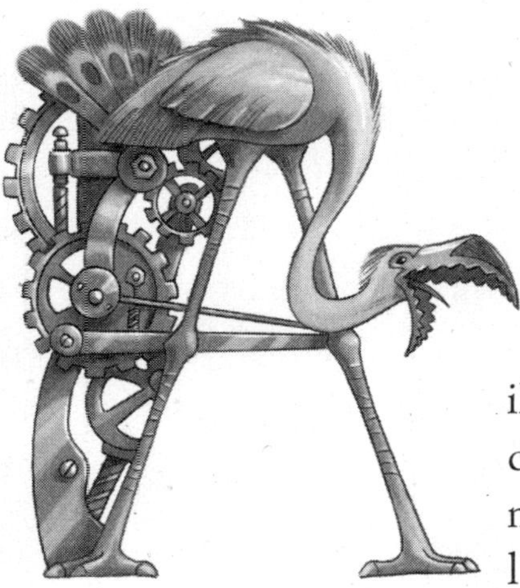

Ailan e Marill si allontanarono dalla caserma, sforzandosi di non correre per non attirare l'attenzione. Poi si infilarono in una strada laterale e sparirono in un dedalo di viuzze strette e luride. Si guardarono attorno, stupiti. Non immaginavano che a poche iarde dai grandi viali alberati, ornati di statue di marmo e cespugli di oleandro in fiore, ci fossero tutta quella miseria e quella sporcizia. Di tanto in tanto, dalle porte delle case, qualcuno li fissava con sguardi vuoti, senza vederli veramente.

– Ancora quella spazzina... – mormorò Ailan sovrappensiero.

– Di cosa parli?

– Della spazzina che ha coperto il tombino con il suo carretto. Non è la prima volta che la incontro.

– È strano che ci abbia aiutato, non trovi? Non ci conosce, potevamo anche essere due ladruncoli qualsiasi…

– Io so solo che, se non fosse stato per lei, i velocipedanti ci avrebbero preso.

– Comunque ci è mancato pochissimo. Meglio se lasciamo perdere tutta questa storia dell'hypnoscopio e della Fiamma di Altea. Finiremo per metterci nei guai!

– Ma io non posso lasciar perdere! – esclamò Ailan. – Io rivoglio i miei ricordi! È tutto quello che mi è rimasto di mia madre. E poi, se nell'hypnoscopio è custodito il segreto per ritrovare la Fiamma di Altea, credo che dovremmo provare a cercarla –. Ailan si voltò verso Marill, la prese per le spalle e la costrinse a guardarlo negli occhi. – Aiutami, Marill. Da solo non ce la posso fare.

Marill si sentì avvampare. Certo, Ailan aveva ottimi argomenti, ma in quel momento lei si ricordava solo della scottatura e della gran paura che si era presa. Avvicinò la punta delle dita alla parte del collo ustionata e la sfiorò con cautela. Le ritrasse di scatto, con una smorfia di dolore. – Non so – disse. – Perché dobbiamo essere proprio noi a ritrovare l'hypnoscopio?

– Te li vedi Dedalus e tua nonna saltare dal muro e tuffarsi nel tombino?– ridacchiò Ailan. – Sono troppo vecchi per queste cose. E forse non si fidano di nessun altro. Invece di te si fidano, perché sei la nipote di Amandine. E di me…

– Avanti – lo incalzò Marill. – Perché dovrebbero fidarsi di te?

– Che ne so. Perché sono tuo amico. O perché ho fatto tutti quegli strani esami nella bottega di Dedalus.

– Quali esami?

– Lascia perdere, te lo dico un'altra volta. Pensiamo invece a come entrare dai velocipedanti.

– No, io ho chiuso. La scottatura sul collo mi basta e avanza. Spero solo che non mi rimanga il segno.

Ailan sospirò, ma non volle darsi per vinto.

– Senti, facciamo così. Ce ne torniamo da tua nonna e studiamo un piano. Uno vero, intendo. Se troviamo un modo per farlo senza pericolo, entriamo e ci prendiamo l'hypnoscopio. Altrimenti lasciamo perdere e diciamo a Dedalus e Amandine che ci pensino loro. Che ne dici?

Marill esitò. – Non so, mi sembra molto pericoloso...

Improvvisamente Ailan si fermò e iniziò a prestare attenzione alle immagini che Zill gli proiettava nella mente.

– Aspetta un attimo... Zill ora è sul retro della caserma. Vedo l'ingresso di servizio. C'è il cuoco che sbraita ordini. I garzoni stanno scaricando un quarto di bue dal carretto del macellaio. Guarda un po', c'è anche Basten!

– Basten, il nostro compagno di classe?

– Proprio lui: è il figlio del cuoco della caserma, non lo sapevi? Suo padre lo costringe ad aiutarlo tutti i pomeriggi. Di solito porta le botti alla trattoria Le Tre Braci, per rifornirsi di sidro.

– E che sta facendo adesso?

– Sta scappando con un cosciotto di agnello. Suo padre gli grida dietro e gli lancia degli oggetti –. Improvvisamente Ailan s'illuminò in volto. – Ho capito come fare!

– Davvero?

– Dunque: convinciamo Basten a togliersi di mezzo per un po'. Io prendo il suo posto e porto la botte dai velocipedanti. Dirò che Basten si è sentito male e mi ha chiesto di sostituirlo. Una volta dentro la caserma mi nascondo da qualche parte.

– E io?

– Tu sarai dentro la botte, al posto del sidro.

– Te lo scordi – disse Marill. – Tu sarai dentro la botte e io prenderò il posto di Basten. Anche perché c'è il rischio che i velocipedanti ti riconoscano.

– Ma... – tentò di obiettare Ailan.

– Poche storie. Se qualcuno deve fingersi aiuto cuoco, sono più adatta io. Tu non sapresti nemmeno bollire un uovo. E poi come pensi di convincere Basten?

– Non so, non ci ho ancora pensato.

– Ci ho pensato io. Gli offriremo dei pasticcini di nonna Amandine. E tu farai come dico e ti nasconderai dentro la botte.

Marill aveva deciso, e non c'era modo di discutere.

Poche ore più tardi i due ragazzi erano appostati all'ombra, poco distanti dalla trattoria Le Tre Braci, e attendevano l'arrivo del loro compagno con il suo carico di botti da riempire. Si erano fermati alla pasticceria solo il tempo di riprendersi dallo spavento, medicarsi le scottature, rifornirsi di pasticcini e lasciare un biglietto per avvertire che sarebbero stati fuori fino a tardi.

Improvvisamente Marill richiamò l'attenzione di Ailan con una lieve stretta al braccio. – Ci siamo! Asini in arrivo.

Dal fondo del vicolo comparve un carretto trainato da un asino. Alla guida c'era un ragazzo pallido e allampanato. Con una mano reggeva le redini e con l'altra teneva una mela mezza rosicchiata.

– Ciao, Basten, come butta? – disse Ailan.

– E a te cosa importa? – farfugliò Basten, sputacchiando polpa e buccia di mela.

– Sempre affamato, vero?

– Fatti gli affari tuoi.

A quel punto intervenne Marill. – Ti andrebbe un pasticcino?

La ragazza gli mise sotto il naso un vassoio di pasticcini alla panna striati di crème caramel. Sembravano tante testoline di gattini tigrati, con bottoni di cioccolato al posto di occhi e naso, baffi di fili di caramello e triangolini di wafer alla crema come piccole orecchie appuntite.

– Be'... – disse Basten, con tono incerto. Non aveva voglia di parlare con quei due, ma conosceva bene i pasticcini di nonna Amandine. Quello che non sapeva era che quei pasticcini a testa di gatto erano speciali. Erano in grado di deliziarti a tal punto da non farti pensare ad altro per un bel po'. Ne mangiavi uno, e ti veniva solo voglia di acciambellarti da qualche parte a sonnecchiare tutto il giorno.

Basten allungò la mano e Marill gli porse il vassoio. – Perché non scendi un momento e ti godi in pace i pasticcini?

– Non ho tempo – disse Basten, che però era già saltato giù dal carretto e aveva tuffato la mano nel vassoio. – Devo riempire questo barile e riportarlo alla caserma.

– Tranquillo, ci pensiamo noi – disse Ailan, montando sul carretto e tendendo una mano a Marill per aiutarla a salire. – Tu mangiati in pace i pasticcini. Ma ricordati che ci devi un favore.

L'affare fu concluso senza ulteriori dettagli e senza il minimo interesse da parte di Basten, tutto concentrato a ingollare pasticcini.

Poco dopo Marill, alla guida del carretto, si stava dirigendo verso la caserma. La botte era assicurata con due funi robuste e Zill sonnecchiava raggomitolata sul coperchio.

– Tutto bene? – chiese la ragazza girando la testa verso la botte.

– Un accidenti – rimbombò la voce di Ailan dall'interno. – Qui dentro è umido e c'è una puzza di sidro da svenire. Non si respira! Quanto manca?

– Siamo quasi all'ingresso posteriore della caserma. Però

mi sa che dovrai rimanere lì dentro per un bel pezzo. Forse fino a stanotte.

– Ma si soffoca!

– Mi dispiace, devi resistere. Stattene buono e non farti sentire. Tra poco entriamo.

Marill superò le due guardie senza difficoltà. La botte era meglio di qualsiasi lasciapassare. La ragazza fece avanzare il carretto lungo il cortile di servizio e lo arrestò davanti alla porta delle cucine. Osservò attentamente il viavai di garzoni e scelse i due che le sembravano più tonti degli altri.

– Ehi, ragazzi, – chiamò Marill a gran voce – mi aiutate a scaricare la botte?

A quella voce, Zill si svegliò di colpo e schizzò via prima di essere vista. I due garzoni si avvicinarono con aria indifferente e iniziarono a sciogliere le funi che legavano la botte.

– Attenti a non scuoterla – si raccomandò Marill, mentre i due ragazzi la sollevavano per scaricarla.

– Pesa meno del solito – osservò uno dei due garzoni. – Non è che l'oste ci sta imbrogliando?

– È un sidro leggero – rispose Marill con un sorriso.

Mentre i garzoni si allontanavano con la botte verso le cantine, li seguì con lo sguardo per capire in che direzione la portavano. Improvvisamente l'attenzione di Marill fu distolta da una voce rozza e sgarbata che proveniva da dietro le sue spalle.

– E tu chi saresti? E dov'è quel fannullone di Basten?

Marill si girò e si trovò davanti un omaccione con folte

sopracciglia nere. Era Ivan Cortellacci, detto Ivan il Terribile, cuoco dei velocipedanti e padre di Basten.

Indossava una canottiera, nata bianca e diventata color senape per il sudore assorbito, un grembiule unto e macchiato di sangue rappreso, teso su un enorme pancione, un paio di calzoncini corti di tela strappati in più punti e un paio di sandali da pellegrino infilati in due piedi bianchi e viscidi come pesci morti. La sommità del capo era calva ma, dalle tempie, ciocche di capelli unti gli cascavano sulle spalle come alghe nerastre. Impugnava un coltellaccio da cucina con la lama larga sei dita.

– Sono una compagna di scuola di Basten – rispose Marill. – L'ho incontrato lungo la strada: non si sentiva bene.

– Lo credo che non stava bene – ringhiò il cuoco. – Si è mangiato due chili di pasta di pane, tre patate crude e un mestolo di latte cagliato! E si sentirà anche peggio quando mi capiterà tra le mani! –. Ivan il Terribile squadrò Marill. – Ma tu, carina, che ci fai su quel carro?

– Ecco, ho detto a Basten che, se voleva riposarsi un po', prendevo io il suo posto per il resto del pomeriggio. Lo faccio volentieri, qualche soldo fa sempre comodo.

– Se vuoi del lavoro, te ne do quanto ne vuoi. Ma se vuoi soldi, da me te li puoi scordare. Hai fatto un accordo con Basten? Va' a chiederli a lui.

– Non c'è problema – disse Marill con un sorriso un po' tirato. – Cosa devo fare?

Con uno schiocco sinistro, Ivan il Terribile sbatté di piatto il coltellaccio sul palmo della mano libera. – Ci sono trenta galline da sistemare.

– Trenta? –. Marill deglutì a vuoto. – Significa che devo… sgozzarle?

– No, principessina, le devi buttare in un secchio.

Marill guardava fisso davanti a sé, con lo sguardo di chi sembra non capire.

– Allora – iniziò a spiegare Ivan. – Tanto per cominciare, le galline sono già morte. Tu ne prendi una e la butti in un secchio di acqua bollente. Le strappi le penne e la passi sulla fiamma. Le tagli la testa e le levi la pelle delle zampe. Poi, con la punta del coltello, fai una bella incisione e togli le budella. Ficchi la mano dentro la gallina, afferri le interiora e con uno strappo tiri via in una botta sola fegato, cuore e polmoni. Tutto chiaro? Quando hai finito con una, fai così con le altre. Bene, ora sbrigati, che i pentoloni sono già sul fuoco.

Marill, sforzandosi di sorridere, si affrettò a obbedire, pallida come uno straccio. In quel momento però invidiò molto Ailan, al sicuro nelle cantine, nascosto dentro la botte.

17
Andiamocene alla svelta

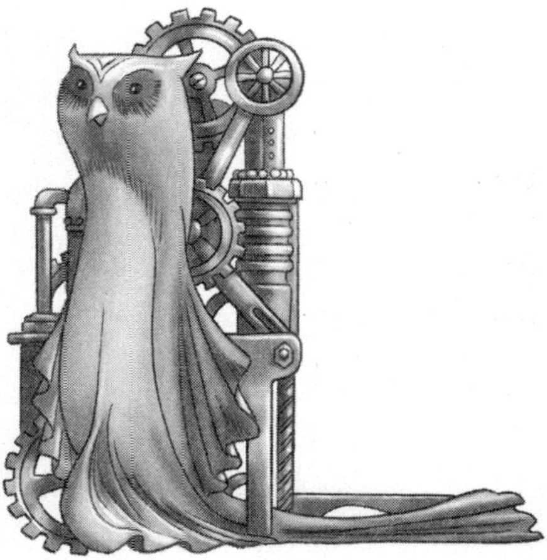

La notte era calata da un pezzo. Nelle cucine della caserma, alla luce di una lampada a petrolio, Ivan il Terribile, abbandonato a gambe aperte su una minuscola sedia, braccia ciondoloni e testa all'indietro, russava. La sua enorme bocca emetteva un suono cupo e tonante, simile a macigni che rotolano da una montagna.

Davanti al grande lavabo di pietra, fra cataste di stoviglie appena lavate, Marill, con la treccia mezza disfatta e piume di gallina ancora tra i capelli, si sfilò il grembiule, lo appallottolò e lo gettò a terra con un gesto liberatorio. Sospirò: l'orco, finalmente, dormiva, tutti gli altri garzoni se n'erano andati.

Marill mise la testa fuori dalla porta delle cucine e si affacciò a un lunghissimo corridoio buio. In fondo, un fascio di luce pallida pioveva da un finestrone, illuminando la lucida pietra del pavimento.

Era il momento di tirare fuori Ailan dalla botte.

Marill rientrò in cucina e prese un pezzo di pane, una fetta di formaggio e una lampada a petrolio. Girò la rotellina regolando la fiamma al minimo e, guidata da una luce ridotta a poco più di un riverbero, s'incamminò alla ricerca delle cantine.

Avanzò silenziosa tra due ali di velocipedi d'altri tempi che, in cima ai loro piedistalli, popolavano silenziosi il corridoio della caserma. I loro telai, raggi e ingranaggi, alla luce della luna e al debole bagliore della lampada, parevano carcasse di mostri preistorici.

In fondo al corridoio, una scala di pietra scendeva nell'oscurità. Marill scese piano quei gradini resi viscidi dall'umidità, attenta a non scivolare, appoggiando di tanto in tanto la mano libera sulla fredda pietra della parete.

«Speriamo che porti alle cantine» pensò con un brivido «e non in qualche oscura prigione piena di guardie».

Continuò a scendere, reggendo la lampada, che fendeva le tenebre quel tanto che bastava per vedere dove appoggiare il piede. Poi la discesa terminò, e Marill si trovò in un ampio corridoio dai soffitti di mattoni rossi a volta, del quale non riusciva a scorgere il fondo.

– Niente guardie! – constatò Marill, sollevata. Decise di aumentare un po' la fiamma della lampada. Girò la rotellina e la luce si diffuse lungo il corridoio, illuminando due porticine di legno ai suoi fianchi, le prime di due lunghe file.

Marill aprì una dopo l'altra molte porte finché, nella stanza più grande, trovò delle botti, addossate alle pareti e accatastate le une sopra le altre. Non le fu difficile riconoscere la botte che aveva portato quel pomeriggio. Era stata deposta con noncuranza sul pavimento di pietra, quasi al centro della stanza.

Marill accostò l'orecchio alle fasce della botte. Dall'interno proveniva un brontolio sordo e regolare, come di un gatto che faceva le fusa.

– Ailan – sussurrò la ragazza, ma non ottenne risposta. – Ailan, sveglia – ripeté Marill, dando un lieve calcio alla botte.

Ma Ailan non rispose.

Marill si guardò intorno, alla ricerca di qualcosa che la potesse aiutare. Trovò una zappa appoggiata alla parete accanto alla porta. La afferrò e la adoperò per fare leva sul fondo della botte, che si rovesciò su un fianco con un tonfo sordo.

Dall'interno giunse un lamento soffocato. Con la zappa Marill fece leva sul coperchio, che saltò via facilmente. Dalla botte strisciò fuori Ailan, molle come un fagotto di stracci.

Marill lasciò cadere la zappa e si turò il naso. – Che puzza di sidro rancido!

La ragazza trovò un secchio d'acqua sporca e lo rovesciò addosso al compagno.

– Ehi, sveglia! – sussurrò scuotendolo con forza per una spalla. – Dobbiamo trovare l'hypnoscopio e andarcene.

Ailan sollevò la testa e strizzò gli occhi. – Ma dove siamo? – chiese con voce impastata.

– Nelle cantine della caserma. Stai bene?

– Ho sonno – gemette Ailan.

– Ce la fai ad alzarti?

– Mi gira la testa.

– Puzzi. Forse non è stata una grande idea nasconderti dentro una botte.

Ailan sollevò la testa verso la ragazza e la guardò, come se non capisse quelle parole. Restò per un attimo come interdetto e proruppe in una risatina ebete. – Hai i capelli pieni di piume!

– Ho spennato trenta galline – ringhiò Marill. – E adesso spenno te, se non la smetti di ridere come uno stupido. Tieni, avrai fame.

Marill porse ad Ailan il pezzo di pane e formaggio e aspettò con pazienza che finisse di sbocconcellarlo. Poi tese la mano e lo aiutò a rialzarsi.

– Dai, muoviamoci. Andiamo a cercare l'hypnoscopio.

Il ragazzo si rimise in piedi e seguì Marill lungo il corridoio e su per le scale di pietra, barcollando e strascicando i piedi. Di tanto in tanto se ne usciva con un risolino.

– La vuoi smettere? – diceva Marill. – Finirai per farci scoprire!

Ailan rispondeva sempre con un risolino isterico. Tuttavia, a mano a mano che i due ragazzi risalivano le scale, sembrò riprendersi. Quando furono nel grande corridoio pieno di velocipedi, era di nuovo in sé e finalmente si ricordò perché erano lì. – Dov'è Zill? – chiese.

– Si sarà nascosta da qualche parte in cortile. Io sono rimasta tutta la sera in cucina e non l'ho più vista.

– Allora sarà qui fuori – rispose il ragazzo, che si diresse verso il finestrone in fondo al corridoio.

Girò la maniglia, tirò a sé il finestrone e lo aprì quel tanto che bastava per mettere fuori la testa. Venne colpito dal caldo profumo e dal silenzio della notte estiva. Subito si udì un fruscio tra le fronde, una sagoma scura si staccò dai rami e atterrò sul davanzale del finestrone, per poi balzare sulla spalla del ragazzo.

– Zill, – rise Ailan – eccoti!

Subito nella mente di Ailan si formò l'immagine di se stesso immerso in una tinozza di acqua insaponata.

– Lo so, dovrei fare un bagno. Ma prima tu devi aiutarci a trovare l'hypnoscopio.

– Bene – disse Marill. – Ora comincia la caccia al tesoro. Se solo sapessimo da che parte iniziare…

Marill mosse la lampada, illuminando i velocipedi più vicini a loro. Dietro si indovinavano le sagome scure di due porte massicce.

– Cominciamo da quelle – sussurrò Ailan.

I due aprirono la prima porta e si trovarono negli uffici deserti dei velocipedanti.

Avanzarono tra sedie e scrivanie, rovistando nelle cassettiere e negli armadi. Zill saltava di scrivania in scrivania, spazzando con la coda tutto quanto vi era appoggiato sopra.

– Zill, per l'amor del cielo! Stai facendo un fracasso terribile! Smettila!

Il mimure andò ad acquattarsi in un angolo della stanza e Ailan riprese a cercare affannosamente.

– Qui non troveremo niente – disse Marill. – Andiamo al piano di sopra, negli alloggi. Sono quasi sicura che l'hypnoscopio sia lì.

Ailan fece un cenno di assenso con la testa. Era pericoloso, ma se volevano trovare l'hypnoscopio non avevano scelta. Abbassarono di nuovo la luce della lampada e con molta cautela salirono al primo piano.

Anche lì, numerose porte si aprivano su un lungo corridoio. Al posto dei velocipedi antichi faceva mostra di sé una fila di busti di marmo, tutti con la divisa ufficiale delle guardie civiche di Altea completa di mezza tuba, appoggiati su alti parallelepipedi di marmo scuro.

Era buio pesto, a eccezione di una lama di luce quasi impercettibile che filtrava da sotto una porta in fondo al corridoio. Ailan aveva già iniziato a muoversi silenzioso verso quella porta, con Zill appollaiata sulla spalla. Marill spense la lampada e lo seguì in silenzio.

Arrivati alla porta, i due ragazzi esitarono. Al di là, si sentiva il suono di parecchie persone che russavano.

– Abbiamo trovato la camerata – sussurrò Ailan.

Marill rabbrividì.

La camerata dei velocipedanti! Erano tutti lì dentro. Sembrava che ci fosse una luce accesa da qualche parte. Davvero dormivano tutti?

– E ora che si fa? – sussurrò Marill.

– Dobbiamo dividerci. Ma prima dammi la palofune, penso che mi servirà.

Marill fece un risolino nervoso. – Che cosa? Dividerci? E perché?

Ailan tentò di sembrare il più convincente possibile. – Io scendo in cortile e creo un po' di scompiglio. Tu invece aspetti qui, nascosta dietro le statue. Quando i velocipedanti escono dalla camerata, tu entri e cerchi l'hypnoscopio. Lo infili nella sborsa e te ne esci dalle cucine come se niente fosse.

Marill assentì, anche se una stretta alla bocca dello stomaco le diceva che non era proprio una buona idea. Ma siccome non le veniva in mente niente di meglio, si nascose dietro uno dei basamenti di marmo. Ailan le fece un rapido cenno d'intesa e scivolò via silenzioso lungo il corridoio, seguito da Zill.

Appena scesero in cortile, Zill balzò sul muro di cinta, assumendo un colore blu scuro che la rendeva praticamente invisibile nella notte.

Ailan si guardò intorno. La luna illuminava la schiera delle statue guardiane, che fissavano i muri di cinta della caserma. Istintivamente sfiorò la scottatura che aveva sul braccio. Non aveva nessuna voglia di procurarsene delle altre.

Proprio allora gli venne un'idea. Si riempì le tasche di ghiaia e, facendo molta attenzione a non passare davanti alle statue per non metterle in funzione, iniziò ad arrampicarsi su quella più vicina a lui. Raggiunse le spalle, poi il collo e si aggrappò. Con cautela, aprì la bocca del guerriero di ghisa e iniziò a riempirla di ghiaia. «Chissà se funzionerà» pensò mentre ostruiva di sassolini il bocchettone spruzza-vapore.

Ailan passò alla seconda statua e ripeté l'operazione. Quindi si dedicò rapidamente alle altre. Aveva appena finito di sabotare l'ultima quando gli si formò nella mente l'immagine di un velocipedante che si stava dirigendo da quella parte, in maniche di camicia e bretelle rosse.

«Grazie, Zill» pensò Ailan, scattando in avanti verso il cortile.

– Ehi, tu, cosa stai facendo? – gridò il velocipedante.

Ailan corse di proposito davanti alle statue di ghisa che iniziarono ad animarsi.

La loro bocca si aprì ma il bocchettone era ostruito dai sassi e il vapore bollente faticava a uscire. Si sentirono fischi e sibili laceranti, mentre i tubi, che da terra s'infilavano negli zaini delle statue, aumentavano la pressione e s'ingrossavano.

Altri velocipedanti, richiamati dall'allarme, uscirono precipitosamente dalla camerata e si riversarono in cortile in ordine sparso, chi in camicione da notte, chi incespicando nei pantaloni mezzi abbassati, chi infilandosi la camicia.

Ailan, raggiunto il muro di cinta, aveva già iniziato a srotolare la palofune quando le teste delle statue saltarono come tappi di spumante, sollevando alte colonne di vapore. I velocipedanti sbandarono per la sorpresa, urtandosi l'un l'altro. Alcuni finirono a terra, altri iniziarono a ululare, colpiti dai getti di vapore.

Ailan approfittò di quei preziosi istanti di confusione per irrigidire la palofune accanto al muro di cinta.

Marill, terrorizzata e con il cuore che batteva all'impazzata, entrò nella camerata deserta. Alcune lampade erano rimaste accese, facilitandole il lavoro. Iniziò a cercare affannosamente sotto i materassi, negli armadietti e sotto i letti, tra calzini che puzzavano di cadavere, scarponi spaiati, ossa di pollo, carte da gioco, croste di formaggio e vasi da notte tiepidi e pieni a metà. Qualcosa si mosse improvvisamente e fuggì con uno squittio indispettito. Marill trattenne un grido e indietreggiò, urtando con la testa qualcosa di duro. Era il cofanetto, legato alla rete di una branda con un doppio giro di fune.

La ragazza liberò il cofanetto e sfiorò il più lungo degli artigli, lasciandosi pungere. Quando la goccia di sangue compì il percorso e scomparve dentro il buchino del coperchio, il cofanetto si aprì di scatto. L'hypnoscopio era al suo posto.

Marill lo prese, lo sostituì con una scarpa vecchia, richiuse il coperchio e assicurò il cofanetto sotto la rete del letto, esattamente dov'era prima. Poi infilò l'hypnoscopio nella sborsa miniaturizzante e questo si smaterializzò all'istante.

– Ora andiamocene alla svelta.

La ragazza scivolò fuori dal dormitorio e si diresse alle cucine, dove Ivan Cortellacci seguitava a ronfare, incurante dello scompiglio che proveniva dal cortile.

– Allora io vado – disse Marill. – Ho finito.

– Va' pure al diavolo, – biascicò il cuoco – purché mi lasci dormire in pace.

Marill uscì dalla porta delle cucine e si allontanò dalla caserma. Si sforzava di mantenere un passo tranquillo, nonostante il cuore le battesse come un tamburo. Non aveva la più pallida idea di cosa fosse capitato ad Ailan.

Ailan era riuscito ad arrampicarsi sul muro di cinta. Zill l'aveva raggiunto con un balzo e gli si era appollaiata sulla spalla. Subito nella sua mente si formò l'immagine dei velocipedanti che si facevano sempre più vicini.

– Lo so, Zill, siamo nei guai – sussurrò.

In quel momento Ailan sentì vociare sotto di lui. Stavano arrivando. Non c'era tempo per recuperare la palofune.

Ailan si lasciò cadere dall'altra parte del muro, ma come toccò terra sentì una fitta tremenda alla caviglia. – Brutto atterraggio – si disse, soffocando un lamento. – Non ci voleva proprio.

Strinse i denti e si rimise in piedi meglio che poté. Doveva allontanarsi, e alla svelta.

Aveva appena mosso qualche passo incerto, quando uno sciame di velocipedanti lo vide e si lanciò al suo inseguimento. Lui cercò di fuggire, zoppicando per il vialetto alberato, ma era chiaro che da solo non ce l'avrebbe fatta. Allora ordinò: – Scappa, Zill, va' da Marill!

Il mimure lo fissò per un istante con aria interrogativa. Poi con un salto raggiunse l'albero più vicino, attorcigliò la coda a un ramo, piroettò tre volte e si catapultò lontano, scomparendo tra gli alberi del viale.

Dal fondo del vialetto una giovane spazzina dalla pelle scura stava osservando la scena. Le sarebbe bastato muovere la punta del piede e dare un colpetto al freno del suo carretto e questo sarebbe rotolato giù per la discesa, investendo i velocipedanti. Il suo piede si era già mosso, ma all'ultimo istante lo trattenne. Aveva visto una pattuglia di feriflammi che risaliva il viale alberato. Fece un passo indietro, si girò di spalle e riprese a spazzare.

«Forse ce la faccio» pensò Ailan. «Devo solo raggiungere quel carretto e saltarci sopra. La strada è in discesa e forse...» Zoppicando, cercò di accelerare il passo. «Ce la faccio» si ripeté.

Ma una mano lo afferrò. Ailan riconobbe la manica bordata d'oro della divisa dei velocipedanti.

– Fermo, in nome di Altea, sei in arresto.

– Lasciami! – gridò Ailan, provando a divincolarsi dalla stretta che gli serrava il polso. Tirò, scalciò, morse la mano che lo tratteneva.

Un attimo dopo, accanto al velocipedante che lo aveva imprigionato, comparve una pattuglia di feriflammi. Con loro c'era l'uomo che Ailan aveva incontrato la mattina prima al porto. Lo riconobbe subito, non solo perché aveva ancora la mano bendata per il morso di Zill. Lo riconobbe dal suo sguardo sprezzante e dal sorriso cattivo.

– Ci rivediamo, ragazzo. Ti avevo avvertito di tenerti lontano dai guai.

Ailan sentì due dita robuste premere sulla sua nuca. Provò un forte senso di nausea e di vertigine. Poi intorno a lui tutto divenne nero.

18
Memorie di una memostrilla

Il gabbiano di rame scese in picchiata puntando deciso la bottega di Dedalus, mentre la memostrilla che teneva tra gli artigli lanciava il suo strillo penetrante. S'infilò come una freccia nella finestra aperta, frenò aprendo le ali e atterrò sul bancone, depositando la memostrilla davanti a Dedalus.

– Oh, – disse l'arconte ombra – eccoti qui. Come stanno andando i nostri ragazzi?

Le valve del mollifluo si aprirono e la memostrilla iniziò a modificarsi riproducendo, una figura dietro l'altra, tutto ciò che aveva visto intorno alla caserma dei velocipedanti.

– Mmm – disse Dedalus. – Forse è stato un errore mandarli da soli.

– Ormai è tardi per pentirsene – disse la voce di Amandine alle sue spalle.

– Ma forse – aggiunse Dedalus mentre osservava la memostrilla imitare la forma di Marill con la sborsa miniaturizzante a tracolla – qualcosa di buono siamo riusciti a ottenerlo.

– Forse. Ma che ne sarà del ragazzo?

– Probabilmente lo porteranno a Villa Amantea. Non sarà facile per lui.

– E non pensi che dovremmo fare qualcosa per aiutarlo?

– Certo. Ma non subito. Prima vediamo cosa è capace di fare.

– Stai chiedendo troppo a quel ragazzo.

– Se la caverà. Possiede più risorse di quanto non creda.

In quel momento la porta della bottega si spalancò ed entrò Marill, trafelata. – Ce l'ho fatta – disse la ragazza, agitando trionfante la sborsa. – È già arrivato Ailan?

Marill tacque e lanciò uno sguardo interrogativo prima a Dedalus, poi ad Amandine. I due arconti ombra non rispondevano. Stavano guardando il bancone.

– Dov'è Ailan? – chiese ancora, con una nota d'inquietudine nella voce. Poi le cadde l'occhio sul bancone e sentì un tuffo al cuore. La memostrilla stava riproducendo il rilievo di un feriflamma che si caricava in spalla il corpo inanimato di Ailan.

Alla ragazza sfuggì un grido.

– Non è niente di grave – la rassicurò Amandine. – È solo svenuto.

– Ma cosa gli stanno facendo?

– Lo portano a Villa Amantea.

– A Villa Amantea? – gridò Marill sconvolta. – Ma è dove rinchiudono i delinquenti!

– Non sono tutti delinquenti – precisò Dedalus. – Molti di loro sono solo ragazzi difficili o che non hanno nessuno che li chieda indietro.

– Ma è spaventoso! – gridò Marill fuori di sé. – Dobbiamo aiutarlo!

– Certo – disse Dedalus. – Ma prima dobbiamo capire cosa è racchiuso nell'hypnoscopio.

Marill gettò la sborsa sul bancone a pochi pollici dalla memostrilla. – Allora capiamolo, ma facciamo in fretta.

A quel tonfo improvviso la memostrilla lanciò uno strillo acutissimo e con uno zompo scomparve dentro il colletto di Marill, lasciando fuori le valve della conchiglia.

– Ehi, che sta facendo? – strillò la ragazza.

– Si è spaventata – disse Amandine – e si è rifugiata al sicuro. Prova a farle un grattino vicino alla conchiglia, vedrai che salta fuori. Credo che tu le piaccia. E questo è un bene. Ti può essere molto utile, sai?

Dedalus le strizzò l'occhio. – Le ho insegnato ad aprire le serrature! E ora – continuò – vediamo cosa ci hai portato –. L'arconte ombra tuffò la mano nella sborsa miniaturizzante e ne estrasse il cilindro lucente, sormontato da ghiere e ingranaggi. Poi prese a osservarlo attentamente, affascinato. – E così questo è l'hypnoscopio. Che oggetto magnifico...

Marill lo guardò con sospetto. – Sa come usarlo, vero?

– Più o meno… – bofonchiò Dedalus, spostando le ghiere e guardando dentro il cilindro.

Marill si girò verso Amandine, esasperata. – Non lo sa usare!

– Stai tranquilla, cara – rispose Amandine. – Dedalus sa quello che fa.

– Infatti, infatti… – bofonchiò Dedalus senza smettere di muovere gli ingranaggi. – E fra poco scoprirò finalmente dove è nascosta la Fiamma di Altea. Le nostre fatiche saranno premiate. Se solo avrete la pazienza di aspettare un momento…

– Nonna, – implorò Marill – digli di fare presto, dobbiamo liberare Ailan! Ti prego, fa' qualcosa!

Improvvisamente sul volto di Dedalus si dipinse un'espressione di trionfo. – Ecco, ci siamo! Si stanno formando delle immagini. I ricordi di Mentor!

– Fai attenzione – disse Amandine.

– Per la sacra Fiamma! – esclamò Dedalus continuando a guardare nel cannocchiale. – Qui non c'è niente!

– Niente? – gridò Marill. – Come, niente?

– Quasi niente… Non c'è rimasto molto, dopo che i ricordi di Midas si sono infilati nella mente di Ailan.

– E adesso?

– Un attimo… qualcosa è rimasto… Oh, santo cielo!

– Cosa c'è? Cos'hai visto?

– Una gabbia con la base a stella. Midas la chiude con una chiave molto pesante.

– Vuoi dire il Prisma Stellato? – esclamò Amandine.

– Già. L'unica cosa al mondo capace di imprigionare la Fiamma di Altea. Un'invenzione dei tecnomaghi, come è ovvio. A quanto pare, Midas ne possedeva uno…

– E ora Midas che fa?

– Divide la chiave in pezzi. Tre gioielli a forma di fiamma.

Dedalus staccò gli occhi dall'hypnoscopio e guardò prima Amandine e poi Marill.

– Tutto qui? – disse Marill.

– Sì, purtroppo – rispose Dedalus, appoggiando l'hypnoscopio sul tavolo. – Ora tutte le risposte sono nella mente di Ailan.

– E allora che facciamo?

– Devo rifletterci sopra – rispose Dedalus. – Forse riuscirò a cavar fuori altre informazioni dall'hypnoscopio. Poi dobbiamo liberare il ragazzo, naturalmente.

– Ailan è in pericolo – ribatté Marill. – Io vado.

– Aspetta – disse Amandine. – Cosa vuoi fare?

– Voglio tirarlo fuori dai guai. Mi servono solo un paio di forbici, una camicia da ragazzo e un paio di calzoni sformati.

Amandine e Dedalus si scambiarono un'occhiata.

– Sei sicura? – disse Amandine. – Non sarà facile. E non è detto che tu ci riesca, da sola.

– Oh, ma io non sono sola, – rispose lei, tamburellando sulle valve della memostrilla abbarbicata al collo. – Vero, Strilla?

19
Litigi e bugie

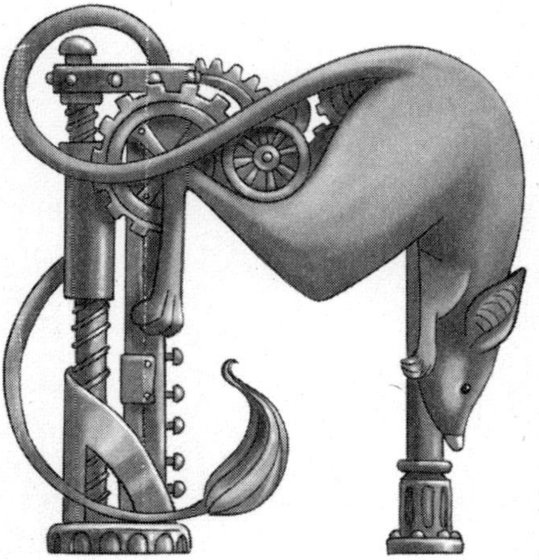

Marill, nella sua stanza, si guardò allo specchio. Quella camicia sformata e quei calzoni sfilacciati non le davano certo l'aspetto di una dama di corte.

– Uffa, come prude – si lamentò la ragazza grattandosi le gambe e la schiena. Poi, cercando di ignorare il prurito, si avvicinò alla credenza e prese un paio di grosse forbici. – Coraggio, Marill. Tanto ricrescono. Un colpo deciso. *Zac* e via –. Marill avvicinò le forbici alla sua lunga treccia nera e chiuse gli occhi.

In quel momento la porta della camera si aprì.

– Marill! Perché non sei a letto? E come ti sei vestita?

Marill si voltò. Sulla porta c'era sua madre, con la lunga

treccia brizzolata che le scendeva sulla spalla e il camice col distintivo delle industrie di Vimperion.

– Mamma? Che ci fai qui?

– Sono venuta a controllare che le mie figlie stiano bene. Lo trovi così strano?

– Non sei mai in casa.

– Sai bene che non posso. Tu, piuttosto, cosa stai facendo?

– Vado a una festa.

– Cosa? Ma è notte fonda! Una ragazza non esce da sola nel cuore della notte... Come faccio a stare tranquilla se scopro che te ne vai in giro a quest'ora vestita come un indesiderabile, all'insaputa di tua nonna? Io devo potermi fidare.

– Già, a te basta questo. Per il resto, t'importa solo del tuo lavoro.

– Marill, sei ingiusta. Sai bene che vengo a trovarvi appena posso.

– Dici sempre così.

– Marill, ho cercato di spiegarvelo tante volte. Dove lavoro io, non si può abbandonare il posto quando se ne ha voglia. È... pericoloso.

– E allora fai a meno di venire. Per quello che me ne importa.

Marill era furiosa. Odiava se stessa per come stava trattando sua madre. Odiava non poterla mai vedere, non sapere dov'era o cosa faceva. Odiava tornare a casa da scuola e ritrovarsi in cucina da sola, a preparare il pranzo per sua sorella.

Odiava fare i compiti, sapendo che nessuno a casa li avrebbe controllati.

Perché sua madre non stava con loro come tutte le altre mamme? Perché non lavorava anche lei in pasticceria con la nonna? Perché non le spiegava tutto questo? Lei avrebbe capito, ma sua madre non spiegava mai nulla. Stava via e basta, e ogni tanto compariva all'improvviso, come un fantasma. Un'apparizione di pochi minuti e poi più niente, fino a chissà quando.

– Marill, ti prego. Non fare così.

Marill guardò sua madre e per la prima volta in vita sua le parve fragile, stanca e angosciata. Le si avvicinò e l'abbracciò. – Oh, mamma! Perché non stai mai con noi?

Camile strinse affettuosamente la figlia. – Vorrei, cara, ma non posso.

– Ma un giorno potrai?

– Spero di sì, cara. Un giorno tornerò a casa, vi preparerò il tacchino con le patate e staremo sempre insieme.

Camile si staccò dalla figlia e si affacciò alla finestra, sbirciando all'esterno con un'espressione d'inquietudine dipinta sul volto.

– Marill, devo andare. Prometti che non uscirai di casa. Né stanotte né le prossime notti. Prometti che ti comporterai bene, che ti prenderai cura di tua sorella, aiuterai tua nonna in pasticceria e non uscirai mai di casa dopo il tramonto.

– Ma…

– Promettilo. Fai finta che in casa ci sia io, vicino a te.

– Va bene – sospirò Marill. – Promesso.

– Grazie, bimba mia. Ti voglio bene.

Marill sentì sua madre molto più rilassata. Povera mamma. Non doveva essere facile lavorare alle fabbriche di Vimperion. Ma forse non era solo questo… Marill ne era certa, sua madre aveva paura. C'era qualcosa di terribile nascosto dietro le sue parole. Forse nelle fabbriche aveva visto delle cose. Forse Vimperion la minacciava.

E se Marill fosse stata catturata dai feriflammi, Vimperion si sarebbe vendicato su sua madre? Forse anche su Maika? Marill sentiva che doveva obbedire senza fare troppe domande.

Ma Ailan che era finito a Villa Amantea allora? Purtroppo non c'era scelta: se la doveva sbrigare da solo.

Marill abbracciò sua madre ancora una volta. – Anch'io ti voglio bene, mamma. Abbi cura di te. Penso io a Maika e alla nonna.

Camile sorrise. Diede un bacio alla figlia e scivolò fuori dalla stanza, richiudendo la porta dietro di sé.

20
Benvenuti a Villa Amantea

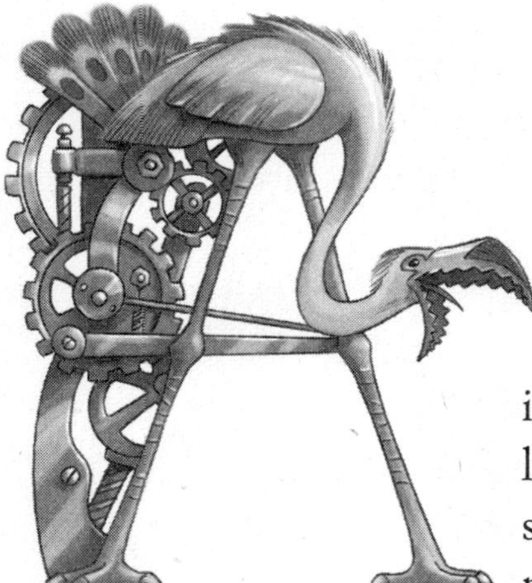

Rilan si risvegliò con un dolore lancinante alla testa. Era steso su tre gradini di pietra, ai piedi di una massiccia porta di ferro. Quando con uno sforzo cercò di rialzarsi, una fitta acuta alla tempia lo fece gemere per il dolore. Anche la caviglia gli faceva ancora male.

Si guardò intorno.

Nella penombra davanti a lui si stendeva uno spazio enorme privo di pareti, puntellato da pilastri squadrati sui quali si scorgevano tracce di malta, legno e paglia, residui di muri divisori. Tra un pilastro e l'altro erano tese un gran numero di sudicie amache, disposte una sull'altra tre alla volta, nelle quali si dondolavano fagotti informi. Dai fagotti provenivano sommessi colpi di tosse e respiri corti e affannosi. Tutto l'ambiente trasudava umidità. Il pavimento di pietra grezza era chiazzato da pozzanghere di acqua sporca.

Ailan si aggirò zoppicando in quell'enorme stanzone, scrutando nella penombra con gli occhi sbarrati. Alla vista di quella moltitudine di amache, penzolanti come bozzoli invischiati in un'enorme ragnatela, fu preso da un improvviso impulso di fuga e si girò di scatto, urtando un fagotto dondolante.

– Ehi, sterco di maiale – ringhiò una voce di ragazzo rotta da colpi di tosse. – Attento a dove cammini.

Ailan si ritrasse e continuò ad aggirarsi in quel lurido dormitorio, senza sapere dove andare. Ovunque si girava, trovava un'amaca rigonfia di stracci, da cui spuntava un braccio scheletrico, un piede sudicio o un ciuffo di capelli unti. La cosa più inquietante, però, erano i rumori che si udivano in lontananza. Giungevano dall'esterno, lontani. Tonfi sordi, come di magli che si abbattevano sulla pietra, e strida disperate di creature sofferenti.

Ailan si sentì soffocare dall'angoscia.

Voleva correre, ma temeva che, se l'avesse fatto, dai fagotti sarebbero spuntate mani che lo avrebbero picchiato.

D'un tratto sentì un sussurro. – Ehi! Pssst! Di qua!

Ailan esitò. Chi poteva essergli amico in un posto come quello?

– Ehi! Dico a te! – insistette la voce.

Ailan si diresse zoppicando verso la voce. Che altro poteva fare? Almeno era un punto di riferimento in mezzo a quella distesa di stracci dondolanti e colpi di tosse. Dopo pochi passi si trovò davanti a un'amaca vuota, dalla quale pendeva un cascame di stracci laceri. La voce proveniva dall'amaca sottostante.

– Questo posto è vuoto – disse la voce. – Se vuoi, puoi prenderlo tu.

– Grazie – sussurrò Ailan. Si arrampicò sull'amaca e si distese tra gli stracci luridi.

L'amaca sopra di lui era occupata da un fagotto molto più grosso degli altri. Le maglie dell'amaca erano tese in modo preoccupante.

– Io sono Taryn – disse la voce sotto di lui.

– Io Ailan.

Se ne stette immobile per un po', fissando il rigonfiamento sopra di sé, curvo fino a sfiorargli la punta del naso. Poi prese coraggio e si sporse in basso per guardare. Dal fagotto di stracci sotto di lui spuntava una faccia sporca, incorniciata da una criniera arruffata di capelli ispidi e neri.

– Dove siamo? – chiese Ailan.

– Siamo nel Villaggio delle Scienze di Villa Amantea. Benvenuto.

Ailan sentì una fitta acuta alla tempia.

Era una villa grandiosa, con ampi saloni decorati con marmi e stucchi, pavimenti di marmo, lunghi portici sorretti da colonne scolpite, giardini fioriti a strapiombo sul mare con fossati delimitati da chiuse e viali alberati popolati da statue di pietra. Nei grandi saloni, lunghe file di uomini in camice bianco trafficavano con alambicchi, lenti, ingranaggi e caldaie, chini su lunghi banconi di legno.

– Villa Amantea... – mormorò. – La villa di Midas Mentor...

– La villa di chi? – chiese Taryn.

– Dell'arconte che c'era prima di Vimperion. Non conosci la storia di Altea?

Taryn, da dentro il suo fagotto, fece spallucce.

– Midas Mentor – continuò Ailan – ha costruito la propria residenza in cima a Colle Amanteo, accanto al Villaggio delle Scienze, dove studiavano i ragazzi più promettenti di Altea e dove erano collocati i laboratori dei migliori tecnomaghi dell'isola –. Parlava meccanicamente, guidato dai ricordi del vecchio arconte. – So perché Mentor ha scelto questa posizione. A ovest la collina si perde nella foresta. La parete sud termina a strapiombo sul mare, e la parete a est si affaccia sulla città nuova. Da Villa Amantea si domina tutta l'isola.

– Bah, io so solo che il Villaggio delle Scienze è zeppo di disperati come me. Siamo meno che feccia per l'arconte Vimperion. Lui viene qui ogni tanto, ma solo per visitare il suo serraglio di animali rari. Quello è matto, secondo me. Ha riempito le stanze di mezza villa di animali che vengono da ogni parte del mondo. Secondo me ci gode, quello lì, a vederli in gabbia.

– Davvero? E che genere di animali ci sono nelle gabbie?

– Strani. Mai visti di uguali. Io *mica* lo so come si chiamano. I nomi me li invento. *Ce ne ho* di fantasia, io! Lo diceva sempre l'insegnante di storia quando inventavo le risposte.

– Ma tu li hai visti? – chiese Ailan.

– *Fischia*, se li ho visti. Sono io che *ci* do da mangiare e *ci* tengo pulite le gabbie a quelle povere bestie. A volte trovo anche delle cose –. Taryn trasse da sotto il camicione un ciondolo ricavato da un grosso artiglio nero, legato al collo da un laccio di cuoio. – Visto? È l'artiglio di un grifodonte. A me *mi* piace un sacco star*ci* insieme con gli animali, anche se quelle grotte mettono una fifa che potresti fartela addosso, giuro! Si rischia la buccia in questo lavoro, ma comunque è sempre meglio che scavare gallerie nella roccia, come fanno tutti gli altri.

– I ragazzi scavano gallerie?

– Certo – rise Taryn. – Per cosa credi che siano rinchiusi qui? Per studiare? Il Villaggio delle Scienze non è più una scuola. Adesso ci siamo noi, gli indesiderabili. Ladri, orfani, randagi… tutti i ragazzi che ad Altea non *li* vuole più nessuno, li portano qui e li fanno scavare sotto la villa. E tu perché sei qui? Cosa hai fatto?

– Mi hanno preso mentre ero dentro la caserma dei velocipedanti.

Taryn rise di nuovo. – *Fischia!* E che ci facevi dai velocipedanti?

– Volevo riprendermi una cosa che era mia.

– Certo che ne hai di fegato – disse Taryn. – Mi piaci.

– Chiudi quella boccaccia e dormi, ratto di palude! – intimò una voce aspra, seguita da brevi colpi di tosse.

– Se non ti va di lavorare nelle gallerie, – continuò Taryn a voce bassa – puoi darmi una mano. Mi farebbe comodo un aiutante.

– Posso scegliere?

– No che non puoi – rispose Taryn. – Solo che il mio lavoro non *gli va di farlo* a nessuno. Così se dico ai sorveglianti che da solo non ce la faccio a tenere pulite le gabbie, ti lasciano di sicuro. Però nelle grotte c'è una puzza che ti stende e gli animali sono come pazzi. Devi stare sempre all'occhio: se ti attaccano ti fanno fuori, e tanti saluti! Allora, ci stai?

Ailan taceva.

– Ti ho messo paura, eh? – domandò Taryn. – Tranquillo, t'insegno io come si fa. Io sono loro amico, *a me* non *mi* attaccano.

Ailan diede un'occhiata alla cantina e rabbrividì. Quante amache c'erano appese lì dentro? Sembravano almeno un centinaio, tutte rigonfie del loro fagotto. Un centinaio di ragazzi rinchiusi come topi, a dondolare nel buio, in attesa dell'alba. E quei rimbombi provenienti dalla villa, potentissimi, come se qualcuno colpisse una parete con una gigantesca mazza.

L'intero Villaggio delle Scienze ne era scosso. Le amache dello stanzone oscillavano come pendoli.

– Non lo so – disse Ailan. – Villa Amantea mi fa paura.

– Ehi, non farci caso al rumore – disse Taryn. – È solo il pestaduro. Fra un po' ti ci abitui.

– Il pestaduro?

– È un bestione enorme. Ha le zampe grosse come tronchi e un grande osso sul muso, piatto come un'incudine. Non è cattivo, ma *fischia*, se gli finisci sotto le zampe, ti spappola come una polpetta. Lo hanno rinchiuso nel Salone della Torre perché lì le pareti sono spesse un braccio e le porte sono di quercia, rinforzate di ferro. Ma il pestaduro, dai e dai, le ha quasi buttate giù! È un osso duro, quello.

Ailan fissò Taryn atterrito.

– Tranquillo! Io sul pavimento *ci* spargo secchiate di olio e grasso, così il pestaduro non può fare forza sulle zampe, ma stai sicuro che prima o poi sfonda una porta e scappa –. Taryn ammiccò. – Domani te lo faccio vedere. Ti va?

Ailan non disse nulla. Rimase ad ascoltare quei rumori, cercando di immaginare che aspetto avesse il pestaduro e come fossero gli altri animali rinchiusi nelle gabbie della villa. E poi, un pensiero dopo l'altro, si ritrovò a pensare a casa.

«Dove sarà mio padre? Avrà già saputo che sono stato catturato dai feriflammi e rinchiuso a Villa Amantea? Speriamo che non faccia qualche follia per liberarmi: catturerebbero anche lui! E Zill? È ancora libera? E Marill? È riuscita a fuggire o è stata catturata? Chissà quanto tempo dovrò restare qui! Forse ci penseranno Dedalus e nonna Amandine a tirarmi fuori... In fondo è tutta colpa loro se sono nei guai! Sono stati loro a trascinarmi in questa storia...»

Restò così, con i pensieri che si accavallavano come nuvole in tempesta e il naso che sfiorava il rigonfiamento dell'amaca sopra di lui, finché la stanchezza non lo vinse e sprofondò in un sonno popolato di ombre sinistre.

21
Dammi le scarpe, cacca di mosca

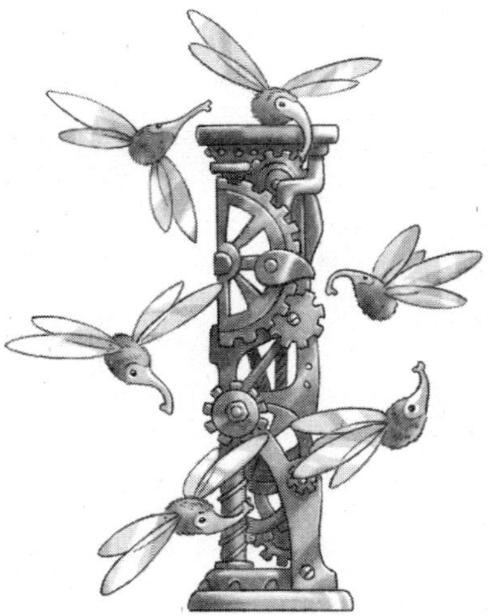

Il sommesso russare della camerata fu interrotto bruscamente da un rimbombo ritmico e insistente, come un martello su una lastra di ferro.

Ailan saltò su come una molla, sbattendo il naso nel rigonfiamento dell'amaca sopra la sua testa. – Il pestaduro! Si è liberato!

L'amaca sopra di lui rispose con un violento scossone che gli schiacciò il naso e lo fece gemere di dolore.

– Ehi, cacca di mosca, – disse una voce sopra di lui – vedi di farla finita. Hai rotto le scatole tutta la notte.

– Sssh! – sussurrò Taryn. – Stai calmo, non si è liberato nessuno. È solo mattina.

– Calmo? – sussurrò Ailan, massaggiandosi il naso. – Secondo te dovrei stare calmo?

La porta di legno della camerata si spalancò, e una sagoma scura si stagliò sulla soglia illuminata dalla luce radente del mattino.

– Tutti fuori, ratti schifosi – sbraitò una voce rabbiosa. – Vi voglio in cortile tra cinque minuti.

Lo stanzone si animò di decine di voci di ragazzi che si scambiavano insolenze mentre uscivano tossendo dai loro fagotti e scendevano dalle amache. Dopo aver messo i piedi a terra, i ragazzi toglievano dai loro fagotti scarpe logore e senza stringhe e se le infilavano ai piedi.

– Ehi, cacca di mosca, – disse una voce alle spalle di Ailan – dammi le tue scarpe.

– Cosa? – chiese Ailan.

Si voltò e subito un pugno lo raggiunse in pieno stomaco. Ailan si piegò in due boccheggiando. Davanti a lui c'era un ragazzo alto quasi come un adulto, con un gilè di cuoio nero infilato su un pigiama grigio. Doveva essere quello che occupava l'amaca sopra di lui.

– Sei sordo? – disse il ragazzo. – O ne vuoi ancora?

– Quello lì è Grod – sussurrò Taryn. – È meglio se fai come dice.

Ailan, respirando a fatica per la botta ricevuta, si tolse le scarpe e le spinse col piede verso Grod. Poi infilò il paio di babbucce sfondate che il ragazzo aveva abbandonato.

– Grazie, cacca di mosca – disse Grod. – Io e te andremo d'accordo –. E si diresse verso la porta lanciandogli uno sguardo di scherno.

– Resta vicino a me – disse Taryn ad Ailan. – Non rispondere e non ti succederà nulla.

– Nulla, dici? E quello che è appena successo come lo chiami?

– Dai, mettiti in fila – consigliò Taryn. Il suo sguardo faceva chiaramente intendere che ribellarsi avrebbe solo peggiorato le cose.

Senza dire altro, Ailan s'incamminò dietro la fila di ragazzi vestiti di pigiami cenciosi che tossendo, spintonandosi e insultandosi, uscivano uno dopo l'altro all'aperto. Lo scalpiccio e le imprecazioni soffocate si confondevano con i rimbombi del pestaduro e i rumori lontani del serraglio.

«Almeno non sento più il dolore alla caviglia» tentò di consolarsi Ailan.

Era passata da poco l'alba. Ailan, mescolato al gruppo di ragazzi, si guardò intorno. Si trovava all'interno di un piazzale lungo e stretto, in cui la luce del mattino arrivava a stento, illuminando i contorni di una fila di edifici tutti uguali, schierati uno accanto all'altro come scatole da scarpe. Dal lato opposto, il cortile era chiuso da un muro di mattoni rossi. In fondo, proprio di fronte a lui, c'era Villa Amantea, con le sue mura candide e la doppia fila di grandi finestre ad arco, ornate di colonnine a torciglione.

Ailan notò, stupito, che alcune di quelle finestre erano murate. Improvvisamente un bagliore gli esplose nel cervello e nuovi ricordi di Midas Mentor gli invasero la mente, sovrapponendosi a ogni altro pensiero.

Camminava nelle sale e nei corridoi della villa, mentre servi in livrea si affaccendavano, slittando con i loro scarpini sui marmi lucidi dei saloni, scambiandosi brevi ordini e inchinandosi davanti a lui. Superò uno studiolo e una biblioteca foderata di scaffali altissimi, colmi di libri preziosi, rilegati in cuoio e oro. Alcuni dei volumi più grandi parevano molto antichi. Poi entrò in un lungo salone decorato con statue inquietanti e arredato con enormi mobili di legno massiccio. In fondo alla sala c'era un trono drappeggiato di broccato rosso e, lì accanto, una porta chiusa.

Lì il ricordo s'interruppe e Ailan si ritrovò improvvisamente nel piazzale desolato del Villaggio delle Scienze illuminato dalla debole luce del mattino, in mezzo agli altri ragazzi. Alcuni sorveglianti facevano cordone intorno a loro.

Il suo sguardo era ancora fisso sulle finestre murate del primo piano, quando qualcosa lo colpì alla testa.

– Sveglia, dolcezza! – abbaiò la voce di un sorvegliante. – Non la vuoi, la colazione?

Un altro sorvegliante stava pescando delle mele da un barile e le lanciava ai ragazzi, che le afferravano al volo e se le portavano alla bocca.

Ailan raccolse la mela da terra. Era molliccia e puzzava. Si costrinse a addentarla, perché qualcosa gli diceva che non avrebbe mangiato nient'altro per un bel pezzo. La mela sapeva di gesso e spazzatura.

«Devo andare a vedere cosa c'è dietro quella porta chiusa» pensò Ailan mentre masticava. «Forse non è un male che io sia stato portato qui. Devo solo riuscire a trovare quelle stanze. Il problema è: come?»

– Avanti, topi di fogna, sbrigarsi! – ringhiò la voce di un sorvegliante. – La colazione è finita! In miniera c'è un bel mucchio di pietre azzurre che vi aspetta.

I ragazzi si diressero disordinatamente verso il fondo del cortile, senza smettere di spintonarsi e insolentirsi a vicenda.

Quando Taryn, in fila con gli altri, passò davanti al sorvegliante, venne bloccato bruscamente.

– Tu no. Sai qual è il tuo lavoro.

A quelle parole, Ailan uscì dalla fila e si fece avanti. – Non potete permettere che Taryn entri da solo nelle gabbie di quei mostri. È pericoloso!

Il sorvegliante lo squadrò da capo a piedi. – Ma bene – disse con una smorfia di scherno. – Qui c'è un novellino in vena di critiche. Ti credi furbo? Benissimo, allora andrai con lui. Ti passerà la voglia di fare il saputello, signorina! E, chissà, forse oggi gli squaleoni si faranno uno spuntino extra e mi libereranno dalla tua vista –. E con una risata scomposta voltò le spalle ad Ailan e tornò a pungolare la fila di ragazzi.

– Grande! Li hai fregati! – sussurrò Taryn, strizzando l'occhio all'amico. – Ora vieni con me!

All'estremità orientale dell'isola di Altea, seduto allo scrittoio del suo studio a strapiombo sulle scogliere, Victor Vimperion esaminava alcuni fascicoli di documenti. Firmava qualche foglio, ma la maggior parte la accantonava, in attesa di verifiche.

La verità era che non riusciva a concentrarsi: i suoi pensieri erano rivolti altrove.

Aveva bisogno di preparare altro siero e la Fiamma di Altea non si trovava. Ancora un anno e sarebbero iniziati i tormenti. Vimperion era ossessionato dal ricordo dell'agonia di Mentor, privato del siero e lasciato al suo destino.

Si alzò in piedi e si affacciò alla finestra. Il mare ruggiva contro gli scogli sotto di lui.

Non voleva fare la fine di Midas. Doveva trovare la Fiamma di Altea. O, per lo meno, ricreare la Nuova Fiamma in laboratorio. Camile ci stava già lavorando. Aveva fatto bene a lasciar vivere i tecnomaghi più abili e a costringerli a servirlo. Sapeva trovare argomenti molto convincenti. Era sempre stato bravo in questo.

In quel momento sentì bussare. La porta si aprì ed entrò Kayman.

– Mio arconte, ci sono degli sviluppi.

– Parla – disse Vimperion.

– Il ragazzino, il figlio del pittore, è stato catturato dopo che si era introdotto nella caserma dei velocipedanti. Lo abbiamo portato a Villa Amantea.

– E che ci faceva dai velocipedanti?

– Abbiamo preferito non interrogarlo, per non fargli capire le nostre intenzioni. A noi interessa arrivare al mimure.

– E il mimure dov'è?

– Mio arconte, ancora non lo sappiamo, ma di certo lo sa il ragazzo – sogghignò Kayman. – Sarà lui stesso a dircelo. Gli faremo provare le delizie del soggiorno a Villa Amantea. Poi, al momento buono, gli offriremo una via di uscita. Sarà lui stesso a portarci il mimure, in cambio della salvezza.

– Bene, ma non tiriamola troppo per le lunghe. Voglio chiudere questa faccenda alla svelta.

– Non ci vorrà molto, mio arconte.

– Allora è deciso. Fai preparare il mio arrivo a Villa Amantea. È un po' che non vado a visitare il serraglio. E voglio essere io a parlare al ragazzo, quando crollerà.

22
Il serraglio

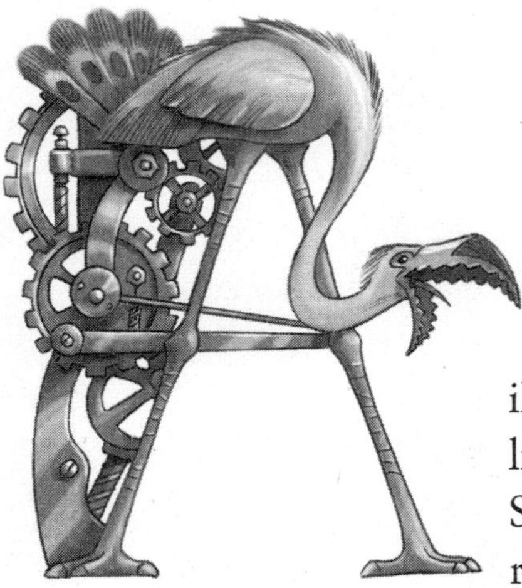

Rilan seguì Taryn tra i vicoli deserti del Villaggio delle Scienze. In qualità di stalliere, Taryn era l'unico ad avere il permesso di muoversi liberamente per quelle stradine. Presto i due ragazzi si trovarono davanti a un ingresso laterale del parco. L'accesso era presidiato da una cabina di pietra, costruita a ridosso del muro di cinta. Accanto alla porta, un sorvegliante se ne stava stravaccato su una panca di pietra. La sua casacca era lisa e sgualcita, e le mancava più di un bottone.

– Come mai oggi siete in due?

– Lui è stato punito – rispose Taryn. – È arrivato ieri.

– Ah, be' – ghignò il sorvegliante. – Se c'è una cosa che non manca in questo posto sono le punizioni.

Il sorvegliante entrò nel gabbiotto e ne uscì subito dopo con un mazzo di chiavi di varie misure, che lanciò a Taryn.

– Sarà meglio che facciate un buon lavoro. Le gabbie puzzano da far schifo. Se l'arconte le vede in questo stato, sono guai per tutti.

– Ci pensiamo noi! Le gabbie profumeranno come il giardino di una contessa – rispose Taryn, afferrando al volo il mazzo di chiavi. Fece cenno ad Ailan di seguirlo e oltrepassò la soglia del parco.

La bellezza e la tranquillità di quel luogo quasi abbagliarono Ailan, dopo tutto lo squallore del dormitorio e dei cortili. Davanti a lui si stendevano prati fitti e compatti come tappeti, candidi vialetti di ghiaia, siepi di rose e alberi secolari che proiettavano lunghe zone d'ombra alla luce radente del mattino. Il suo sguardo però fu subito catturato dalla grande piramide che si innalzava al centro del giardino. Era formata da una serie di gradoni, ornati da un'infinità di statue e guglie. Ogni piano ospitava un piccolo giardino pensile, circondato da roseti in fiore e siepi di bosso perfettamente curate.

Dietro la piramide sorgeva la villa, con le sue lunghe file di finestre ad arco.

– Allora, ti dai una mossa? – lo riscosse Taryn. – Non siamo *mica* in vacanza qui!

– Vedo che ti lasciano girare da solo – osservò Ailan. – Perché non provi a fuggire?

– Cosa? Fuggire? Ma tu lo hai visto com'è alto il muro di cinta? E poi di là dal muro c'è pure un canale, non so se mi spiego…

– E con questo? Una volta scavalcato il muro, basta tuffarsi, no?

– La fai facile, *te*. Prima di tutto il muro è troppo alto, e poi non si sa se il canale è abbastanza fondo per tuffarsi senza lasciarci la buccia. E poi… –. Taryn diede un'occhiata furtiva prima a destra e poi a sinistra, come per assicurarsi che non ci fosse nessun sorvegliante nei paraggi. Quindi accostò le labbra all'orecchio di Ailan. – In realtà, – sussurrò – alla fuga ci sto pensando da un pezzo. Ma non solo per me. Voglio liberare tutti gli animali del serraglio.

– Ma sei pazzo! E come pensi di fare?

– Sssh! – lo zittì Taryn. – Vuoi farti sentire da tutti?

– Come pensi di fare? – ripeté Ailan a bassa voce.

– Con l'aiuto del pestaduro – sussurrò Taryn. – Ho già un piano. Sto solo aspettando il momento giusto.

Ailan gli lanciò un'occhiata perplessa. – E anche se riuscissi a fuggire, dove porteresti tutti questi animali?

– Nel cuore della foresta di Altea, tra le rovine della città vecchia. Mi costruirò un rifugio laggiù. Non mi troverà mai nessuno.

Ailan tacque. Quel ragazzo era in gamba. Forse aveva trovato un amico. Forse poteva aiutarlo ad andarsene da lì.

Scrutando il fianco della villa, rivide le finestre murate che aveva notato poco prima. – Tu sai perché quelle finestre sono murate? – chiese Ailan.

– Cosa? – rispose Taryn distrattamente.

– Le finestre al primo piano – ripeté Ailan, indicando la villa. – Quelle erano le stanze di Midas Mentor. Non ci va più nessuno, lì dentro?

– Che ne so! – rispose Taryn. – So solo che dall'altro lato ci sono le stanze di Vimperion e al piano di sotto c'è il serraglio.

Continuando a parlare sottovoce, i due ragazzi attraversarono il pergolato accanto alla serra. Oltrepassarono un portale a vetri ed entrarono nella villa. Ailan si guardò intorno sbalordito. Si trovava in una lunga galleria, con una fila di arazzi appesi alle pareti, decorati con scene inquietanti di caccia e di lotta. Mostruosi animali selvatici assaltavano e sbranavano pacifici erbivori, soldati muscolosi catturavano meravigliosi volatili dagli strani piumaggi, bipedi a quattro braccia scagliavano rocce contro un'enorme testuggine…

In ogni arazzo erano raffigurati animali sconosciuti, mostruosi e bizzarri.

– Ti sembrano strani, vero? – disse Taryn. – Aspetta di vedere cosa c'è nelle gabbie.

Ailan non rispose. A rendere ancora più impressionanti gli arazzi erano i rumori che provenivano dall'interno della villa: sfregamenti di unghie, brontolii rabbiosi, ringhi selvaggi. Sibili, come di valvole che sfiatano. Ailan udiva muggiti, lamenti, stridii, ragli disperati, ronzii cupi e sordi, tanto intensi da far vibrare il pavimento di marmo.

E, più forte di ogni cosa, l'odore. Dai recessi più remoti della villa, saliva, insinuandosi fin nella galleria degli arazzi, un odore che Ailan non aveva mai sentito prima, ma che seppe riconoscere all'istante: l'odore della paura.

– Non si sente il pestaduro – osservò Ailan.

– Sta dormendo. Altrimenti sì che lo sentiresti. Più tardi ti ci porto. Ora scendiamo: le grotte con le gabbie sono al piano di sotto.

Ailan seguì Taryn lungo una scala a chiocciola di pietra.

– Ecco, – disse Taryn, aprendo una porta – questa è la prima.

I due ragazzi si ritrovarono in una stanza con le pareti e la volta interamente incrostate da mosaici di conchiglie e pietruzze blu e azzurre, che scintillavano come un cielo stellato alla luce delle finestre.

– Anche se le chiamano grotte, – precisò Taryn – sono solo stanze decorate in modo strano. Vedi quelle pietruzze che luccicano sulle pareti? È granato azzurro. Lo scavano gli altri ragazzi dalla miniera sotto il Villaggio delle Scienze.

– Fa fresco qui – commentò Ailan.

– *Fischia*, se fa fresco. Le bestie le hanno messe qui perché col fresco puzzano meno. Vieni, ti mostro la prima gabbia.

Taryn si avvicinò a una gabbia di metallo che si allungava per tutta la lunghezza della grotta. Delle grate a maglie fitte la dividevano in porzioni distinte, ciascuna delle quali era occupata da un animaletto simile a un topo, con zampe posteriori insolitamente lunghe, grandi occhi neri e orecchie da pipistrello. Squittivano nervosamente e spiccavano piccoli balzi da canguro, frustando l'aria con la loro lunga coda che terminava con un ciuffo di peli ispidi.

– Li ho chiamati "topi pittori" – disse Taryn. – Sai perché? Lo vedi quel ciuffo di peli all'estremità della coda?

– Sembra un pennello – osservò Ailan.

– Già. Sono buffi, vero? Ma stai attento a non farti pungere, però. In quel ciuffo c'è un pungiglione velenosissimo, che se ti punge, addio. Forza, cominciamo con loro.

Taryn scoperchiò un secchio e ne versò il contenuto nelle piccole mangiatoie disposte lungo la gabbia. Era un pastone grigiastro, viscido e brulicante.

– Che schifo. Cosa gli stai dando?

– Un pappone di larve, lumache e mele marce. A loro *ci* piace. *Mica c'*hanno i nostri gusti.

– Buon appetito – commentò Ailan con una smorfia di disgusto e seguì Taryn nella seconda grotta.

Lì una coppia di fenicotteri grigi e azzurri dall'aria spelacchiata e dal becco dentato emettevano ossessivamente il loro verso, simile alla risata isterica di un folle, scoprendo una fila di dentini aguzzi e scintillanti.

Ailan rabbrividì. – Cosa sono quelli?

– Uccellacci di palude. Io li chiamo "sbellicotteri": sembra che *sghignazzano*… Roba da farti saltare i nervi, vero?

– Fanno venire i brividi.

– Aspetta di vedere i feoryn – ridacchiò Taryn. – Sono nella prossima gabbia.

Il ragazzo, seguito da Ailan, entrò nella terza grotta: era senza finestre e la luce arrivava a stento dalle stanze vicine. Taryn si avvicinò a una grande voliera addossata a un angolo buio della grotta. Si protese verso uno sportello, stranamente aperto, e si ritrasse subito dopo.

Ailan notò delle strane rosicchiature intorno alla serratura.

Taryn sembrava a disagio. Si guardò rapidamente intorno, poi si affrettò verso la porta.

– Vieni, andiamo dai narcotteri. E dai, sbrigati – lo incalzò Taryn oltrepassando la soglia di una quarta stanza.

Quando anche Ailan fu entrato, Taryn richiuse la porta in tutta fretta.

– Ma non dovevano esserci i feoryn là dentro?

– Macché! Era solo una vecchia gabbia vuota – rispose con falsa noncuranza. – Ora ti faccio vedere io qualcosa di interessante.

Taryn si avvicinò a una grande intelaiatura di ferro, con zanzariere fissate su ogni lato. In un angolo c'era un grande vaso colmo di orchidee viola.

All'interno della gabbia ronzavano placidamente alcuni insetti viola, tondi, grossi e ricoperti da una rada peluria che li faceva assomigliare a kiwi color malva con ali di libellula. Sembrava quasi che galleggiassero a mezz'aria. Di tanto in tanto, uno di loro si abbassava e scompariva lentamente fra i petali viola delle orchidee.

– Dormellule anchilosanti, – osservò Ailan – dette anche narcotteri.

– Li conosci? – chiese Taryn.

– Ho visto un disegno in un libro.

– Io li chiamo "i pungioni". Mangiano solo il polline delle orchidee *Calypso*, che coltiviamo noi nella serra.

– Però non sono tutti uguali – osservò Ailan.

– No, certo. I pungioni a strisce viola e nere sono quelli nati da poco. Se ti pungono, rimani paralizzato per un po'.

– E quelli tutti viola?

– Ti uccidono.

Ailan restò ipnotizzato a fissare quegli insetti fluttuanti.

– Dai, continuiamo il giro – disse Taryn. – C'è un sacco di lavoro da fare.

Taryn condusse Ailan per una serie di stanze dov'erano rinchiuse le creature più strane. Per lo più si trattava di animali erbivori, con lunghi colli, proboscidi o corna dalle forme strane. C'erano i grifodonti, bestioni con grandi becchi affilati, zampe artigliate e un lungo corno a torciglione sulla fronte; i baritonti, tozzi e pesanti con gli occhi piccoli, lo sguardo spento e crudele e placche cornee sul dorso. C'erano i tapirozzi artitozzi, con le zampe corte e possenti e una lunga proboscide che terminava con un tentacolo coperto da ventose, e il linguodattilo leccomuschiato, una gigantesca creatura, coperta di una fitta peluria verde simile a muschio, che puzzava come un letamaio e si leccava le zampe con una lingua lunga e viscida. C'erano il macrocchero, che si rompeva enormi noci di cocco sul cranio con terrificanti schiocchi, l'antilope tricorno, una bestia elegante, dallo sguardo dolce e dalle lunghe ciglia, il cinoriccio dattilotorto e tante alte creature di cui Ailan non riuscì a ricordare il nome, né le caratteristiche, né le bizzarre e inquietanti abitudini.

Nell'ultima saletta non c'era nulla, a parte una piccola gabbia vuota.

– Questa gabbia qui è nuova – spiegò Taryn. – L'animale che ci metteranno lo devono ancora prendere, ma arriverà presto.

– Davvero? E che animale sarebbe?

– Un mimure, pare. Sembra che lo *hanno* visto in centro ad Altea. Tu ci credi?

Ailan sbiancò. Stavano parlando di Zill. Allora era così. Dopo che era stato rinchiuso a Villa Amantea, i feriflammi avevano deciso di sequestrare Zill. Di certo era un ordine di quel feriflamma, il tirapiedi dell'arconte.

– Tempo sprecato – disse Ailan. – Nessuno riesce a catturare un mimure.

– Seee. Lo dici tu!

– Certo che lo dico io. Nessuno costringe un mimure a fare qualcosa, se lui non ne ha voglia.

– Tu *mica* li conosci, i feriflammi – rispose Taryn cupo. E tirò dritto, continuando il proprio giro di esplorazione.

Ad Ailan non sfuggì che Taryn, appena entrava in una nuova stanza, sbirciava negli angoli più in ombra, con aria preoccupata.

– Hai perduto qualcosa? – chiese Ailan.

– Chi, io? No, perché? –. Taryn si avvicinò a un camino e diede un'ultima sbirciata in alto. – Dai, aiutami a pulire 'ste gabbie. La paglia e la legna le mettiamo in quell'angolo. Poi stasera bruciamo tutto.

Fu un lavoro lungo e massacrante. Gli animali, resi pazzi dalla prigionia, erano tutt'altro che mansueti. Chi saltava, chi si abbatteva contro le pareti della propria gabbia. Tutti emettevano un loro particolare e ossessivo lamento.

Fortunatamente le gabbie degli animali più pericolosi erano divise in due parti, separate da saracinesche o da porte. In questo modo i due ragazzi potevano pulire una metà per volta, spingendo gli animali nella metà libera della gabbia. Asportavano la paglia e i trucioli sporchi e ricomponevano i giacigli con paglia fresca e trucioli asciutti. Di tanto in tanto un sorvegliante veniva a controllare, ma si limitava a lanciare un'occhiata distratta, tenendosi a distanza dalle gabbie.

Solo una volta, verso metà giornata, il sorvegliante chiamò i due ragazzi. – Ehi, voi due. Ora di pranzo.

Ailan e Taryn accorsero. Ad attenderli c'erano due pezzi di pane e una ciotola d'acqua.

Ailan si sedette per terra e tentò di dare un morso al pane, ma i suoi denti riuscirono appena a scalfirlo. – Ma è pane o è pietra? – si lamentò.

– Meglio se lo inzuppi nell'acqua – suggerì Taryn.

Ailan sospirò: ormai l'aveva capito, in quel posto il cibo era scarso e cattivo. Mentre inzuppava il suo pane nella ciotola e se lo portava alla bocca, non gli sfuggì che Taryn continuava a scrutare ansiosamente ogni angolo buio, finché non ce la fece più e si alzò in piedi.

– Insomma, – disse Ailan – mi vuoi spiegare cosa stai cercando?

– Ma niente, te l'ho già detto.

– Sono i feoryn, vero?

Taryn non rispose. Continuava a masticare il suo pezzo di pane come se niente fosse.

– È inutile che fai finta, tanto l'ho capito.

– Tu non ci pensare – disse Taryn.

– E perché non dovrei?

– Non ci pensare e basta.

– Invece ci penso. Cosa sono questi feoryn? E perché ti fanno così paura? Sono insetti? Come le dormellule o peggio? –. Ailan s'interruppe. Gli era sembrato di sentire qualcosa, come una scarica di ticchettii. – Cos'è stato?

– Cosa?

– Quel suono. Veniva da quella stanza. Sono i feoryn?

Ailan attraversò un paio di stanze, cercando l'origine del suono che aveva appena udito.

– Ailan, torna qui.

– Non ho paura. Voglio sapere cosa sono questi feoryn.

Ailan entrò in una stanza quadrata dal soffitto a volta. Era simile alle altre grotte, con le pareti incrostate di sassolini e conchiglie. Al centro del pavimento di pietra, però, si apriva un grande foro circolare, coperto da una grata di ferro. Sembrava l'apertura di un pozzo, o di una vasca sotterranea. Ailan era sicuro che il suono provenisse da lì.

– Ailan! – chiamò Taryn. – Dai, vieni via.

Ailan non gli prestò ascolto e si sporse sul bordo della vasca. L'acqua sembrava limpida, ma il fondo era scuro, a eccezione di un debole bagliore: probabilmente un lato della vasca dava verso l'esterno e comunicava col canale che fluiva lungo quel lato della villa e del parco.

– Veniva da qui – disse Ailan.

– Ailan…

– Zitto. Voglio vedere cosa c'è qui dentro.

– Ailan, andiamocene.

– Aspetta! C'è qualcosa qui.

Ailan vide guizzare sul fondo scuro una sagoma allungata, poco più di un'ombra fuggevole. Rialzò la testa e guardò l'amico.

– Un pesce?

Prima che Taryn potesse rispondere, qualcosa si strinse intorno al polso di Ailan.

Era una mano bianca, dalle dita lunghe in modo innaturale

che gli si avvolsero intorno al polso come le spire di un serpente, tirandolo contro la grata.

Le maglie della grata erano piuttosto ampie, e Ailan si ritrovò il braccio immerso nell'acqua gelida fino alla spalla. Sentiva il ferro premere contro il collo e le costole. Fu allora che vide un corpo bianco e luminescente fluttuare sotto di lui.

– Ma è una ragazza!

In quel momento la stretta si allentò. Ailan, sorpreso, esitò un istante, poi ritrasse il braccio.

Una testa con lunghi capelli blu, ondeggianti come alghe intorno al volto affilato, affiorò per un attimo e s'immerse di nuovo.

– Tengono una ragazza prigioniera sott'acqua! – esclamò Ailan.

– Non è una ragazza – disse Taryn. – È un'ipogena. Vieni via, svelto.

Ailan, però, non gli diede ascolto. Osservava rapito quella strana creatura dalla pelle diafana, le mani bianche con membrane blu tra le dita, le gambe e le braccia che sembravano danzare nell'acqua. Gli parve di scorgere il cuore rosso pulsare debolmente in quel corpo quasi trasparente, avvolto da un manto di capelli che fluttuavano come sbuffi d'inchiostro blu nell'acqua limpida.

Gli occhi di Ailan incontrarono gli occhi dalle pupille quasi bianche di quella creatura: occhi disperati, che lo guardavano con un'espressione implorante.

Ailan capì all'istante. La creatura soffriva e chiedeva di essere liberata al più presto. Due mani dalle lunghe dita uscirono dall'acqua e si appoggiarono delicatamente sul viso di Ailan. Il volto dell'ipogena affiorò e si protese verso Ailan, premendo contro le maglie della grata. Il ragazzo vide le labbra azzurre avvicinarsi e schiudersi leggermente mentre si posavano sulle sue.

Ailan si sentì invadere da un'ondata di calore, di turbamento e di disperazione. Sentì l'anima mortificata e sofferente di quella creatura senza colpa, imprigionata e rinchiusa in un pozzo scuro. Sentì la sua angoscia ingigantirsi fino a scoppiargli nel petto, mentre lei si dibatteva senza speranza. Sentì la sua forza vitale, pura come l'acqua di una sorgente, affievolirsi lentamente, come l'immagine di un sogno.

Poi le labbra della creatura si staccarono dalle sue.

Ailan risollevò la testa dalla grata. – Sta morendo – disse.

– Cosa?

– Presto, Taryn, dammi le chiavi.

– Ma quali chiavi? La grata è fissata al pozzo. Non ci sono chiavi.

Ailan prese a tirare la grata con tutte le sue forze. – Sta morendo, dobbiamo liberarla.

– Non puoi liberarla. Dai, vieni via. Che ti sei messo in testa?

– Taryn, presto, trova una sbarra, o un piccone.

– E secondo te mi lasciano usare attrezzi del genere?

– Ma ci deve essere qualcosa che si può adoperare – disse

Ailan, guardandosi intorno con crescente agitazione. – Dov'è il rastrello che avevo in mano prima?

Ailan si ricordò di aver lasciato l'attrezzo nella stanza precedente. Si affrettò verso l'ingresso della grotta e andò a sbattere contro una figura massiccia che era sopraggiunta in quell'istante.

– Che succede qui? – disse il sorvegliante. – Cosa fate nella grotta dell'ipogena?

23
Teneri tenerilli

Stupido, che ti ha preso? – disse Taryn ad Ailan. – A momenti ci facevi punire tutti e due. Fortuna che si sono bevuti la storia che cercavamo i feoryn…

Taryn e Ailan, nuovamente all'aperto, stavano percorrendo un vialetto di ghiaia accanto a un prato, che affiancava uno specchio d'acqua popolato da ninfee.

– Sarò anche uno stupido, – rispose Ailan – ma non mi va di lasciare quella ragazza in fondo a un pozzo.

Taryn allargò le braccia. – E dai, te l'ho già detto! Quella non è una ragazza, è un'ipogena. Sono pericolose, quelle. Vivono nelle grotte, dove ci sono solo acqua e bisce, ed è meglio star*ci* alla larga. Ma lo sai che tutti quelli che si sono messi in testa di cercare la loro tana non sono più tornati?

– Io voglio liberare la ragazza e basta.

– Insomma, te lo dico un'altra volta: non fare niente. Ho un piano per salvare tutti gli animali, ma se poi i sorveglianti trovano il pozzo vuoto, il mio piano va all'aria!

– Sta morendo. Ha bisogno di aiuto.

Taryn scosse la testa. – Senti, lo vuoi proprio sapere cosa ti è successo? L'ipogena ti ha baciato, e tu hai avuto delle allucinazioni. Un bacio di ipogena può anche bruciarti il cervello, sai? Fortuna che il tuo bacio è durato pochissimo, se no…

– Non erano allucinazioni – insistette Ailan. – Quella ragazza chiede aiuto, Taryn. Non possiamo lasciarla morire.

Taryn si fermò e guardò Ailan negli occhi. – Senti, ficcatelo bene in testa: un'ipogena non è una ragazza. Ed è rinchiusa in un pozzo sigillato da una grata di ferro spessa così. *Mica* possiamo fare nulla per tirarla fuori di lì, lo capisci o no? Ora, se te ne stai buono finché te lo dico io, forse insieme riusciamo a liberare gli altri animali del serraglio. Ma se vuoi fare di testa tua, senza conoscere gli animali e il posto, mandi tutto all'aria e ci metti tutti e due nei guai. Hai capito?

Taryn riprese a camminare.

– Dove mi stai portando? – chiese Ailan.

– Dove potrai cominciare a fare la tua parte di lavoro da solo, senza cacciarti nei guai.

E si diresse verso una piccola baracca di legno, dalla quale provenivano pigolii a tre toni, molto melodiosi. Una rete di metallo, arrotolata come un tappeto, era appoggiata a una parete della baracca.

– Ecco – disse Taryn. – Qui ci sono i tenerilli. Comincia pure con questi.

– C'è una puzza spaventosa qui – disse Ailan turandosi il naso.

– *Fischia*, se c'è puzza! Per questo li teniamo lontani dagli altri animali.

Ailan sbirciò tra le assi e vide una dozzina di esserini rotondi che saltellavano e pigolavano senza sosta. Erano poco più grossi di un'arancia, avevano grandi occhi dall'iride rosata ed erano rivestiti di una morbida pelliccia rosa. O meglio, questo sarebbe stato il loro aspetto se fossero stati puliti.

– Ma sono tutti sporchi di cacca! – esclamò Ailan. – Chi li ha conciati così?

– Non lo sai? L'arconte li usa per pulirsi il sedere. Io dico che è lui il mostro, *mica* gli animali. Come si fa, dico io, a trattare così queste povere bestiole? Comunque, sentirai come sono tiepidi e morbidi una volta che li avrai puliti. Sembra di tenere in mano una nuvola.

– Cosa? Devo pulirli io?

– Certo, *mica* io. Io sono anche stufo. Sai, l'arconte è costretto a riciclarli, perché di tenerilli non ce ne sono molti. Ah, ti avverto, occhio a non fare rumori improvvisi. Se no guarda che succede.

Taryn tirò un calcio a un secchio, che finì contro la baracca facendo un gran fracasso. Di colpo i tenerilli drizzarono il pelo, gonfiandosi come palle irte di aculei.

– Accidenti! – esclamò Ailan.

– Capita sempre quando prendono uno spavento. *Mica* lo sa l'arconte, altrimenti *col fischio* che li adopera! Quindi, fai attenzione a come ti muovi. Se si spaventano quando li tieni in mano, ti fai male sul serio. E stai attento: i tenerilli sono delicati. Rovinane solo uno e l'arconte ti fa levare la pelle.

– E allora come devo fare?

– Prendi un secchio di acqua e una pezzuola di cotone e li massaggi piano piano finché diventano puliti. Ah, anche la pezzuola deve essere sempre pulita. Lavala spesso, e ogni tanto cambia anche l'acqua del secchio.

– Questa me la paghi – disse Ailan tra i denti.

– Coraggio, socio – ridacchiò Taryn. – Datti da fare. Quando torna l'arconte, vorrà i suoi tenerilli belli puliti e pronti da usare. Ci vediamo dopo al refettorio. E sta' lontano dall'ipogena!

Taryn rientrò nella villa ridacchiando, lasciando Ailan alle prese con quelle incantevoli creature.

Ailan dal canto suo si sentiva furioso, ma decise di obbedire. In fondo, aveva bisogno di restare solo: doveva riflettere e quella era una buona occasione. Ripensò alla grotta e all'ipogena che nuotava nell'acqua limpida del pozzo. Ripensò al contatto con quelle labbra, così morbide e fredde, e alle emozioni che lo avevano quasi travolto quando le aveva sfiorate.

Quella bellissima ragazza acquatica aveva un disperato bisogno di lui. Doveva tirarla fuori da lì, ma come?

Di sicuro il pozzo comunicava con il canale, altrimenti l'acqua non sarebbe stata così limpida. Ma allora perché l'ipogena non fuggiva da lì? Semplice: o l'apertura verso il torrente era troppo stretta oppure anche quella via era chiusa da un'inferriata. Ma se era così, probabilmente nessuno sorvegliava la grata sott'acqua. Bastava procurarsi un attrezzo con cui fare leva. La via era quella, non c'era dubbio.

Doveva essere paziente. Il momento sarebbe arrivato presto. Quella notte stessa, si ripromise Ailan. «Ti prego, resisti. Ancora qualche ora.»

Con quei pensieri per la testa, non fu facile concentrarsi sui tenerilli. Certo, erano adorabili, ma era proprio questo che rendeva difficile il lavoro. Come Ailan entrò nella baracca con secchio e pezzuola, gli animaletti rosa gli si strinsero attorno e gli si strofinarono felici contro i calzoni.

– Basta, fermi! – gridò Ailan. – Mi sporcate tutto!

Ma fu inutile. I tenerilli, pigolando gioiosamente, continuarono a saltellare intorno al loro nuovo amico. – Bah, – sospirò Ailan rassegnato – se non altro, un po' vi state già pulendo da soli.

Si sedette su uno sgabello a tre gambe e tuffò la pezzuola nell'acqua. – Forza. Chi è il primo?

– Pip! – pigolò un tenerillo, saltandogli sulle ginocchia.

Ailan guardò quei due grandi occhi fiduciosi.

– Bene, allora. Cominciamo con te –. E strizzò lo straccio, facendo colare sull'animaletto un rivolo di acqua pulita.

– Pip! Pip! – pigolò il tenerillo, deliziato da quella doccia fresca. L'animaletto manifestò il proprio gradimento socchiudendo gli occhi e scrollandosi vigorosamente il pelo come un cane bagnato.

– Basta, fermo! – sputacchiò Ailan. – Mi stai schizzando di cacca!

– Pip! – pigolò il tenerillo, guardando fiducioso Ailan.

Il ragazzo sospirò e si pulì alla meglio, passandosi il braccio sulla faccia. Poi diede una rapida strofinata al tenerillo con una pezzuola pulita. – Ecco, sei asciutto. Avanti il prossimo.

Dopo circa un'ora di frizioni e massaggi, Ailan si fermò. – Allora, chi manca ancora? –. Guardò verso i tenerilli e lanciò un grido. – Ma siete di nuovo tutti sporchi! Come avete fatto?

Domanda inutile. I tenerilli amavano strofinarsi tra loro. Ailan doveva ricominciare da capo.

– Stavolta so io come fare –. Uscì dalla baracca, prese la rete di metallo e la srotolò, dividendo in due l'interno.

– Ecco: da questa parte mettiamo i tenerilli puliti. Forza, chi è il primo? Ehi, ma… dove sono finiti tutti quanti?

– Pip! – rispose l'unico tenerillo rimasto. Ailan vide con orrore che la porticina della baracca era aperta. – Oh, no! L'arconte mi farà uccidere!

Il ragazzo si precipitò fuori, seguito dal tenerillo che saltellava felice dietro di lui. – Tenerilliii… dove siete? Pio pio pio…

– Pip! Pip! Pip! – pigolava gioioso il tenerillo dietro di lui.

Riprenderli uno per uno sotto il sole rovente fu una faticaccia. Ma alla fine tutti i tenerilli furono riacciuffati e ripuliti.

Taryn aveva ragione, pensò Ailan. Una volta puliti e asciugati, i tenerilli erano la cosa più morbida e tiepida che avesse mai toccato. Guardò quei batuffoli rosa soffici e puliti, che dormivano beatamente, stretti l'un l'altro in un sonno senza pensieri. Creature adorabili.

Solo un individuo crudele come l'arconte poteva pensare di usarli in quel modo.

24
Sudicia brodaglia e bistecca alla piastra

Il pomeriggio volgeva al termine. Il muro di cinta del Villaggio delle Scienze proiettava la sua ombra nel piazzale. Davanti alle baracche, Sberling e Coppins, con in mano un idrante ciascuno, attendevano, assieme ad altri sorveglianti.

– Non mi piace questo posto – disse Coppins. – Io sono un velocipedante. Non mi va di fare la balia a questi piccoli delinquenti.

Sberling tirò un violento ceffone sulla nuca di Coppins, che sobbalzò in avanti. – Sei sempre il solito stupido. Lo sai perché siamo qui.

– Ma non è stata colpa mia – piagnucolò Coppins, massaggiandosi la nuca. – È tua la colpa! Sei stato tu a insistere di consegnare il cofanetto a Kayman. «Vedrai, ci daranno una promozione» dicevi! Bella promozione ci hanno dato!

– E allora che ci faceva la tua scarpa dentro lo scrigno?

– Non ce l'ho messa io. Non sapevo nemmeno come si apriva, lo scrigno.

– Bah, – concluse Sberling – ormai non ha più importanza. Siamo stati degradati e dobbiamo prestare servizio al Villaggio delle Scienze.

– Resteremo qui per sempre – piagnucolò Coppins. – Non rivedrò più la mia Bessie.

– Non dire sciocchezze. Dobbiamo solo trovare il modo di riacquistare i nostri gradi. Fra un paio di giorni arriverà l'arconte. Se facciamo un buon servizio, sono certo che ci reintegrerà nel corpo dei velocipedanti.

– Stai tranquillo. Svolgerò i miei compiti alla perfezione.

– Zitto, ora. Stanno arrivando i ragazzi.

Dal fondo del piazzale comparve l'inizio di una lunga fila di ragazzi che facevano ritorno dal cantiere. Avevano le spalle curve, i pigiami laceri e incrostati e strascicavano i piedi nella polvere.

Nello stesso momento, dalla stradina che conduceva al parco della villa sbucarono anche Ailan e Taryn, di ritorno dal loro turno di pulizia delle gabbie. I due amici scivolarono silenziosamente nel gruppo degli altri ragazzi, ma il loro arrivo non passò inosservato.

– Ehi, cacca di mosca – disse Grod, dando ad Ailan un

violento spintone. – Com'è che non ti hanno ancora mangiato gli squaleoni?

Ailan incespicò, ma riprese subito l'equilibrio. – Avrai presto la mia risposta, bestione – disse schioccando un'occhiata obliqua. Ma lo disse piano, in modo che Grod non sentisse. Aveva cose più importanti di cui occuparsi che azzuffarsi con quel prepotente.

La fila di ragazzi avanzò verso il centro del piazzale. Lungo un lato del perimetro erano disposti alcuni sorveglianti, a distanza di qualche iarda l'uno dall'altro.

– Levatevi quei luridi stracci, e alla svelta – gridò uno di loro.

Mugugnando, i ragazzi si radunarono al centro del cortile e lasciarono cadere a terra i loro pigiami infangati.

– Cosa succede? – disse Ailan.

– Fa' come loro – suggerì Taryn, incespicando nei pantaloni abbassati a metà gamba.

Ailan obbedì e iniziò a togliersi i vestiti.

Non ebbe il tempo di domandarsi la ragione di tutto questo, perché fu investito da un getto d'acqua gelata. Gli inservienti ai bordi della piazza li stavano innaffiando con i loro idranti. Sotto quei getti di acqua gelida tutti i ragazzi presero a strillare e a strofinarsi, più per riprendersi dallo shock che per pulirsi.

Al termine di quella doccia improvvisa Ailan, tremando come un criceto, si mise in coda con gli altri ragazzi per asciugarsi.

C'era un solo asciugamano per tutti. Quando toccò a lui, era fradicio e viscido come una medusa. La sorpresa peggiore, però, fu quando arrivò il momento di rivestirsi.

– Dove sono i miei vestiti? – disse guardandosi intorno. Non ci mise molto a ritrovarli. Solo che ritrovarli era un conto, riprenderseli un altro. I calzoni li aveva indosso Grod. La camicia invece se l'era presa un ciccione che aveva allacciato solo i primi due bottoni.

– Coraggio, infilati questi – gli disse Taryn porgendogli la casacca di un pigiama rosa e un paio di pantaloni grigi tendenti al verde pistacchio. – Tanto non sono più di nessuno.

Ailan, stremato dal lavoro e infreddolito dalla doccia, tanto inattesa quanto brutale, obbedì in silenzio. Era troppo sconfortato perfino per protestare. «Come può esistere un posto come questo?» continuava a chiedersi. «Devo andarmene al più presto. Prima però devo scoprire cosa c'è dietro quella porta chiusa, nel salone al primo piano.» Quella porta, vista attraverso i ricordi di Midas, lo ossessionava.

Non ebbe il tempo di soffermarsi a lungo su quei pensieri, però, perché una voce brusca lo riscosse. – Avanti, topi di fogna, è ora di cena!

Ailan si affrettò a raggiungere gli altri, già in coda davanti alla porta del refettorio. Seguendo la fila, entrò in uno stanzone pieno di ragazzi che urlavano e pestavano i cucchiai intorno a due lunghissimi tavolacci.

Avanzò nello stanzone, guardandosi intorno. Alla fine

scorse in fondo alla tavolata un ciuffo di capelli dall'aria familiare e una mano che si agitava, cercando di attirare la sua attenzione.

– Eccoti, finalmente – gli disse Taryn.

– Cosa ci portano? – chiese Ailan sedendosi accanto all'amico.

– Brodaglia – rispose Taryn con indifferenza.

In quel momento passò l'inserviente spingendo un carrello con un pentolone fumante. A tutti versava una mestolata di liquido marrone chiaro, mandando schizzi bollenti tutt'intorno.

– Sembra l'acqua che ho usato per lavare i tenerilli! – gemette Ailan.

Poi, rassegnato, tuffò il cucchiaio in quella brodaglia e se lo portò alla bocca.

– Puah! Sa di scolatura di fagioli borlotti.

– Aromatizzata alla fragola – precisò Taryn, sorbendo rumorosamente una cucchiaiata di brodaglia.

– Fai lo spiritoso? – sussurrò Ailan.

L'inserviente si parò davanti ad Ailan, con i pugni chiusi piantati sui fianchi. – Non ti piace, signorino? – grugnì. – Be', affari tuoi.

Taryn strizzò l'occhio all'amico. – Lasciala pure stare, se non ti va. Dopo ti porto io al ristorante.

– Non è divertente.

– Aspetta e vedrai – rispose Taryn sornione. E continuò a sorbire la sua brodaglia con indifferenza.

Dieci minuti dopo, un inserviente cominciò a pestare fragorosamente un mestolo contro il pentolone vuoto. – La cena è terminata, tutti in fila!

I ragazzi, obbedendo meccanicamente al comando, si alzarono con un gran fracasso di panche spostate, si misero in fila davanti alla porta del refettorio e s'incamminarono mestamente verso il dormitorio.

A un certo punto, Taryn e Ailan si staccarono dalla fila e si diressero verso la stradina che conduceva all'accesso laterale del parco. Sberling, che sorvegliava la fila di ragazzi, li riprese all'istante.

– Dove credete di andare, voi due?

– Dobbiamo bruciare la paglia che abbiamo tolto quest'oggi dalle gabbie – rispose Taryn.

– Già – confermò Ailan. – Prima che arrivi l'arconte.

– Andate con gli altri – li incalzò Coppins. – Finirete doma… – ma venne interrotto bruscamente da uno schiaffone sulla nuca.

– Stupido – disse Sberling. – E se l'arconte decidesse di arrivare domani? Cosa pensi che succederà se trova un cumulo di paglia e sterco nel suo bel serraglio? –. Sberling tornò a guardare i ragazzi. – Forza, voi due, andate! Per domani il serraglio deve essere lustro come uno specchio.

– Certo, signore – rispose Taryn. E si affrettò verso l'ingresso del parco, seguito da Ailan.

Coppins lo osservò allontanarsi, grattandosi il cranio.

– Sbaglio o quel piccolo delinquente pulcioso l'ho già visto da qualche parte?

– Non sbagli – disse Sberling. – Quello è il ragazzo del cofanetto! Faremo bene a tenerlo d'occhio. È tutta colpa sua se ci troviamo qui!

Ailan e Taryn intanto erano giunti all'ingresso del serraglio. Come di consueto, davanti al gabbiotto di pietra c'era un sorvegliante, che li squadrò con una smorfia sospettosa, agitando la sua torcia.

– Che ci fate qui a quest'ora di sera?

– Lavoro straordinario. Dobbiamo finire di pulire le gabbie.

Il sorvegliante non fece obiezioni. Entrò nel gabbiotto, prese il mazzo di chiavi e lo consegnò a Taryn. – Dovete riportarmele entro mezzanotte.

– Non si preoccupi. Entro quell'ora avremo finito – rispose il ragazzo accendendo una torcia.

Presto i due furono di nuovo nel serraglio.

– Ora – disse Taryn – ti faccio vedere come il nostro arconte tratta bene i suoi animali.

Taryn si mosse tra le grotte del serraglio finché giunse a una porticina di legno. La aprì ed entrò in un piccolo locale. Ailan, come lo seguì, fu investito dall'odore intenso e dolciastro del sangue. Si guardò intorno e vide dei quarti di bue appesi a ganci.

– Questi sono per gli squaleoni – disse Taryn. Poi si chinò

e trasse un lungo coltello da cucina da sotto un cumulo di paglia ammonticchiato in un angolo. – E queste – aggiunse mentre col coltello tagliava due spesse fette di carne da un quarto di bue – sono per noi.

Ailan non sapeva che dire. Era certo che se qualcuno li avesse scoperti sarebbero stati guai. Ma le bistecche erano una tentazione troppo forte. Perciò decise di fidarsi dell'amico.

– Ma le mangiamo crude?

Taryn lo guardò, con una punta di fastidio. – Non sei *mica* tanto sveglio, sai? Se non incontravi me, cosa facevi? –. E, senza aggiungere altro, si diresse in un angolo dello sgabuzzino.

Per terra c'era un vecchio sportello di ghisa. Taryn lo raccolse e andò a gettarlo sulla catasta di paglia e legna che i due ragazzi avevano ammonticchiato durante il loro lavoro di pulizia delle gabbie, poi appiccò il fuoco con la torcia.

In pochi istanti il mucchio di rifiuti ardeva allegramente. Poi le fiamme si abbassarono e sotto la lastra di ghisa iniziò a formarsi un letto di braci. Quando la lastra di ghisa fu abbastanza arroventata, Taryn vi gettò sopra le due bistecche, che presero a sfrigolare.

– Ora sta' attento alle dita – avvertì. Poi infilò una bistecca con la punta del coltello da cucina e la lanciò ad Ailan, che la prese al volo.

– Ah! Scotta! – esclamò Ailan, passandosi la bistecca da una mano all'altra e dando ogni tanto un morso. Era squisita.

Ailan era sempre più sorpreso. Mangiare una bistecca in

un posto come quello era semplicemente impensabile. Eppure stava succedendo. Taryn sembrava davvero possedere mille risorse. Smise di masticare e lo fissò: quel ragazzo era proprio l'aiuto che gli serviva.

Taryn si accorse che l'amico lo stava guardando. – Che c'è?

– Abbiamo aspettato anche troppo – disse Ailan. – Andiamo.

– Andiamo? E dove?

– A liberare la ragazza chiusa nel pozzo.

Taryn alzò le braccia e le lasciò ricadere, in un gesto d'insofferenza. – Per la polenta, ancora questa storia? Ma se ti ho già detto che non si può! I sorveglianti ci prendono e ci fanno un paiolo a strisce, hai capito o no?

Ailan, senza aggiungere altro, uscì dalla grotta.

– Ailan! Aspetta!

Ailan si fermò, ma solo per un istante.

Poi si mise a correre e scomparve tra i corridoi della villa.

25
Tik Tik

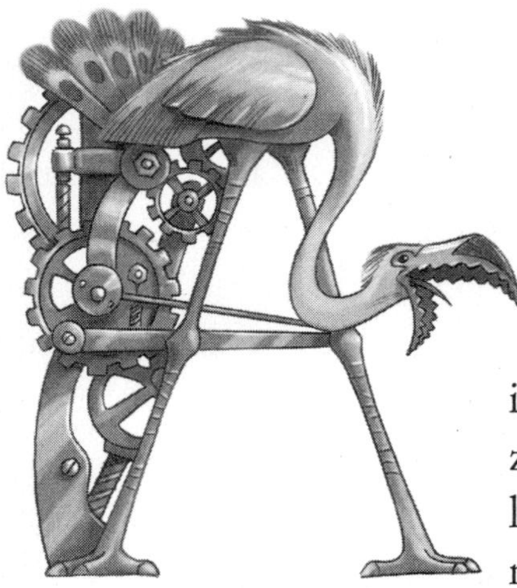

ilan, in equilibrio sul davanzale di un finestrone della villa, soppesò il tridente di ottone lucido che aveva sottratto poco prima da una statua del giardino. «Taryn ha ragione» si disse. «È impossibile forzare la grata del pozzo senza attirare l'attenzione dei sorveglianti. Ma forse c'è un altro modo...»

Guardò in basso. Il canale che correva lungo il perimetro del parco appariva sotto di lui come una striscia nera, appena rischiarata dai riflessi della luna sulle acque scure.

«Mmm» si disse «se mi tuffo con questo arnese in mano, rischio di farmi male».

Ailan guardò al di là del canale, dietro la distesa di alberi ondeggianti alla brezza notturna. Laggiù, oltre il ripido pendio della collina, brillavano le luci dei lampioni di Altea. Una volta attraversato il canale, sarebbe stato facile fuggire e tornare a casa. Scacciò quel pensiero. Più tardi, forse. Ora aveva un compito da portare a termine. Sporse le braccia e lasciò andare il tridente, che con un sibilo e un tonfo s'inabissò nel canale. Chiuse gli occhi, prese un ampio respiro e si tuffò nelle acque nere. L'impatto fu violento, e solo per caso non finì sfracellato sulle rocce. Era stato un pazzo a lanciarsi, non l'avrebbe rifatto per nulla al mondo. Ma ce l'aveva fatta.

Riaffiorò boccheggiando, con il cuore che gli scoppiava per la paura e gli arti formicolanti di adrenalina. Aspirò una grande boccata d'aria e tornò di nuovo sott'acqua, alla ricerca del tridente. Al secondo tentativo lo trovò che spiccava dorato sul fondo del canale, non molto distante dal punto in cui lo aveva visto inabissarsi. Stringendolo in mano s'immerse più volte, percorrendo lentamente il corso del canale ed esplorando la parete di pietra sotto il pelo dell'acqua. Alla quinta volta trovò l'apertura. Come aveva immaginato, era chiusa da una massiccia grata di ferro incardinata in un telaio. Dall'altra parte della grata nuotava l'ipogena, con la grazia di un delfino e la bellezza di un fiore acquatico.

La creatura si accorse di Ailan e si avvicinò. Avvolse le sue mani palmate intorno alle sbarre e iniziò a scuoterle, chiedendo con urgenza di essere liberata, mentre i lunghi capelli blu s'infilavano tra le maglie dell'inferriata come nuvole sfilacciate dal vento.

«Sono fortunato» pensò Ailan. «Il lucchetto è arrugginito. Forse ce la faccio.»

Infilò la punta del tridente nel lucchetto e fece leva. Il gancio saltò al primo colpo. Ailan abbandonò il tridente e tirò a sé la grata, e il passaggio fu libero.

L'ipogena guizzò fuori dalla sua prigione e lo avvolse in una nuvola di capelli blu. Ailan sentì il fresco contatto di lei e il pulsare del cuore rosso attraverso il suo corpo diafano. Poi, due lunghe braccia lo avvolsero e lo trascinarono via. In quell'abbraccio, Ailan aprì gli occhi e vide il volto dell'ipogena sfiorare il suo, le labbra fresche premute alle sue. Stava respirando attraverso la bocca di lei. L'ipogena non era più la creatura disperata e morente che aveva incontrato nella grotta. La libertà sembrava averle ridato un po' di forza, tanto che ora era in grado di nuotare agile e veloce seguendo il corso del canale e trascinando Ailan con sé. «Dove mi stai portando?» chiese lui in un turbine di bollicine. E gli parve di scorgere un sorriso sul volto della creatura.

Ailan si abbandonò completamente a quell'abbraccio. Vide, tra le lunghe onde blu dei suoi capelli, le sponde di tronchi del canale scivolare via, lasciate indietro dalla corrente. Desiderò che quel momento non finisse mai e allo stesso tempo si chiese quanto ancora sarebbe durato. Il parco della villa era grande e il canale era lungo, ma non infinito.

Fu in quell'istante che la creatura si fermò e sciolse Ailan dal suo abbraccio.

Ailan, colto di sorpresa, restò ancora per qualche secondo sott'acqua, muovendo le braccia e chiedendosi il motivo di quella fermata. Poi si accorse che non stava più respirando e con un colpo di reni si diede una spinta verso la superficie.

Affiorò in un bacino artificiale chiuso da una diga, all'estremità del parco della villa.

Subito dopo affiorò anche la creatura, che lo guardò e gli sorrise. Le sue iridi non erano più bianche come Ailan le aveva viste dentro la vasca. Ora avevano acquisito una colorazione lievemente azzurra e trasparente.

L'ipogena iniziò a nuotare in circolo attorno ad Ailan, tenendo la testa fuori dall'acqua.

– Puoi respirare anche fuori dall'acqua! Come ti chiami? – chiese Ailan.

Come risposta, la creatura emise una rapida sequenza di brevi suoni e schiocchi di gola: – Tik tik tik tik!

– Bene – disse Ailan. – Ti chiamerò Tik Tik.

– Tik tik tik tik! – rispose l'ipogena. Poi si tuffò sott'acqua e riprese a nuotare in circolo, invitando Ailan a fare altrettanto.

– Vuoi giocare? – disse Ailan.

Per tutta risposta, Tik Tik gli afferrò le mani e lo tirò sott'acqua, trascinandolo in una danza gioiosa, fatta di capriole, virate improvvise e rapidi scatti in avanti. Quel gioco però non poteva durare a lungo. Ailan, a corto di ossigeno, nuotò verso la superficie e riemerse, seguito subito dopo da Tik Tik.

Riprendendo fiato, guardò quel bellissimo volto dalla pelle

bianca illuminato dalla luna, i lunghi capelli blu che le ricadevano lungo le guance e si aprivano sulla superficie dell'acqua come i petali di un fiore. I suoi occhi chiari, quasi trasparenti, lo guardavano con riconoscenza.

– Non puoi restare qui – disse Ailan come risvegliandosi da un sogno. – Devi andartene, o ti prenderanno di nuovo.

– Click tik tik tik – rispose l'ipogena con un sorriso.

Ailan sapeva che la fuga di Tik Tik non era ancora conclusa. Si guardò intorno, alla ricerca di una via d'uscita. Notò che a fianco del bacino c'era uno stretto canale scolmatore con le pareti di tronchi, che terminava con una chiusa. S'immerse per esaminarla. L'acqua defluiva lentamente dalla paratoia semichiusa, ma l'apertura era davvero stretta. Per farci passare Tik Tik occorreva sollevare completamente la saracinesca.

Ailan riemerse. Scrutando la sommità della chiusa, vide il piccolo volante di ferro che regolava l'apertura della saracinesca. – Trovato! – esultò. Per risalire la parete del canale aveva solo bisogno di un appoggio.

«Speriamo che Tik Tik capisca» si disse. Le indicò prima la chiusa, poi il volante in cima alla saracinesca e infine la posizione in cui mettersi per consentirgli di salirle sulle spalle e raggiungere il bordo del canale.

Tik Tik capì al volo e si mise in posizione. Ailan le salì sulle spalle e si issò oltre il bordo del canale.

Davanti a lui c'era il canale scolmatore, con Tik Tik che

nuotava lentamente appena sotto il pelo dell'acqua dietro di lui, una cascatella si gettava nel mare scuro attraverso la paratia semichiusa, con un salto vertiginoso.

Ailan diede un paio di giri al volante e la saracinesca si alzò di un palmo. La corrente del canale si fece più forte e la cascata s'ingrossò.

– Funziona! – esultò Ailan.

– Tik tik tik tik tik! – gridò l'ipogena dal canale. Stava nuotando per resistere alla corrente e lo chiamava.

Ailan girò completamente il volante. Alle sue spalle la cascata divenne impetuosa. Il canale si stava svuotando rapidamente, trascinando nella corrente Tik Tik. Ad Ailan sarebbe bastato tuffarsi nel canale e la corrente lo avrebbe portato da lei, fino al mare.

Mosse un passo verso il bordo della diga, ma qualcosa lo trattenne. Ripensò alla sua missione, ai ricordi di Midas. Forse le risposte erano a Villa Amantea. Come le avrebbe trovate se ora fuggiva?

Aveva un secondo, forse due, per prendere una decisione.

Proprio in quel momento due braccia robuste gli si avvolsero intorno alla vita e lo tirarono indietro.

– Sei nei guai, ragazzo – disse Sberling.

– Guai grossi – precisò Coppins.

Mentre i due sorveglianti lo trascinavano via, Ailan fece appena in tempo a vedere Tik Tik scivolare lungo il getto della cascata. Almeno lei era salva.

26
Rumori nel buio

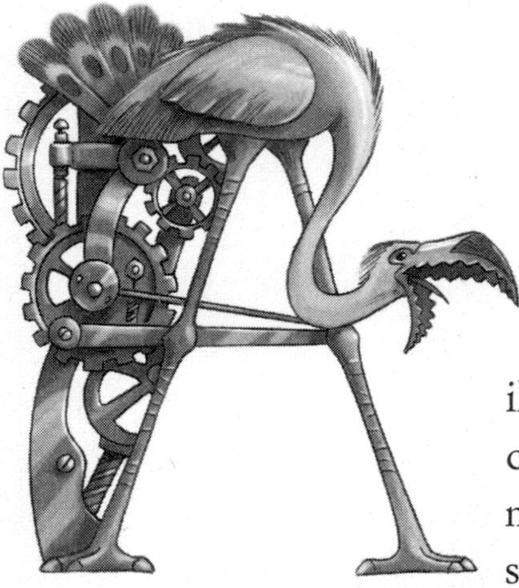

Ailan, con i vestiti ancora fradici, si ritrovò rinchiuso in una minuscola stanza senza finestre, odorante di muffa. Sentì i passi dei due sorveglianti allontanarsi e anche la debole lama di luce che filtrava dalla fessura sotto la porta della cella si spense.

Tutto fu freddo e nero.

Cessò ogni rumore. Solo le vibrazioni provocate dai colpi del pestaduro scuotevano di tanto in tanto le pareti. Quei tonfi si sentivano fin nelle fondamenta dell'edificio.

Allargando le braccia, Ailan poteva arrivare a toccare le due pareti opposte dello stanzino. Erano fredde e umide. Ritrasse le mani e si ritrovò le punte delle dita bagnate.

Si rannicchiò in un angolo, battendo i denti. Cercava una posizione che gli permettesse di sentire un po' meno freddo. Non avrebbe più rivisto Tik Tik.

«Almeno lei è riuscita a mettersi in salvo» si disse. «Io invece me ne resterò per sempre a Villa Amantea! Perché ho dato retta alle fandonie di Dedalus? L'hypnoscopio, la Fiamma di Altea, la bottega… che follia! Tutta questa storia non doveva neppure cominciare! Dov'è Zill? Dov'è mio padre? Dove sono Marill e gli altri? Dove sono adesso che ho bisogno di loro?»

Improvvisamente un lampo di luce esplose nella sua mente e i ricordi del vecchio arconte affiorarono ancora una volta.

La Fiamma di Altea era piccola, pareva avere perduto ogni forza. Le sue mani, pallide e tremanti, afferrarono una grossa gabbia di metallo traforato, una specie di prisma con la base a forma di stella. Con un rapido gesto fece scivolare la base del prisma sotto il tizzone che generava la Fiamma. Poi, a fatica, calò il pesante coperchio sulla Fiamma e ve la racchiuse. Inserì una massiccia chiave di metallo all'interno della grande serratura e la fece girare per tre volte.

Dopo alcuni secondi si udì una sequenza di leggeri click. *Un complicato meccanismo di ingranaggi scattò e una serie di sbarre, ganci e morse si incastrarono con precisione per formare una specie di gabbia sulla gabbia, agganciando perfettamente tra loro il coperchio e la base del Prisma Stellato. La Fiamma di Altea, imprigionata all'interno, sembrò acquistare nuova forza.*

Le pareti di metallo si rischiararono, divennero rosse, gialle, poi bianche, ma resistettero. Il metallo tornò giallo, poi si scurì, e la gabbia traforata non emise che qualche debole bagliore.

Ailan, con uno sforzo di volontà, cercò di liberare la mente.

Quelle immagini lo facevano stare male. Lentamente, con pazienza, allontanò i ricordi non suoi. Poi s'impose di allontanare anche gli altri pensieri. Villa Amantea. La Fiamma di Altea. La bottega di Dedalus. La scuola, i quadri, Marill, Taryn. Anche Tik Tik.

Via. Via tutto.

Doveva riposare.

Sentì la stoffa bagnata sfregare contro la pietra gelata del pavimento, mentre lui strisciava in un angolo, come una lumaca. Si rannicchiò, stringendo al petto le ginocchia e appoggiando la schiena contro la parete umida della cella. Iniziò a piangere, in silenzio. Tanto nessuno poteva sentirlo. Poi si addormentò, stremato.

Si risvegliò qualche ora dopo. Qualcosa gli aveva sfiorato il braccio.

C'era qualcuno in cella con lui. – Chi è?

Il silenzio era assoluto. Persino il pestaduro dormiva a quell'ora. Non c'era il minimo suono a riempire il vuoto di quella tetra prigione.

Eppure, Ailan ne era sicuro, qualcosa gli aveva sfiorato il braccio.

Di nuovo un fruscio.

– C'è qualcuno? – gridò Ailan.

Il suono della propria voce, uscito all'improvviso e con tanto impeto, lo spaventò e quasi gli ferì le orecchie.

Ma ogni suono si spense e nella cella tornò il silenzio.

Eppure quel fruscio lo aveva udito.

Era nell'aria, proprio davanti a lui, e si spostava.

Ailan sentì montare un terrore sordo. Chi c'era lì con lui? Perché non diceva nulla?

– Dimmi chi sei! – gridò, fuori di sé dalla paura.

Ailan era appiattito contro l'angolo gelato della cella. Gli occhi, spalancati dal terrore, non vedevano nulla.

Ancora quel fruscio. Si spostava, rapido. Non poteva essere un uomo.

– Ah! – esclamò improvvisamente.

Qualcosa lo aveva morso.

– Ma chi c'è? – gridò.

Altri frulli nel buio.

Altri morsi.

Due, dieci, venti, poi una pioggia di minuscoli morsi, simili a punture, presero a bruciargli la pelle. Ailan cercò di difendersi roteando le braccia e scagliando lontano da sé quei nemici invisibili che, ora li sentiva al tatto, sembravano enormi libellule armate di aculei.

– Via! Andate via!

Ma ogni difesa era inutile. Quelle creature lo attaccavano

sempre più violentemente. Ailan si sentiva pungere, strappare, lacerare, in un turbine di ali e di morsi, mentre le sue mani schiaffeggiavano il vuoto.

In preda a un terrore folle, prese a picchiare disperatamente i pugni contro la porta della sua prigione. – Aiuto! Qualcuno mi aiuti!

Improvvisamente la serratura scattò e la porta si aprì. Ailan si sentì afferrare per un polso e tirare fuori dalla cella con un violento strattone. Strizzò gli occhi, accecato dal chiarore improvviso di una lampada. Gli parve di vedere alcune creature volanti dalla vaga forma umana, con ali di libellula e lunghi arti simili a braccia e gambe scheletriche, la testa triangolare da mantide e le mandibole rosse, ronzare davanti a una figura col camicione da inserviente.

Sentì una voce di donna parlare a quelle creature, in una lingua strana e sconosciuta, fatta di brusii e di sussurri.

Le creature fluttuarono davanti all'inserviente, poi sciamarono via.

La giovane donna dalla carnagione scura e dagli occhi color cobalto si voltò verso di lui e gli sorrise dolcemente. – Stai bene?

Ailan, sconvolto, abbracciò la sconosciuta e scoppiò in singhiozzi convulsi.

La ragazza attese con pazienza che buttasse fuori tutto il suo spavento e il suo dolore. Poi lo scostò delicatamente. – Ora calmati – sussurrò con dolcezza. – Va tutto bene.

27
I feoryn

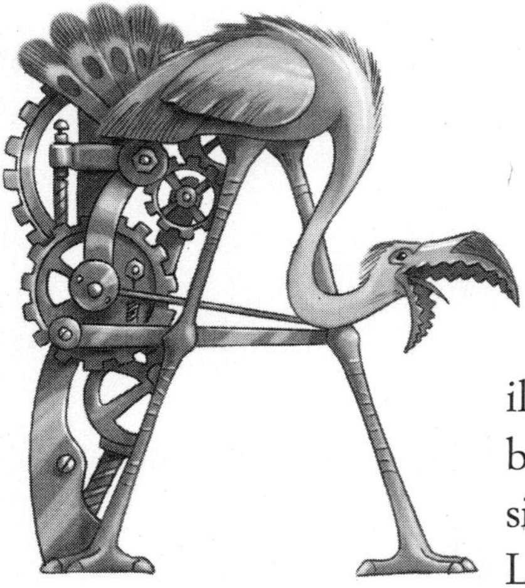

Ailan aveva le braccia e le gambe coperte di minuscole morsicature sanguinanti.

La casacca e i pantaloni erano ridotti a brandelli.

– Sei conciato male – disse la ragazza davanti a lui.

– Brucia – si lamentò Ailan.

– Aspetta – disse lei. Si strappò una manica del grembiule e iniziò a lacerarla, riducendola a strisce.

Ailan le vide al collo, quasi nascosta dal camicione, una collana di gusci simili a grosse nocciole. La ragazza prese tra le mani uno di quei gusci e lo aprì, rivelando al suo interno una polvere bianca.

– Vieni qui.

Ailan obbedì. Era rimasto colpito dal suono della voce di quella ragazza, morbida e vellutata ma allo stesso tempo decisa, come di chi è abituato a comandare e a essere obbedito. Alla luce della lampada a olio osservò la giovane donna che, dopo aver soffiato sulle ferite la polvere bianca, gli fasciava il braccio. Quel volto somigliava molto ai ritratti che papà Amedeo dipingeva in tutte le sue tele. Il colore ambrato della pelle, gli occhi azzurro intenso, i capelli neri e setosi, in parte celati dal berretto di tela… Poi finalmente Ailan la riconobbe: era la spazzina!

– Cos'erano quelle creature? – le chiese.

– Feoryn. Sono creature di Keola. Amano i luoghi bui e silenziosi. Stai tranquillo, non ti disturberanno più.

– Non posso credere che i sorveglianti mi abbiano rinchiuso con quelle creature.

– Non credo che sapessero cosa c'era dentro la cella. Volevano solo lasciarti al freddo e al buio. Non potevano immaginare che i feoryn si fossero infilati proprio lì dentro.

– Grazie…

Ailan chiuse gli occhi e si abbandonò alle cure della giovane. Le bende profumavano di erbe, come la ragazza che lo stava medicando. Dopo lo squallore del dormitorio, delle gabbie e del refettorio, e dopo l'orrore di quella cella buia, sentire quelle mani sicure e delicate che si prendevano cura di lui gli fece l'effetto di una medicina miracolosa. Si sentiva meglio. Le ferite bruciavano molto meno. Forse non erano poi così gravi come gli era sembrato. Forse era anche grazie a quella polvere bianca che la ragazza aveva soffiato sulle piaghe prima di medicarle. Appena posata, la polvere induriva come una crosta, proteggendo le ferite.

– Chi sei? Cosa ci fai qui? Perché mi aiuti? – chiese Ailan.

– Sono solo una spazzina di Altea – rispose lei, mentre passava una benda intorno alla gamba del ragazzo.

– Mi stai seguendo?

– Per proteggerti.

– Perché mi proteggi?

– C'è chi ti vuole bene.

– Forse mio padre? No, non gli verrebbe mai in mente una cosa simile. Dedalus? Lui no di certo! Il suo stile è più del tipo: «Arrangiati, ragazzo, qualcosa ti verrà in mente!» disse amaro Ailan. La delusione per il comportamento di Dedalus e Amandine bruciava più delle morsicature dei feoryn.

– Chi ti vuole proteggere non vive su quest'isola – disse la ragazza.

Ailan la guardò perplesso.

– Credimi, – aggiunse lei – è così. Altrimenti, saresti ancora dentro la cella –. Strinse il nodo dell'ultima fasciatura. – Ora vieni, ce ne andiamo.

– Sai come uscire dalla villa? – chiese Ailan.

– Certamente. Non è difficile. Basta che noi...

Improvvisamente la giovane s'interruppe. Zittì Ailan con

un gesto della mano, mentre con l'altra indicava il tenue bagliore che era comparso in cima alle scale.

– Tornerò – sussurrò la spazzina spegnendo la torcia. Con un gesto deciso spinse Ailan dentro la cella e richiuse a chiave la porta prima che lui potesse protestare. Quando Ailan udì le voci dei due ex velocipedanti, la giovane donna si era già dileguata.

La porta della cella si aprì di nuovo.

– In piedi, fannullone, è quasi l'alba – strillò Sberling. – Non penserai di restartene qui a riposare, mentre i tuoi compagni sono al lavoro.

Coppins lo fissò perplesso. – Hai visto com'è conciato? I suoi vestiti sembrano rosicchiati dai topi, ed è tutto fasciato! Non è strano?

– No che non è strano! – disse Sberling, allungandogli un ceffone sulla nuca. – Questo furbastro sta solo fingendo di essersi fatto male per non lavorare. Ma noi non ci caschiamo, vero, Coppins?

28
Il diario di Midas Mentor

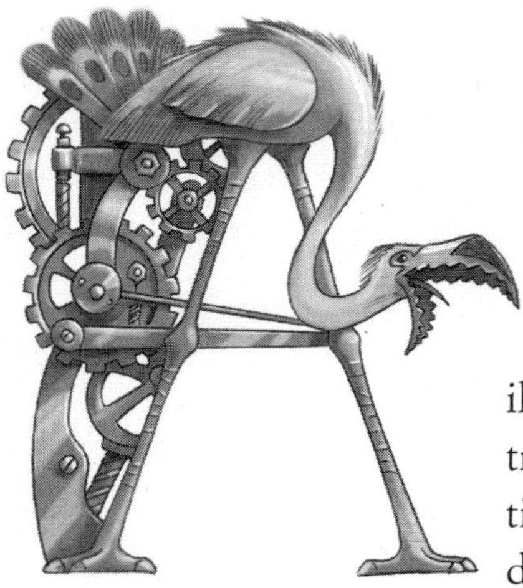

Ailan fu mandato a pulire le latrine. Erano baracche fatiscenti, in uno stato impossibile da descrivere, con incrostazioni di vari colori e durezze che arrivavano fino alle assi marce del soffitto. Nell'aria maleodorante ronzavano mosche verdi e viola, così grosse e lucide che sembravano sudate.

Fu un lavoro ingrato e massacrante che lo impegnò un giorno intero. Ci sarebbero voluti degli stivali, ma Ailan dovette sguazzare tra il liquame e le assi marce con il suo paio di babbucce sfondate. Di sicuro nessuno prima di lui aveva mai pulito quel posto, anche solo innaffiandolo con un getto d'acqua.

Per tutta la giornata nessuno si avvicinò a lui, nessuno

gli portò da mangiare. Tanto, che importava? In mezzo a quei liquami, non sarebbe riuscito a succhiare nemmeno una mentina.

Quando ebbe finito il suo lavoro, il sole era già tramontato. Lui puzzava così tanto che i sorveglianti non gli permisero neppure di avvicinarsi agli altri ragazzi, per essere lavato con la canna dell'acqua. Dovette aspettare che il piazzale fosse sgombro e lavarsi da solo, sfregandosi con la brusca che si usa per i cavalli. Innaffiò con la canna dell'acqua anche il suo pigiama rosa. Lo strizzò il più possibile, prima di infilarselo ancora bagnato.

Quando rientrò nella camerata, fradicio e stremato, tutti gli altri erano già distesi nella loro amaca. Ailan si protese verso quella di Taryn, sussurrando: – Ehi, ciao! Non pensavo che mi avrebbero liberato tanto presto...

Ma Taryn gli rivolse uno sguardo gelido. – Razza di sbruffone, ma chi ti credi di essere, tu? Credevo che *eri* mio amico, invece hai voluto fare di testa tua! Lo sai che stavo per liberare gli animali? C'ero proprio vicino, sai? E tu hai rovinato tutto! Ora i sorveglianti mi tengono d'occhio, e addio piano!

Taryn scese dall'amaca e ne scelse un'altra, il più lontano possibile da lui.

Ailan restò di sasso. Il messaggio era chiaro. Taryn non voleva più essere suo amico.

Si sentì ancora più solo. Rimase così per un po', ascoltando gli altri ragazzi russare e tossire, con il sottofondo dei rimbombi lontani del pestaduro. Una goccia d'acqua cadeva ritmicamente vicino a lui, precisa come un metronomo.

Chiuse gli occhi.

Li riaprì di colpo, quando una goccia d'acqua gli cadde sulla punta del naso.

Non avrebbe saputo dire quanto tempo fosse rimasto addormentato. Ma anche se non si sentiva per niente riposato, le forze gli erano tornate.

Era arrivato il momento di muoversi: doveva scoprire cosa si nascondeva dietro quella porta chiusa al primo piano della villa. Ne era certo, lì c'era qualcosa che valeva la pena scoprire.

Dopo, se ne sarebbe andato da Villa Amantea.

Ailan attese ancora un istante, raccogliendo tutto il proprio coraggio. Poi scivolò fuori dalla camerata e si diresse verso il gabbiotto davanti all'ingresso del parco. Come sperava, la guardia era addormentata. Entrò silenziosamente nel gabbiotto, prese una torcia e il mazzo di chiavi. Due minuti più tardi era di nuovo all'interno della villa.

Ailan salì al primo piano e attraversò, con il cuore che batteva all'impazzata, una lunga fila di stanze e corridoi deserti. Ogni decorazione, ogni arredo, ogni dipinto celebrava l'arconte, in una continua lode del suo potere, della sua gloria e della sua saggezza. L'intera villa era muta e silenziosa, a eccezione delle sorde vibrazioni provocate dalle cariche del pestaduro. Ailan sapeva di essere molto vicino alle stanze dalle finestre murate. Superata una grande porta, si ritrovò in una sala sfarzosa, illuminata dal chiarore della luna che filtrava da due finestroni. Le pareti erano scandite da mezze colonne in marmo rosso, sormontate da gigantesche statue in legno, piegate a sostenere con la loro schiena la volta decorata a stucco.

Ailan mosse la torcia per esaminare meglio la sala e rabbrividì. Quelle statue inquietanti sembravano quasi ridere di lui.

Lungo le pareti laterali, decorate con stucchi e pannelli di lavagna, erano appoggiati mobili di legno intagliato. La parete sul fondo era interamente occupata da un monumentale seggio dorato, sormontato da un alto baldacchino di legno scolpito. Un drappo di prezioso broccato rosso, su cui era ricamata in oro la Fiamma di Altea, scendeva lungo la parete alle spalle del trono, fino a sfiorare il mosaico di marmo del pavimento.

– Ci siamo – mormorò Ailan, riconoscendo il salone che aveva visto nei ricordi di Midas. – Ma… dov'è la porta? Dovrebbe essere qui, da qualche parte.

La sala però non aveva altre entrate. Ailan cercò dietro i tendaggi dei finestroni e aprì gli sportelli dei mobili.

«Magari da qualche parte c'è un meccanismo che apre un passaggio» si disse.

Provò a muovere i due grandi candelieri dorati ai lati del trono, ma non riuscì a spostarli di un millimetro. Anche il trono era fissato al pavimento.

Poi notò che da uno dei finestroni partiva una lunga fila di formiche, che percorreva il lato sinistro della sala e arrivava fino al drappo rosso che scendeva lungo il muro, alle spalle del trono.

«Forse loro hanno trovato la strada giusta» si disse Ailan e sollevò il drappo.

A metà altezza sulla parete mancava l'intonaco. La fila di formiche s'infilava in una fessura sotto i mattoni.

– La porta è stata murata! – esclamò. – E il trono è stato spostato per nasconderla.

Ailan grattò con l'unghia la malta tra due file di mattoni. Si sbriciolò come zucchero.

– Troppa sabbia e poca calce. Forse qualcuno aveva fretta di sigillare questo passaggio.

Tornò rapidamente sui suoi passi fino alla sala precedente, dove poco prima aveva notato un camino in marmo sormontato da una grande specchiera. Accanto ai due alari in ferro battuto c'era un attizzatoio.

«Bene,» si disse «questo mi serve proprio».

Con quell'attrezzo appuntito, grattare via la malta fra i mattoni fu facilissimo. In poco tempo, senza fare rumore, aveva liberato abbastanza mattoni da aprire un passaggio.

Alzò la torcia, cercando di illuminare alla meglio la stanza che si apriva al di là della porta murata. Era un locale lungo e stretto. Sul fondo, due tendaggi polverosi ornavano due finestroni murati. La luce della torcia si rifletteva a stento sulle specchiere impolverate, proiettando vaghi giochi di luce sulle decorazioni di stucco marmorizzato e sugli scaffali stracolmi di libri antichi.

Al centro della stanza c'era uno scrittoio di quercia con uno strano fagotto buttato su una sedia. Sembravano stracci ricavati da una veste preziosa, che avvolgevano un involto di cortecce o pergamene.

Ailan si avvicinò e solo allora riconobbe quegli stracci. Era l'auriflamma dell'arconte, che copriva il corpo mummificato di Midas Mentor.

A quella vista, la mente di Ailan si riempì d'immagini.

Victor Vimperion, con la veste scarlatta dal bordo ricamato a fiamme dorate, era di fronte a lui. Il suo volto era contratto in una smorfia maligna.

«Mio caro Midas, hai l'aspetto più sofferente che mai. Stai invecchiando rapidamente e non ti rimane molto tempo. Dimmi dov'è nascosta la Fiamma di Altea e ti lascerò morire senza soffrire.»

Ailan sentì risuonare nella testa la risata dolente di Midas Mentor, seguita da alcune parole sofferenti.

«Hai fallito, Victor. Ci hai provato, in tutti i modi, con ogni arte, ogni menzogna, ogni tormento possibile, ma ho vinto io. Non sei riuscito a sapere nulla da me. E presto i miei ricordi saranno al sicuro per sempre. Faresti meglio a rassegnarti.»

«Bene, se è così non mi servi più, vecchio pazzo.»

Ailan vide la mano di Vimperion protendersi verso di lui. Un istante dopo si ritrasse di scatto, serrando tra le dita un gioiello a forma di fiamma. «Addio, Midas. Non sarà una morte facile, la tua.»

Ailan scacciò quei ricordi e rivolse la propria attenzione allo scrittoio.

Fu allora che vide sul piano di quercia uno stendardo triangolare, ricamato finemente a fili d'oro e d'argento, che pareva una specie di carta geografica.

– Questa l'ho già vista quando ho guardato nell'hypnoscopio – trasalì Ailan. – Ricordo che era molto importante, ma perché? A me sembra solo una bandiera. La porterò da Dedalus e Amandine, loro sapranno spiegarmelo.

Come sfiorò lo stendardo per piegarlo, Ailan ripiombò nei ricordi non suoi.

Vide le sue mani, mani di vecchio, sollevare una lastra di marmo del pavimento, proprio accanto allo scrittoio, e nascondere in fretta un quaderno di cuoio. Sentì il cuore battere per l'ansia. Nella sua mente risuonò un pensiero: «Forse un giorno qualcuno lo troverà e tutto finalmente sarà svelato».

Ailan si inginocchiò sul pavimento di marmo. Riconobbe subito la lastra e la sollevò. All'interno, c'era davvero qualcosa. Un quaderno con la copertina di pelle, ornato da preziosi decori in rilievo, coperto da uno spesso strato di polvere.

Ailan lo ripulì alla meglio, sollevò la copertina e lesse l'annotazione riportata sulla prima pagina: *Io sono Midas Mentor, arconte di Altea e custode della Fiamma, tradito dal suo discepolo Victor Vimperion e accusato di crimini che non ho commesso. Possa la Verità scritta su queste pagine restituire la Fiamma di Altea alla sua gente e a me il mio onore!*

Ailan sobbalzò. Era il diario di Midas Mentor! Il ragazzo scorse velocemente le prime pagine. Quello che lesse non era scritto in nessun libro di storia: *Oggi è accaduto l'innominabile. Victor, il mio discepolo, dopo essere stato da me presentato al Consiglio dei Saggi, ha assassinato i miei due fratelli arconti, prima che essi presentassero i propri discepoli al Consiglio. Perché Victor non ha ucciso anche me? Forse non ne ha avuto il tempo. La Fiamma si è ribellata a questo infame delitto e si è levata rabbiosa, sferzando il Tempio con frustate di fuoco, fino ad avvolgere l'intera città in un immenso rogo. Altea brucia, anch'io meriterei di bruciare con lei. Chiedo perdono agli uomini, per non aver visto in tempo la malvagità di Victor. Chiedo perdono agli Dei, per aver insegnato a Victor le arti e i segreti degli arconti e per avergli permesso con la mia stupidità di compiere i suoi crimini. Possano gli Dei avere pietà di tutti noi.*

Ailan interruppe la lettura, sconvolto. In quel diario c'era scritto che gli arconti erano stati assassinati da Vimperion, non da Midas Mentor! Con mano tremante girò pagina e riprese a leggere: *La Fiamma si è placata, ma nessuno ha ancora osato avvicinarsi ai resti del Tempio. I sopravvissuti, guidati da Victor, si sono salvati rifugiandosi nella parte orientale dell'isola. Mentre scrivo queste note, Victor è davanti al Consiglio dei*

Saggi e proclama se stesso arconte unico e salvatore di Altea, accusando me dei suoi delitti. Presto verranno a prendermi. Ora so perché Victor mi ha lasciato in vita: gli serviva un colpevole. Intanto i discepoli degli arconti assassinati rimangono sconosciuti. Se sono sopravvissuti all'incendio, hanno scelto di rimanere nascosti. Che altro potrebbero fare? Se tentassero di rivelare la loro identità, Victor li farebbe imprigionare come impostori.

«Ma è tutto il contrario di quello che ci insegnano a scuola! Qui c'è scritto che il nostro arconte è un assassino e un bugiardo ed è diventato arconte con l'inganno! Qualcuno deve dirlo a tutti!»

Sforzandosi di dominare le proprie emozioni, Ailan riprese a leggere: *Devo nascondere la Fiamma, prima che Victor torni a riprendersela. La Fiamma non deve assolutamente finire nelle sue mani. Grazie agli Dei, il Prisma Stellato, costruito dai miei fedeli tecnomaghi per ingabbiare e trasportare la Fiamma di Altea, era pronto da tempo. Non devo fare altro che rinchiudervi la Fiamma di Altea e nascondere il Prisma Stellato in un luogo sicuro. La salvezza di Altea dipende da me. Ma non sarà facile spostare il Prisma Stellato senza che i feriflammi di Victor mi scoprano. Non c'è più tempo.*

– La Fiamma! – esclamò Ailan. – Allora l'ha nascosta Midas Mentor! Ma dove?

Scorse velocemente le pagine seguenti, cercando una risposta a quella domanda: *Non sono riuscito a portare la Fiamma di Altea in un luogo sicuro. Sono stato costretto a nasconderla nella piramide di Villa Amantea. Victor la troverà, è solo questione di tempo. Ma ho separato la chiave del Prisma Stellato in tre parti, e le ho fatte nascondere in luoghi lontani e inaccessibili. Anche se Victor troverà la Fiamma, non riuscirà mai ad aprire il Prisma Stellato.*

– Ecco la risposta! La Fiamma è nascosta nella piramide del parco!

Sulla pagina di diario che Ailan aveva appena letto c'era anche il disegno di una chiave molto elaborata. Il ragazzo rimase colpito dalla sua forma: aveva un'elegante impugnatura a riccioli e il meccanismo era composto da tre dentelli a forma di fiamma.

Ailan lesse ansioso le pagine successive: *Victor mi tiene prigioniero a Villa Amantea e mi ha privato del siero degli arconti. Vuole che io gli riveli dov'è nascosta la Fiamma, e so che non resisterò a lungo. Per fortuna i miei fedeli tecnomaghi hanno inventato qualcosa che mi aiuterà. Un hypnoscopio, capace di risucchiare i ricordi. Con l'hypnoscopio, cancellerò dalla mia mente ogni ricordo della Fiamma e della chiave. So che mi attende una morte terribile, ma la Fiamma di Altea è al sicuro. Prego gli Dei che chi verrà dopo di me abbia la forza per smascherare Victor, ritrovare la Fiamma di Altea e restituirla alla gente.*

Erano le ultime parole del diario. Non c'era nessun accenno allo stendardo triangolare.

Ailan richiuse il diario e osservò con più attenzione la copertina. I dentelli della chiave gli facevano venire in mente qualcosa. Ma certo, il medaglione dell'arconte! L'aveva visto mille volte nei ritratti ufficiali di Vimperion, ma non avrebbe mai immaginato che se lo fosse procurato così, strappandolo dal collo di un vecchio in fin di vita.

– Adesso potrei anche fuggire da villa Amantea e portare lo stendardo a Dedalus. Ma prima voglio vedere se la Fiamma è davvero nella piramide.

S'infilò il diario nella cinta, arrotolò il drappo e scivolò fuori dalle stanze di Midas Mentor, alla ricerca di un nascondiglio per lo stendardo. Uscito nel parco, si trovò davanti a una lunga fila di giare colme di fiori gialli. L'ultima della fila era vuota.

«Questo grosso vaso andrà benissimo» si disse, mentre infilava il prezioso rotolo nella giara.

Ailan si accorse che stavano spuntando le prime luci del giorno.

«Bene, è ora di rimettere le chiavi e la torcia a posto e tornare in branda. Domani si va alla piramide.»

29
Gira al largo, fannullone!

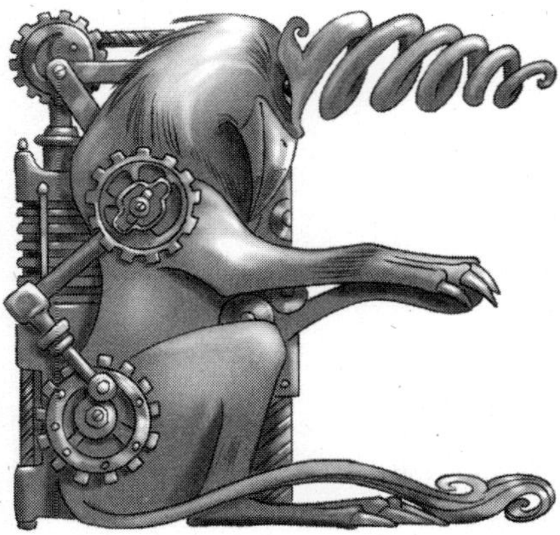

Era ormai quasi sera, ma già da qualche ora Marill camminava per le strade di Altea. Stava prendendo tempo. Doveva smettere di tergiversare e passare rapidamente all'azione. La verità era che si sentiva furiosa. Furiosa perché alla fine stava disobbedendo a sua madre. Furiosa per essersi tagliata la sua bella treccia. Furiosa per non essersi mossa prima, lasciando Ailan in pericolo.

Passò davanti alla vetrina di un cappellaio ed esaminò con disgusto la propria immagine riflessa nel vetro. Si era malamente sforbiciata i capelli, che ora sembravano un cespo d'insalata. Si era perfino sporcata la faccia. Inoltre, con quella camicia sciupata e quei calzoni sgualciti si sentiva a disagio. La facevano sembrare un teppista di strada, ma in fondo era proprio il risultato che voleva ottenere.

Si passò la mano tra i ciuffi ispidi e neri, ripensando con nostalgia alla treccia che fino alla sera prima le arrivava alla vita.

– Mi devi un grosso favore, Ailan Pintor – mormorò. – Hai idea di quanto ci vorrà perché i miei capelli tornino come prima? E non voglio pensare a cosa dirà mia madre quando scoprirà che sono scappata da casa!

In quel momento il signor Feltri, cappellaio di Altea e acerrimo rivale di Adelaide Corsetti, socchiuse la porta, mise la testa fuori e la apostrofò malamente. – Gira al largo, fannullone! Mi fai scappare i clienti.

Marill rispose con un gestaccio, girò le spalle e s'incamminò per la strada, tirando un calcio a un barattolo. Molto bene. Non era stata riconosciuta. Poteva passare all'azione.

Si avvicinò alla bottega del pollivendolo, esaminando la merce esposta. Le uova potevano andare bene. Con uno scatto raggiunse il banchetto davanti alla vetrina, s'impadronì di una cesta di uova e corse via.

– Ehi! – gridò il negoziante. – Al ladro! Fermatelo! – e si mise a correre per acciuffare il ladro.

Marill però era veloce. Quel ciccione imbolsito non aveva nessuna possibilità di raggiungerla. Doveva perdere un po' di terreno se voleva essere presa. Sbucò in piazza, dove si trovò davanti a un enorme ritratto dell'arconte.

«Bene,» si disse Marill «tanto vale divertirsi un po'».

La ragazza si fermò e prese la mira. Il primo uovo colpì il ritratto dell'arconte sul naso. Il secondo, il terzo e il quarto sulla bocca. Il tuorlo ingiallì i denti del ritratto e l'albume colò lungo il collo. Sembrava proprio che l'arconte avesse preso la rabbia.

– Così sei molto più carino – ridacchiò Marill. – Almeno ti ho tolto quel sorriso falso e arrogante.

Come Marill sperava, i suoi gesti non passarono inosservati. Una pattuglia di velocipedanti stava giusto attraversando la piazza.

– Ehi, tu! Che stai facendo?

– Fermatelo! È un ladro! – ansimò il pollivendolo rosso in volto, mentre si avvicinava correndo con la sua andatura zoppicante.

Marill si girò, fece uno sberleffo e scattò velocemente in avanti.

– Prendetelo! – gridarono i velocipedanti.

Marill corse via, infilandosi nelle viuzze. Non si sarebbe arresa subito. Se la volevano, dovevano guadagnarsi la preda.

Dopo aver corso per altre venti o trenta iarde, decise che poteva bastare e rallentò. Un istante dopo fu placcata dai velocipedanti e buttata a terra. Marill sorrideva. Aveva raggiunto il suo scopo.

Qualche ora dopo, Marill era sdraiata su un'amaca in mezzo allo stanzone dormitorio del Villaggio delle Scienze. La prima parte del piano aveva funzionato. Nessuno fino a quel momento si era accorto che era una ragazza. «E nessuno dovrà mai accorgersene» si disse. «Non oso pensare a quello che potrebbe succedermi in un posto come questo.»

Si guardò intorno. Nella penombra poteva scorgere un gran numero di amache tese fra i pilastri dello stanzone. Sulle amache erano adagiati fagotti informi che si agitavano debolmente, tra respiri affannosi e colpi di tosse. Sembravano orrendi bozzoli che attendevano di essere divorati da un ragno. Un brivido le corse lungo la schiena.

Marill si sentì un nodo alla gola, ma si fece forza. Era lì per Ailan. Doveva trovarlo alla svelta e andarsene al più resto.

– Ailan – sussurrò Marill. – Ailan, sei lì?

– Dormi, testa di sorcio – disse una voce nell'oscurità.

Marill tacque.

Scivolò giù dall'amaca e si aggirò tra pozzanghere sudicie, cercando di fare meno rumore possibile, nella speranza di trovare Ailan.

Dai fagotti spuntavano piedi piagati, braccia crostose, capelli unti, ma in fondo quelle montagne di stracci sembravano tutte uguali. Marill ebbe un brivido.

Improvvisamente qualcosa la colpì alla schiena, facendola cadere di faccia in una pappetta viscida odorante di vomito.

Marill represse lo schifo e si rialzò senza dire una parola, pulendosi la faccia con la manica della camicia. Non era il caso di attaccare briga con uno di quei teppisti.

Non osò più continuare l'esplorazione.

Tornò all'amaca e si distese.

Di Ailan, nessuna traccia. Forse, nell'oscurità del dormitorio, in mezzo a tutti quei fagotti dondolanti, semplicemente non riusciva a trovarlo. Di sicuro lui non aveva sentito il suo richiamo. Con la luce, avrebbe avuto più fortuna.

«Lo troverò domani» si disse. E chiuse gli occhi, in attesa del nuovo giorno.

30
La piramide

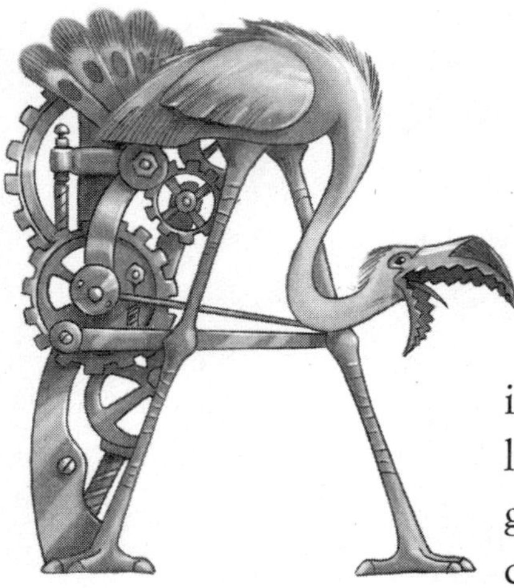

Ailan attraversava il parco della villa al chiarore della luna, guardandosi intorno con circospezione. In lontananza poteva scorgere il profilo scuro della piramide, con i suoi gradoni fiancheggiati da siepi e ornati da una moltitudine di guglie e statue.

Era sicuro che non avrebbe incontrato sorveglianti. Nessuno di loro entrava nel parco della villa.

Il giorno era trascorso senza particolari incidenti. Ailan era stato di nuovo assegnato alla pulizia delle gabbie, ma Taryn non gli aveva nemmeno rivolto la parola. Lui aveva tentato di attaccare discorso, inutilmente.

Esaminò la torcia che reggeva con la destra. Era la stessa

usata la notte prima e non ne era rimasto che uno spezzone. Al momento non era un problema, perché il chiarore della luna era sufficiente per muoversi tra le siepi e le aiuole, ma era sicuro che, una volta entrato nella piramide, la torcia gli sarebbe servita.

Si aggirò nel parco finché trovò un pino. Ai suoi piedi c'era una catasta di rami secchi. Ailan scelse il più grosso e lo spezzò, ricavandone una torcia abbastanza lunga. Si strappò un lembo della lurida casacca rosa, l'avvolse a un'estremità del ramo e lo sfregò contro il pino, sporcandolo più che poté di resina. Poi, con l'ultimo mozzicone di torcia, gli diede fuoco.

Quindi si diresse verso la sagoma scura della piramide. Mentre ne esaminava la base in cerca di una via d'accesso, Ailan sentì su di sé lo sguardo disperato delle statue che popolavano quel lato della piramide. Sembravano vive: i volti terrorizzati, le bocche spalancate e i colli tesi in un urlo silenzioso, come se un'intera folla fosse rimasta pietrificata nell'atto di sfuggire alla furia della Fiamma.

Sul gradone più alto della piramide, la statua di Victor Vimperion proteggeva la folla aprendo le braccia e facendo scudo con le ampie maniche dell'auriflamma, per impedire che le lingue di fuoco raggiungessero le persone in fuga.

«Che impostore!» pensò Ailan, ricordando quello che aveva letto la notte precedente sul diario di Midas.

Intanto era giunto di fronte a un portale a due battenti, chiuso e privo di serratura.

«Ci deve essere un meccanismo per aprire il portone, da qualche parte» si disse Ailan. Fece qualche passo indietro e osservò il gruppo di sculture davanti al portale. Ciascuna reggeva un braciere, ma tutte erano ritratte nell'atto di ripararsi con il braccio libero dal calore della fiamma. I bracieri erano inclinati, come se stessero per sfuggire di mano alle statue e scivolare a terra. Solo quella più vicina al portale sorreggeva un braciere perfettamente dritto.

«Proviamo» si disse Ailan. Si avvicinò alla statua e, afferrato il braciere, lo tirò verso il basso. Il braciere seguì il movimento e s'inclinò.

E il portone si aprì.

Ailan si trovò all'interno di una grande stanza quadrangolare, dalle pareti di pietra lisce e disadorne. Stava camminando su una superficie vetrosa, che dava la sensazione di essere indistruttibile.

La prima cosa che vide fu la statua. Era alta più di dieci piedi e raffigurava Midas Mentor, ritto in piedi su un piedistallo di marmo bianco con i pugni sui fianchi. Ailan non se l'aspettava. Il diario non ne faceva cenno.

«Ma qui è tutto buio. Dov'è la Fiamma di Altea?»

Il ragazzo tenne alta la torcia e perlustrò la stanza con lo sguardo, cercando il Prisma Stellato. Girò attorno alla statua e illuminò ogni angolo della sala. Era completamente vuota. Del Prisma non c'era traccia.

Alla fine si sedette a gambe incrociate davanti alla statua, fissando il debole riflesso della sua immagine, che la luce della torcia proiettava sul pavimento lucido. Cercò di farsi venire un'idea, ma per quanto si sforzasse la sua mente restava desolatamente vuota.

– Accidenti! – imprecò Ailan. – Dove sono i ricordi di Midas Mentor, proprio adesso che servirebbero? Stupida statua!

Con un moto di stizza, il ragazzo percosse il piedistallo con l'estremità della torcia. E la statua risuonò a vuoto.

Ailan rise. – Ma certo, la statua è cava! Ecco dove si nasconde il Prisma Stellato!

E, se la statua era cava, forse poteva spostarla o addirittura aprirla. Ailan la osservò con attenzione. Il piedistallo era solcato da una scanalatura, accanto al piede destro. Un'altra scanalatura, molto più sottile, separava l'alluce destro di Midas dal resto della statua. Ailan tirò l'alluce verso di sé. Un meccanismo scattò e una parte del piedistallo ruotò su un perno, scoprendo una cavità all'interno della statua.

Ailan fece luce con la torcia. – Oh, no, e questo cos'è?

Dentro la statua non era nascosto nessun Prisma Stellato. Davanti a lui c'era l'imboccatura di un pozzo.

Si sporse per osservare. La prima cosa che gli venne in mente, guardando in basso, fu il pensiero che se la Fiamma era laggiù, lui avrebbe dovuto scorgerne almeno un debole barlume. Invece tutto appariva nero e senza fondo.

Ailan gettò la torcia nel pozzo. La luce tremolante sprofondò sempre di più in quella cavità scura, illuminandone i contorni con un debole riverbero. Quando la torcia toccò il fondo, non era che un fioco barlume all'estremità di un pozzo che appariva quasi senza fondo.

«Sempre più difficile» si disse, uscendo silenziosamente dalla piramide. Ritornò poco dopo, con un rotolo di corda alla cui estremità era legato un rampino. Assicurò il rampino al piedistallo della statua e gettò nel baratro l'altra estremità della fune. «Bene, andiamo a vedere se laggiù c'è la famosa Fiamma di Altea.»

E si calò nella voragine.

31
Un volto nell'ombra

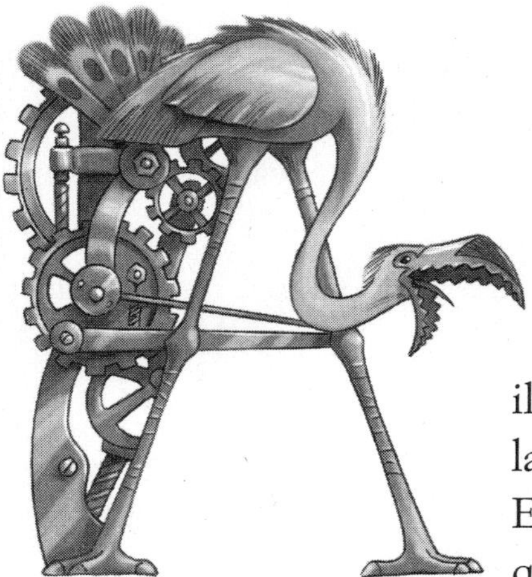

Ailan vagava per il parco della villa come un sonnambulo. Erano passate quasi due ore da quando si era calato nel pozzo ed era risalito, e ancora non si era ripreso dallo stupore e dalla delusione. Quello che aveva visto non era per niente ciò che si aspettava di trovare: laggiù c'era solo roccia vetrificata e non c'era traccia del Prisma Stellato.

Rilesse alcune pagine del diario. Forse gli era sfuggito qualcosa. Forse aveva dimenticato qualche passaggio. Inutile. Midas Mentor non era a conoscenza del pozzo sotto la statua.

Ailan si rese conto che ormai non aveva più nulla da fare a Villa Amantea: probabilmente il Prisma Stellato non era più custodito lì.

Non gli restava che andarsene. Ma come?

Era solo. Marill non poteva certo aiutarlo.

Dedalus lo aveva abbandonato. Con tutte le sue storie e i suoi trucchi, alla fine lo aveva lasciato solo dentro la villa. Anche Amandine, con tutte le sue belle parole sulla Fiamma, sulla libertà e sul dovere, lo aveva piantato in asso.

Suo padre non poteva fare nulla per lui. Probabilmente ormai era diventato un indesiderabile, una persona invisibile, senza casa, senza diritti: i feriflammi potevano arrestarlo in qualsiasi momento, se non l'avevano già fatto.

Persino Zill non si faceva più sentire. Probabilmente Marill la teneva chiusa da qualche parte. E forse era meglio così, voleva dire che era lontana, al sicuro, ma gli mancava.

Ailan si sentiva sempre più triste.

Taryn poteva essere il suo unico amico lì dentro, ma l'aveva perso, non gli rivolgeva più la parola.

«In fondo lo capisco. Taryn mi ha aiutato e io l'ho ricambiato mettendolo nei guai con i sorveglianti. Certo, l'ho fatto per salvare l'ipogena, ma... per cosa poi? Tik Tik si è solo servita di me. Che stupido sono stato! E la spazzina? Al minimo segno di pericolo, mi ha spinto nella cella e se l'è data a gambe. Sono solo, e devo fare da solo!»

...A pensarci, era anche fin troppo solo: niente guardie, niente feriflammi. Se ne andava a suo piacere a spasso nel parco. Com'era possibile che in giro non ci fosse nessuno?

Rientrò nella villa passando per la galleria degli arazzi.

Doveva tornare al piano di sopra e ripetere il tuffo nel canale. Si era ripromesso di non rifarlo mai più, ma era l'unico modo che conosceva per fuggire.

Ailan si appiattì davanti all'ingresso della grande sala da ballo e tese l'orecchio. La villa era immersa nel silenzio, a eccezione dei rimbombi provocati dalle cariche del pestaduro. Quell'animale sembrava instancabile.

Risalì di corsa la scala a chiocciola e raggiunse le stanze dell'arconte, al piano di sopra.

Entrò nella sala delle medaglie e si diresse verso il finestrone che dava sul canale. Si era tuffato una volta, poteva rifarlo una seconda, ma come girò la maniglia si accorse che era bloccata.

– Ma chi…?

– Fermo dove sei – disse la voce di Sberling alle sue spalle.

– Non penserai di svignartela due volte allo stesso modo – disse la voce di Coppins.

Sberling serrò il braccio di Ailan. – Ora fai il bravo e vieni con noi.

– No! – gridò Ailan. – Vi prego, non riportatemi in quella cella!

– Cella? – disse Coppins. – Chi ha parlato di riportarti in cella?

E, afferrato Ailan sotto le ascelle, i due ex velocipedanti lo trascinarono fuori dagli alloggi di Vimperion. Dopo aver attraversato alcune stanze, Sberling aprì una porta, spinse dentro il ragazzo e la richiuse.

Ailan si ritrovò in un salottino avvolto dalla penombra. Nella semioscurità si scorgeva la sagoma di un uomo seduto su una grande poltrona, dietro una scrivania. L'oscurità attorno al suo volto era forata da un puntino di brace arancione in corrispondenza della bocca, che brillava come l'occhio di un predatore notturno.

– Dove mi avete portato?

– Siediti, Ailan – disse il tizio dietro la scrivania.

Ailan obbedì e si sedette su una sedia imbottita davanti alla scrivania. Aveva già sentito quella voce.

– Sai chi sono io?

Ailan non rispose.

L'uomo dietro la scrivania si tolse il sigaro di bocca e ne accostò l'estremità alla lampada a petrolio posta sul piano della scrivania. La lampada prese vita lentamente, diffondendo nel salotto il suo alone di luce ambrata che illuminò il volto dell'uomo.

– Il fleriflamma che ho incontrato al porto?

– Molto bene, Ailan. Vedo che ti ricordi di me. Sono Kaspar Kayman, segretario personale dell'arconte e capo dei feriflammi.

Ailan sbatté gli occhi, incredulo. – Lei è il capo di questo posto?

Kayman ridacchiò. – Io sono il capo di molte cose. Sì, anche di questo posto. Nonostante cerchi di venirci il meno possibile. Lo so come ti senti, Ailan Pintor. I tuoi amici ti hanno abbandonato. Ti hanno lasciato solo, in questa... sì, diciamolo pure, in questa prigione. Ecco cosa capita quando ci si fida delle persone sbagliate. Povero Ailan. Non meritavi certo questo trattamento.

– Siete dei mostri! – gridò Ailan.

Kayman ridacchiò. – Suvvia, non esagerare. È vero, siamo un po' duri con i nostri ospiti. D'altra parte, è l'unico modo per correggere i giovani delinquenti di Altea. Credimi, lo facciamo per il loro bene.

– Mi avete rinchiuso in una cella con i feoryn!

– Davvero? Non ne sapevo nulla. Evidentemente si sono liberati. I feoryn mangiano tutto, anche le serrature. I responsabili dovevano fare più attenzione. Taryn sarà punito duramente per questo.

Ailan sobbalzò. Anche se non si parlavano più, non voleva che Taryn fosse punito. Non avrebbe dovuto parlare dei feoryn.

Istintivamente guardò altrove: faticava a mantenere lo sguardo su quell'individuo e i suoi occhi cercavano ansiosamente una via di fuga.

– So a cosa stai pensando – disse Kayman, tirando una boccata dal sigaro. – Stai pensando a come fare per andartene. Bene, voglio darti una notizia. Da qui non se ne va nessuno. Tutti i ragazzi, una volta cresciuti, diventano inservienti e restano a servizio.

Ailan impallidì. Gli sembrò per un attimo di scorgere alla luce della lampada il ghigno trionfante di Kayman.

– Ma forse… –. Kayman tirò un'altra boccata dal sigaro. – Forse quest'anno, per la prima volta, uno di voi potrà andarsene.

Fece una pausa, cercando nel volto del ragazzo qualche segno di sorpresa o di speranza.

– Il nostro arconte Vimperion, nella sua infinita generosità, – continuò Kayman – quest'anno premierà il ragazzo che io gli indicherò e gli concederà di diventare allievo dei feriflammi.

Ailan trasalì per la sorpresa. – Allievo… dei feriflammi?

Kayman tacque per qualche altro istante. Esaminò con noncuranza il sigaro, facendolo rotolare tra le dita. Poi puntò lo sguardo su Ailan e lo fissò dritto negli occhi. – Ti piacerebbe diventare uno di noi, Ailan Pintor?

Ailan restò in silenzio e per la prima volta sostenne a lungo quello sguardo.

32
Le miniere

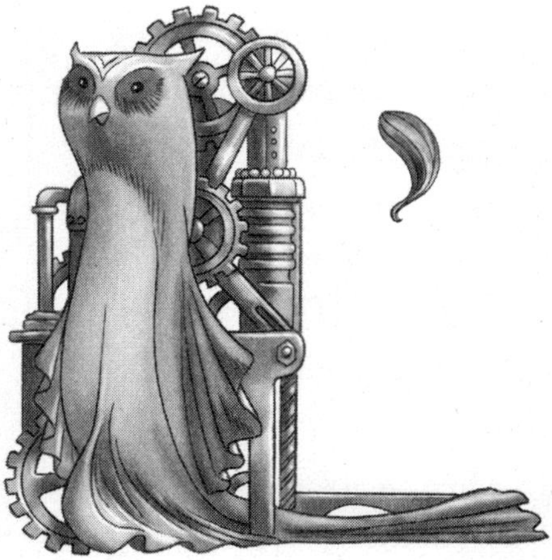

L'alba era appena spuntata, ma già si capiva che sarebbe stata una giornata calda e afosa. Marill, incolonnata insieme agli altri ragazzi, camminava lungo la strada lastricata che fiancheggiava il Villaggio delle Scienze.

In fondo, oltre gli edifici adibiti a deposito per gli attrezzi, si poteva scorgere un ampio spiazzo privo di ringhiere o balaustre, che si apriva sul vuoto, da cui giungeva il rombo lontano del mare.

Da quando, alle prime luci del mattino, i ragazzi erano stati chiamati all'appello, Marill aveva avuto la certezza che Ailan non era tra loro. Dove poteva essere? La cosa la impensieriva. La memostrilla aveva forse sbagliato? Se fosse stato condotto in qualche altro posto? Sarebbe stato un guaio doppio. Marill avrebbe dovuto cercare di fuggire da sola e in più non avrebbe avuto nessuna idea di dove trovare Ailan. Era un'ipotesi alla quale non voleva neppure pensare.

D'un tratto la voce di un carceriere la richiamò bruscamente alla realtà. – Forza, teppaglia! Non penserete di restarvene lì tutto il giorno! Dovete estrarre un bel mucchio di pietruzze azzurre per il nostro arconte. I primi dieci della fila, agli argani. Gli altri prendano un attrezzo dal capanno e salgano sui ponteggi. Muoversi, muoversi!

Marill, con altri nove ragazzi, si diresse a uno dei due grossi argani che si trovavano in fondo al cortile. Ogni marchingegno, dotato di cinque stanghe di legno, serviva a manovrare una piattaforma, sospesa nel vuoto, appesa a due spesse funi.

I ragazzi si disposero intorno agli argani e con entrambe le mani impugnarono una stanga ciascuno. Rimasero fermi in quella posizione, in attesa di un comando del sorvegliante.

Marill fece altrettanto, ma fu subito bloccata.

– E tu cosa vorresti fare? – chiese il sorvegliante con una smorfia di disgusto.

– Non lo so, signore – rispose Marill. – Quello che fanno gli altri.

– L'argano non è roba per mingherlini – disse l'uomo. – Se molli tu, fai perdere la presa anche agli altri, e addio ponteggio. Non possiamo mandare una squadra di lavoro a ingrassare i pesci. Neanche se si tratta di feccia come voi –. Il sorvegliante diede una voce a un compagno davanti alla porta del capanno degli attrezzi. – Dai un attrezzo a questo furbacchione – gridò – e manda all'argano qualcuno un po' più robusto!

Marill si vide consegnare un cappuccio di tela grezza e un piccone. Era pesantissimo.

– Forza, – la pungolò il sorvegliante – sali sul ponteggio con gli altri. Alla svelta!

Marill, trascinando il piccone sul lastricato di pietra, oltrepassò i compagni agli argani e raggiunse l'estremità del piazzale, dove altri quattro ragazzi avevano già preso posto sulla piattaforma sospesa nel vuoto. Lei fece un passo troppo lungo e incespicò sul bordo del ponteggio, facendolo dondolare pericolosamente.

Gli altri ragazzi si aggrapparono alla ringhiera.

– Attento, cane verminoso!

– Vacci da solo ai pesci, se proprio ci tieni!

Marill salì sulla piattaforma e si aggrappò alla ringhiera con una mano, mentre con l'altra teneva ben stretto il manico del piccone.

Guardò giù. La scogliera era bianca e liscia. Quasi mille piedi più sotto, le onde si frangevano sugli scogli. Dal basso saliva un vento freddo che faceva dondolare la piattaforma sospesa.

– Voi all'argano! – gridò un sorvegliante. – Pronti! Calare!

I ragazzi all'argano si mossero, facendo forza con le braccia

sulle stanghe. Il verricello girò su se stesso, liberando la fune. Il ponteggio diede uno scossone che fece sobbalzare i ragazzi e iniziò a calare giù per la scogliera, oscillando paurosamente.

Marill serrò la ringhiera finché le nocche della mano le divennero bianche. Ebbe la tentazione di abbandonare la presa sul piccone e reggersi alla ringhiera con entrambe le mani, ma qualcosa le suggerì che era meglio resistere e non perdere assolutamente l'attrezzo. Si limitò a fissare la roccia bianca che scorreva lenta davanti ai suoi occhi, sperando che quella discesa finisse presto.

Dopo un tempo che le parve interminabile, la piattaforma diede un sussulto e si arrestò nel vuoto, dondolando al vento. Davanti ai ragazzi si apriva una galleria nella roccia.

All'imboccatura, un sorvegliante afferrò la corda del ponteggio e l'assicurò a un anello di ferro infisso nella parete di roccia. – Fuori, voialtri – disse brusco ai ragazzi.

Marill si accodò ai compagni che scendevano dal ponteggio ed entravano nella galleria.

In un istante passò dalla luce accecante della scogliera illuminata dal sole al buio più totale del tunnel. Batté la testa contro la roccia. Questo le fece ricordare che, oltre al piccone, aveva con sé un cappuccio di tela. «Ecco a cosa serve» si disse mentre se lo infilava in testa.

Ben presto si accorse che la galleria era immersa in una luce rossiccia. I suoi occhi si stavano abituando alla penombra e Marill cominciava a distinguere le forme intorno a sé. Seguì le sagome scure dei ragazzi incappucciati, finché il gruppo raggiunse la fine del tunnel. Lì, illuminati dalla debole luce di una lampada a petrolio, altri cinque ragazzi incappucciati erano già al lavoro. Servendosi di una mazza, stavano piantando dei cunei nella roccia.

Dopo aver rimosso alcuni blocchi dividevano le pietre azzurre dalla roccia di scarto, raccogliendole in secchi separati. I secchi con le pietre azzurre venivano accumulati da una parte, mente quelli con la roccia di scarto venivano svuotati in mare.

Marill stette qualche secondo a osservare, ma fu subito richiamata all'ordine.

– Forza, piccolo parassita scansafatiche – disse la voce del sorvegliante alle sue spalle. – È ora di guadagnarsi la sbobba.

33
Il prescelto

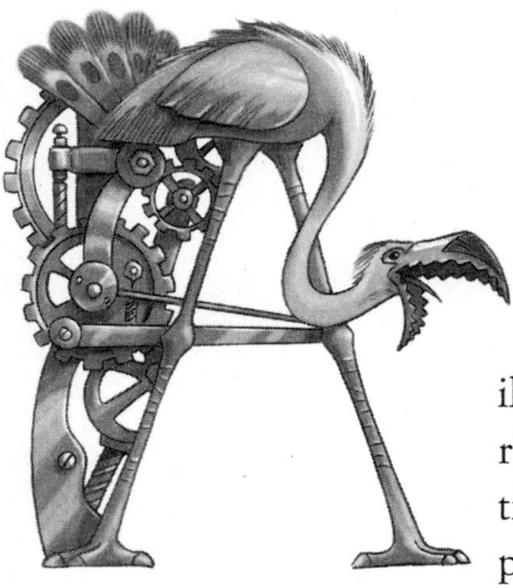

Ailan indossava la divisa dei feriflammi da poche ore e sentiva che gli piaceva sempre di più. Era bellissima e molto comoda. Anche se ufficialmente non era ancora stato nominato feriflamma, Kayman gli aveva permesso, come favore speciale, di indossare l'uniforme da subito. E ora Ailan trotterellava docilmente dietro di lui. Il funzionario si stava dirigendo a passo spedito agli appartamenti di Vimperion, appena giunto a Villa Amantea.

Kayman si fermò davanti all'ingresso e bussò tre colpi discreti. – Mio arconte, ho portato il ragazzo – disse.

– Entra, Kayman – rispose una voce baritonale.

Il funzionario obbedì, facendo cenno ad Ailan di seguirlo.

Il ragazzo si trovò per la prima volta di fronte all'arconte unico di Altea. Il suo sguardo si soffermò sul medaglione a forma di fiamma che spiccava sulla veste scarlatta di Vimperion.

– Così tu sei il figlio del pittore – disse l'arconte con la sua voce bassa e potente.

– Sì, signore.

– Cosa ci facevi nella caserma dei velocipedanti?

– Mi… avevano sequestrato un cofanetto, signore. Volevo riprendermelo.

– Ailan, – s'intromise ossequiosamente Kayman – lo sai perché sei stato condotto al cospetto del nostro arconte?

– No, signore.

– Il nostro arconte è venuto a Villa Amantea per un'occasione speciale. Una grande cerimonia, destinata a portare la speranza nel cuore di tutti gli ospiti del Villaggio delle Scienze. Domani, per la prima volta nella storia di Altea, uno degli ospiti del villaggio sarà nominato feriflamma dall'arconte in persona. Capisci l'importanza di questo evento?

– Sì, signore.

– Da domani – disse Kayman – tutti sapranno che con l'obbedienza, l'impegno e l'assoluta fedeltà, anche il più disgraziato degli abitanti di Altea può affrancarsi dalla propria miserabile condizione. E tu, Ailan, sarai il primo pezzente a essere nominato feriflamma, ricevendo il nostro distintivo direttamente dalle mani dell'arconte.

– Ailan, – disse a quel punto l'arconte, con un tono di voce strano, come se in realtà gli interessasse tutt'altro – io amo molto gli animali rari e modestamente ne possiedo una pregevole collezione, come di certo saprai, visto che ormai conosci bene Villa Amantea.

– Sì, signore.

– Ora, quel tuo animaletto da compagnia…

– Si chiama Zill, signore.

– Quel tuo Zill. Saresti disposto a donarlo a me, per ringraziarmi della mia generosità?

– Vorrei proprio, signore.

– Bene.

– Ma l'ho perduto.

– Tu l'hai cosa? – gridò Kayman, che terminò il suo urlo con alcuni colpi di tosse. Il funzionario s'inchinò all'arconte, per scusarsi del suo scatto involontario.

– L'ho perduto, signore – ripeté Ailan. – I vostri uomini mi hanno portato qui e adesso io non so più dov'è.

Vimperion si girò verso Kayman e lo guardò con due occhi che avrebbero incenerito un blocco di pietra.

– Ma posso darvi questo –. Ailan si sfilò dalla cinta il diario di Midas Mentor e lo porse all'arconte.

– E questo che cos'è? – chiese Vimperion, osservando sorpreso lo stemma in rilievo sulla copertina: una fiamma dentro un triangolo.

– Guardate voi stesso, signore.

Vimperion aprì una pagina a caso. Lesse poche righe e trasalì. – Dove l'hai trovato?

– Nella biblioteca della villa, signore – mentì Ailan.

Vimperion si soffermò su una pagina. Poi prese a sfogliare il taccuino sempre più febbrilmente, quasi strappando le pagine mentre le girava. Nessuno conosceva la verità così com'era scritta in quel diario.

– Kayman, – disse l'arconte – lasciaci soli.

– Come desiderate, mio arconte –. Il funzionario girò sui tacchi e uscì dalle stanze di Vimperion.

Ailan rimase solo, faccia a faccia con l'arconte.

– Allora, – disse Vimperion – sai che dovrei ucciderti per aver letto questo diario? Perché me lo hai consegnato?

– Perché voi non mi ucciderete, signore.

– No? E perché no?

– Perché io diventerò il vostro discepolo, signore.

Vimperion scoppiò a ridere. – Sei un tipo ambizioso, non c'è che dire. Non ti basta diventare feriflamma?

– No, signore. I feriflammi non sono niente.

Gli occhi di Vimperion si fecero ancora più sottili. – E che mi dici di Kayman?

– Kayman è un incapace, signore. E non è il vostro discepolo. In tanti anni non ha trovato un bel niente. Io, invece, in tre giorni ho trovato il diario.

– Lo vedo. Finalmente, dopo tanti anni, la Fiamma di Altea sarà mia.

– Non ancora, signore.

– Cosa? E tu come lo sai?

– Il Prisma Stellato non è più nella piramide, come dice il diario. Al suo posto c'è una voragine.

Vimperion si alzò di scatto. – Finiremo questa conversazione un'altra volta. Fino ad allora, tu sarai un allievo dei feriflammi. Kayman! – gridò l'arconte.

Il funzionario ricomparve all'istante.

– Prendi degli uomini e seguimi. Fai portare funi e torce. Presto!

Vimperion si precipitò fuori dalla sala del trono, seguito da Kayman.

Ailan rimase solo. Uscì dalle stanze di Vimperion e si avviò per i giardini, godendosi il tramonto, la sua divisa e il suo nuovo ruolo di allievo dei feriflammi.

«Be',» si disse «ora che sto per diventare feriflamma, posso anche concedermi una piccola soddisfazione». E si avviò verso il serraglio.

Poco dopo era di nuovo diretto al Villaggio delle Scienze. In mano reggeva una gabbietta di legno. Sapeva che da un momento all'altro sarebbero arrivate le prime squadre di ritorno dalle miniere. E difatti, da dietro la baracca più vicina al deposito degli attrezzi, comparve un gruppo di ragazzi.

Ailan lasciò che passassero oltre. A un certo punto chiamò: – Grod!

Grod trasalì. Si girò verso il richiamo e vide Ailan, vestito da feriflamma. Le guardie che scortavano i ragazzi non obiettarono quando Grod uscì dalla fila e andò incontro ad Ailan.

Ailan guardò Grod. Quel gradasso da quattro soldi aveva perso completamente il suo atteggiamento da sbruffone. Era lì, davanti a lui. Teneva la testa bassa e si aspettava una vendetta da parte sua. Stava morendo di paura.

Ailan lo guardò con un sorriso di trionfo. Ora sì che si ragionava.

– Ecco, tieni – disse Grod sfilandosi le scarpe che aveva sottratto ad Ailan e deponendole ai suoi piedi.

Ailan le toccò appena, con la punta di suoi lucidi stivali. – E cosa me ne faccio?

– Non so, io… cioè… erano tue –. Grod era bianco in volto.

– Non ce l'ho con te – tagliò corto Ailan. – Quello che è stato è stato. Acqua passata.

– A-allora siamo… amici?

– Certo. Anzi, voglio farti un regalo – disse Ailan, porgendo a Grod la gabbietta.

– Che cos'è?

– Un tenerillo.

– Un tenerillo dell'arconte? – disse Grod. – Ma l'arconte se ne accorgerà!

– No, se lo usi subito e lo riporti fra gli altri.

– Posso usare un tenerillo? Io?

– Pip! – confermò il tenerillo dentro la gabbietta.

– A-allora grazie... – disse Grod, prendendo in consegna la gabbietta.

– Amici? – fece Ailan.

– Amici – rispose Grod. E si allontanò a piedi nudi verso la latrina, incespicando di tanto in tanto nel selciato irregolare.

Ailan seguì Grod in silenzio, stando bene attento a non farsi vedere. Attese qualche secondo, poi decise che era il momento: diede un violento calcio a un secchio di stagno, che andò a sbattere con fragore sulla porta della latrina.

L'urlo che lanciò il ragazzone fece alzare in volo tutti gli uccelli del parco.

– Ecco fatto – disse Ailan mentre si allontanava. – Quello sbruffone non potrà più sedersi per una settimana.

34
Una divisa dai bottoni dorati

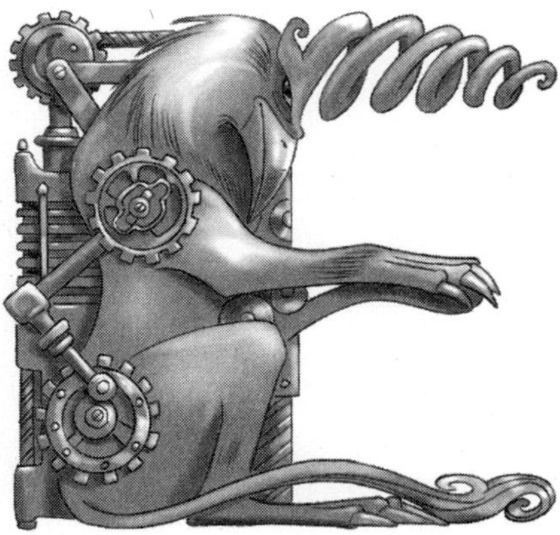

Era stata una giornata massacrante. Dopo i primi colpi di piccone, a Marill erano venute le vesciche alle mani. Poi le vesciche erano scoppiate, e Marill per un po' era stata costretta a continuare con le mani in fiamme, stringendo i denti e reprimendo singhiozzi di dolore e di rabbia, ma il piccone era troppo pesante e lei era troppo lenta rispetto ai compagni, così era stata messa a smistare il minerale.

«Donnicciola! Femminuccia!» l'avevano derisa i compagni.

Lei aveva tenuto la testa bassa e non aveva risposto alle ingiurie.

«Se sapessero che è la verità,» si era detta «allora sì che sarei nei guai».

La sua squadra fu una delle ultime a risalire. Quando finalmente Marill si affacciò all'imboccatura della galleria, il sole era basso sopra l'orizzonte.

Non appena tutte le squadre di lavoro furono di nuovo sullo spiazzo del cantiere, ancora rovente per il calore del giorno, i ragazzi, sotto l'occhio vigile dei sorveglianti, deposero ordinatamente i loro attrezzi nel capanno e s'incamminarono verso il piazzale.

– Quanto abbiamo estratto oggi? – sentì chiedere da un sorvegliante a un compagno.

– Poca roba – rispose l'altro. – Ma lo sapremo meglio quando avremo separato il granato azzurro dalla roccia.

– Vorrei sapere che se ne fa l'arconte di tutte queste pietruzze azzurre.

– Le trova carine. Ci decora le sue stanze preferite.

Marill s'incamminò assieme agli altri ragazzi. Era tra gli ultimi. Si era appena mossa, quando i primi della fila avevano già raggiunto il centro del piazzale.

– Avanti, feccia, toglietevi di dosso i vostri luridi stracci – gridò uno dei sorveglianti.

Marill vide la fila di sorveglianti in posizione con gli idranti. Intorno a lei i ragazzi si sfilavano le casacche e abbassavano i pantaloni. Si sentì gelare. Doveva spogliarsi, come tutti! Era terrificante! Avrebbero scoperto che era una ragazza! Si sarebbe ritrovata tra quella feccia di teppisti e carcerieri, nuda e indifesa come un gamberetto sgusciato! Che ne sarebbe stato di lei?

Improvvisamente Marill vide la propria salvezza, proprio mentre passava a fianco di un barile colmo d'acqua. Senza pensarci troppo finse di inciampare e si buttò con tutto il peso sopra il barile, rovesciando l'acqua sul selciato.

– Stupido! – gridò un sorvegliante. – Non sei nemmeno capace di mettere un piede davanti all'altro!

– Mi dispiace – mormorò Marill.

– Ora prendi un secchio e riempi quel barile di acqua pulita. Anzi, – aggiunse con una smorfia maligna – non prendere il secchio, usa il mestolo. Svelto, al lavoro!

Marill obbedì in silenzio. Si finse contrita, ma dentro di sé sentiva un grande sollievo. Scampato pericolo!

Quando il barile fu nuovamente pieno, tutti i ragazzi erano stati lavati con la pompa. Tutti tranne lei.

Ora mettetevi in fila – ordinò il sorvegliante. – Anche tu, Taryn, sbrigati! – disse a un ragazzo che era sbucato dal niente e stava raggiungendo gli altri in tutta fretta.

– Oggi – continuò il sorvegliante – per qualcuno di voi ci sarà un piccolo extra.

Marill si mise in fila con gli altri e attese. Dopo qualche minuto due feriflammi comparvero dal fondo della piazza. Il più alto portava un doppiopetto scuro con tre coppie di bottoni dorati e un lungo cappello a cilindro. L'altro era più basso, non portava il cappello e la sua sagoma aveva qualcosa di familiare.

Marill sgranò gli occhi. Per un istante temette di essersi

sbagliata. Ma no, ora che le due figure si erano fatte più vicine non c'erano dubbi. Uno dei due era Ailan!

Marill si sentì scoppiare di gioia. Ailan era lì! Allora lasciarsi catturare e condurre a Villa Amantea non era stato inutile!

La sua mente lavorava in fretta, stava già pensando a un piano di fuga. Per prima cosa avrebbe atteso il momento giusto per farsi riconoscere. Non bisognava assolutamente attirare l'attenzione dei sorveglianti. Poi lei e Ailan sarebbero sgattaiolati via, e col suo asso nella manica, avrebbero aperto le serrature del dormitorio e dei cancelli della villa. Naturalmente avrebbero dovuto attendere la notte. Ma subito dopo Marill guardò meglio e capì che qualcosa non andava.

Ailan non sembrava prigioniero. Sembrava piuttosto che seguisse fedelmente il funzionario e inoltre indossava dei pantaloni stirati e una casacca con una doppia fila di bottoni dorati. Che stava succedendo? Perché era vestito come un feriflamma? Marill ebbe la tentazione di chiamarlo, di attirare la sua attenzione, di chiedere spiegazioni, ma qualcosa dentro di lei la trattenne.

Ailan l'aveva riconosciuta di sicuro, eppure sembrava ignorarla. Forse c'era un motivo, forse aveva in mente qualcosa. O forse, anche se faceva fatica a crederlo, Ailan li aveva traditi...

Kaspar Kayman si fermò davanti alla fila di ragazzi.

– Mettete le mani bene in avanti – disse uno dei sorveglianti che guidavano la fila.

I ragazzi tesero le mani e aspettarono.

Kayman diede un'occhiata disgustata a quella fila di mani callose e rovinate. – Che disastro – disse piano.

– È la miniera che li riduce così – spiegò il sorvegliante a Kayman. – Sono tutti in queste condizioni.

– Un vero guaio – borbottò il funzionario. – Ailan, riesci a trovare in mezzo a questa marmaglia qualcuno che abbia ancora le mani in buono stato?

Ailan percorse lentamente la fila, esaminando le mani dei ragazzi. Quando arrivò davanti a Taryn, si fermò. – Questo qui.

– È il ragazzo addetto alla pulizia del serraglio – sussurrò il sorvegliante all'orecchio di Kayman.

– Ah, sì, naturalmente – disse Kayman. – E abbiamo qualcun altro?

Ailan proseguì l'ispezione. Esaminò le mani degli altri ragazzi, camminando lentamente. Poi si fermò davanti a Marill. – Questo – disse, senza guardarla negli occhi.

– È il ragazzo arrivato ieri – sussurrò il sorvegliante a Kayman. – Le sue mani sono ancora in buone condizioni.

– Ottimo – disse Kayman. – Voi due, seguiteci.

I ragazzi abbandonarono la fila e, scortati da un paio di sorveglianti, si misero in coda a Kayman e Ailan. Il funzionario, seguito dal gruppo, risalì il viottolo che conduceva all'ingresso del parco.

Il sorvegliante di guardia scattò sull'attenti e aprì il portoncino. Kayman passò oltre, senza degnarlo di un'occhiata, e piegò verso la scalinata di pietra. Giunto davanti alla porta a vetri della serra, si fermò e si rivolse a Marill e Taryn. – Voi due siete stati scelti per un incarico molto importante. Sberling!

L'ex velocipedante entrò velocemente nella serra e riapparve un istante dopo con una specie di ciambellona di giunchi intrecciati.

Marill e Taryn si scambiarono un'occhiata interrogativa.

– Questa – disse Kayman – è un'intelaiatura per ghirlande. Dovete scegliere dalla serra le migliori orchidee e intrecciare una ghirlanda.

– Mi raccomando, usate solo orchidee *Calypso* – precisò Ailan, evitando di incontrare lo sguardo di Marill. – Prendete le più belle.

Marill si sentì avvampare di rabbia. «Senti come dà ordini quello spocchioso!» si disse.

– Domani – proseguì Kayman – l'arconte farà un discorso a voialtri "ospiti" del villaggio. Tu – disse indicando Marill.

– Sì, signore.

– Quando l'arconte avrà terminato il suo discorso, salirai la scalinata e gli metterai al collo la ghirlanda. È tutto chiaro?

Taryn e Marill fecero un cenno di assenso.

Kayman si rivolse di nuovo ai due ex velocipedanti. – Restate di guardia e assicuratevi che la ghirlanda sia pronta entro stasera –. E se ne andò, seguito da Ailan.

Marill osservò il suo amico allontanarsi, con il cuore gonfio di dubbi e di delusione.

35
Una ghirlanda per l'arconte

Sberling e Coppins, si misero di guardia alla porta, disinteressandosi completamente dei due ragazzi. Marill e Taryn si scrutavano, studiandosi a vicenda.

– Allora, – disse Taryn – sei nuovo, vero?

– Mi hanno preso ieri.

– Io sono Taryn.

– Io Marill.

– Marill? – rise Taryn. – Ma se è un nome da donna!

Marill esitò. Accidenti, si era tradita! Doveva fare più attenzione. – Non dalle mie parti – rispose alla fine.

– Tu cos'hai fatto? – chiese Taryn.

– Ho imbrattato un ritratto dell'arconte.

– Che cosa?

– Con delle uova rubate – aggiunse piano.

Taryn scoppiò a ridere. – Mi piaci. Sembri quasi Ailan, quel ragazzo che hanno portato qui prima di te. Lo conosci?

– Ailan? Lo conoscevo, o almeno pensavo di conoscerlo… ma di certo adesso non lo conosco più – mormorò Marill.

– Già. Peccato. Sembrava un tipo in gamba. Uno sveglio. Appena arrivato è riuscito a farsi assegnare alla pulizia delle gabbie con me. Ma poi ha voluto fare di testa sua.

– Che è successo?

– Di tutto. Ha voluto liberare a tutti i costi un'ipogena, una delle creature rinchiuse nel serraglio. *Fischia*, ci siamo fatti una di quelle litigate! Io avevo i miei piani e quello stupido ha rovinato tutto, si è fatto acciuffare e si è messo nei guai. E intanto che era in cella è stato anche morso dai feoryn. Sai, sono come degli omini piccoli piccoli con delle alucce da libellula, capaci di divorarti vivo. Poi le guardie l'hanno liberato e per un po' abbiamo lavorato insieme, ma non abbiamo parlato molto, perché io ce l'avevo ancora con lui. Comunque pensavo che *voleva* fuggire, sicuro! Invece, eccolo ancora qui, che segue Kayman come un cagnolino.

Marill rise amaramente. – Pensare che mi sono fatto acciuffare solo per liberarlo, e invece scopro che Ailan si è arrangiato benissimo da solo. Che fesso che sono stato! Ora mi tocca anche trovare un modo per uscire da questo pasticcio.

A quelle parole, Taryn prese il compagno per un braccio e lo condusse in un angolo, fuori dalla vista dei due velocipedanti di guardia. – Liberarlo? – disse a bassa voce. – Vuoi dire che sai come fuggire?

– Be', non proprio – sussurrò Marill. – Non ho ancora un piano preciso. Diciamo che… ho i miei trucchi.

– Sai, – la interruppe Taryn – anch'io voglio fuggire. Ma non da solo.

– E con chi?

Taryn accostò le labbra all'orecchio di Marill. – Voglio liberare tutti gli animali del serraglio e fuggire con loro.

Marill lo guardò stupefatta. – Cosa vuoi fare, tu?

– Vuoi venire con noi? Ce ne andiamo presto.

Marill non credette alle proprie orecchie. Si conoscevano da pochi minuti, e già lui le proponeva una fuga. Ma decise di fidarsi. In fondo, quel ragazzo le aveva appena svelato i suoi piani.

– Perché no? – disse Marill. – Forse in due possiamo farcela! Però prima devo confessarti una cosa… Non sono un ragazzo, sono una ragazza.

A Taryn caddero di mano le cesoie per la sorpresa. – Eh?

Marill gli fece un sorriso. – Mi vuoi ancora come compagno di fuga?

– *Fischia*, se ti voglio! Certo che sì! Non ho mai incontrato una ragazza tosta come te, prima!

Marill avvampò. – Dai, adesso facciamo 'sta ghirlanda –

disse brusca. – E speriamo che l'arconte ci si strozzi –. Raccolse da terra le cesoie e si diresse verso una lunga vasca riempita di corteccia e carbone, sulla quale fiorivano delle magnifiche orchidee gialle, dalle lunghe foglie color verde brillante.

– Aspetta – disse Taryn. – Se Ailan ha detto di prendere le orchidee *Calypso*, facciamo così, che è meglio. Vieni, ti faccio vedere dove sono.

36
La prima Fiamma

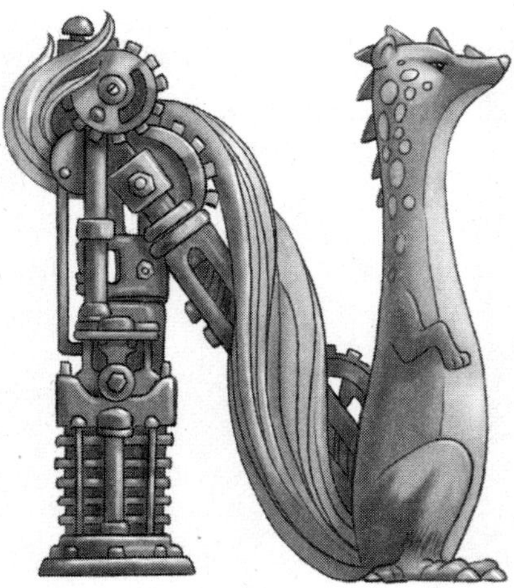

Nella chiara luce del mattino, Vimperion misurava a grandi passi il pavimento della stanza che adoperava come studio durante i suoi soggiorni a Villa Amantea. Era lì da un giorno e non vedeva l'ora di andarsene. Non amava quella villa. Gli ricordava troppo Midas Mentor. Ma non poteva andarsene ora. Non con la Fiamma di Altea così vicina.

Leggendo il diario di Midas, aveva scoperto molte cose. Per esempio, aveva scoperto che ritrovare la Fiamma di Altea non sarebbe bastato. Occorreva aprire il Prisma Stellato, e l'unico modo per farlo era inserire nella sua serratura la Chiave a Tre Fiamme.

Il diario parlava di un'asta e di tre pezzi, ma non diceva

dov'erano nascosti. «Il primo pezzo non è un problema» si disse, accarezzando il medaglione a forma di fiamma che portava al collo. «Quando ho preso questo gingillo al vecchio Midas, sapevo che era prezioso. Ma solo ora mi accorgo quanto.»

Il problema erano gli altri pezzi. Dove li aveva nascosti Midas Mentor?

Decise che ci avrebbe pensato a suo tempo. Per prima cosa doveva recuperare la Fiamma di Altea. Sempre che le ricerche in fondo al pozzo portassero a qualche risultato.

La faccenda era davvero strana. Midas diceva di aver nascosto il Prisma Stellato nella piramide, ma sotto la statua c'era solo un pozzo.

A quel punto sentì bussare alla porta. Kaspar Kayman veniva a fare rapporto.

– Dunque?

– Siamo a un punto fermo. Finora abbiamo calato nel pozzo dodici esploratori e nessuno è risalito. C'è qualcosa di mostruoso laggiù… si sono sentite urla terribili. Ormai non c'è più nessuno disposto a scendere, nemmeno sotto minaccia.

– Eppure il ragazzo è sceso. Mi chiedo come abbia fatto a sopravvivere.

– Cosa intendete fare? – chiese Kayman.

– Voglio che tu continui a fargli credere che è dei nostri. Dopo la cerimonia ci dirà quello che sa. Lo caleremo di nuovo nel pozzo, se necessario. Poi ce ne sbarazzeremo. E ora diamo inizio a questa buffonata.

37
La cerimonia

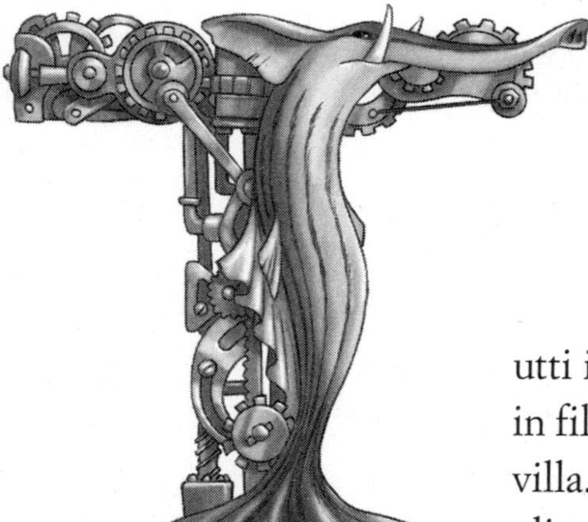

Tutti i ragazzi furono condotti in fila indiana nel parco della villa. Avanzavano in una rigogliosa cornice di rose scarlatte, guardandosi intorno a bocca aperta.

Giunti in mezzo al giardino, ricevettero l'ordine di fermarsi. Lì furono immediatamente circondati da un cordone di sorveglianti, pronti a intervenire. C'erano anche Sberling e Coppins, che aspettavano il momento propizio per riscattarsi agli occhi dell'arconte e riguadagnare il loro posto fra i velocipedanti.

Davanti ai ragazzi, stretti al centro del giardino fiorito, si allungava una scalinata di pietra coperta da lunghi tappeti rossi bordati d'oro. Ai margini della scalinata erano disposti, a intervalli regolari, grandi vasi di pietra traboccanti di fiori vermigli.

In cima alla scalinata incombevano i monumentali gruppi scultorei raffiguranti la fuga degli alteani dal Grande Incendio di Altea. E, sullo sfondo, la piramide di Midas Mentor.

I ragazzi, abituati a polvere, cunicoli fangosi e bastonate, si sentivano incerti e confusi davanti a tutta quella bellezza e ogni tanto lanciavano sguardi ansiosi alla scalinata, non sapendo cosa aspettarsi.

Attesero a lungo sotto il sole. Poi in cima alla scalinata comparve Vimperion. Dietro di lui c'era Kaspar Kayman, con Ailan al seguito.

La figura dell'arconte si stagliò alta e solenne in una meravigliosa cornice di sculture e piante fiorite. Il suo sguardo si posò benevolo sui ragazzi e parve abbracciare ogni cosa: il parco, la villa, l'intera collina. Stette per qualche secondo in silenzio, poi iniziò a parlare. – Miei giovani ospiti, – disse – volgete lo sguardo intorno a voi! Ammirate la varietà dei fiori, ciascuno con i suoi colori e il suo profumo! Essi sono simbolo di speranza, di nuova vita. Sono perfetti, ma ciascuno di loro è così splendido grazie al duro lavoro di un giardiniere, che a volte ha dolorosamente potato i rami perché crescessero più forti, li ha coltivati, curati…

– …concimati col letame – sussurrò Coppins all'orecchio del compagno. – Ci vuole un bel po' di letame, senza letame i fiori non cres…

– Taci, stupido – sibilò Sberling, zittendolo con uno schiaffone sulla nuca.

Vimperion intanto proseguiva: – Oggi uno di voi sarà scelto, come il fiore più bello del nostro giardino, per un compito importante…

L'arconte Vimperion, dall'alto della scalinata, proseguì il suo discorso con toni accesi e vibranti. Parlò della gloria di Altea e della fortuna che era toccata in sorte ai ragazzi presenti, tolti dalla strada per servire l'arconte. Si commosse quando parlò dello speciale privilegio di diventare feriflamma, onore che tra qualche minuto sarebbe spettato a uno di loro. Esortò tutti gli altri ragazzi a moltiplicare il proprio impegno affinché anch'essi, un giorno, potessero guadagnarsi i favori dell'arconte.

Alla fine terminò il suo toccante discorso e un volo di colombe bianche fu liberato sopra le teste dei ragazzi.

– Lunga vita al nostro arconte! – gridarono tutti.

Toccava a Marill. Come gli aveva ordinato Kayman, al termine del discorso doveva salire la scalinata e mettere la ghirlanda al collo dell'arconte.

Mentre saliva i gradini, vide Ailan. Era appena un passo dietro Kayman, l'aria compunta, le mani dietro la schiena. Stava per essere proclamato feriflamma.

Marill non si accorse, come non se ne accorsero gli altri, che Ailan sfilava da sotto la giacca un barattolo di vetro.

La ragazza salì l'ultimo gradino e si trovò al cospetto di

Vimperion. Il medaglione a forma di fiamma scintillò per un attimo sull'auriflamma dell'arconte, poi fu coperto dalla ghirlanda di orchidee che lei gli mise al collo.

Marill non vide Ailan poggiare furtivamente il barattolo a terra e aprire il coperchio, ma sentì il rumore di un oggetto che scivolava verso l'arconte. Non se ne curò, fece un profondo inchino e indietreggiò, discendendo a ritroso i gradini di pietra.

Intanto dal barattolo era uscito un grosso insetto nero a righe viola che si alzò in volo lentamente, con un ronzio cupo e sommesso, e rimase a mezz'aria, a sei piedi da terra.

Kayman si accorse dell'insetto e sbiancò in volto. Trattenne un grido, per non allarmare l'arconte. Si guardò rapidamente intorno per cercare qualcosa che potesse servire a intrappolare il narcottero. Fece un cenno e due sorveglianti scattarono verso di lui, pronti a ricevere ordini.

– Forza, Coppins – disse Sberling. – È la nostra occasione.

– Riavrò la mia Bessie – gongolò Coppins.

Il narcottero, dopo aver eseguito alcuni giri in circolo, scese in picchiata e si tuffò deciso nella ghirlanda di orchidee, mentre Vimperion si apprestava a fare l'annuncio tanto atteso.

– E ora, miei riveriti ospiti, è giunto il momento che tutti voi attendevate –. Alzò una mano con un gesto solenne e imperioso. – Io, Victor Vimperion, arconte di Altea, proclamo...

Non terminò la frase. Rimase immobile col dito puntato

al cielo, rigido come le statue che gli facevano da sfondo. Poi cadde all'indietro, paralizzato.

– Sicurezza! – strillò Kayman.

Il primo ad accorrere fu Ailan, che si precipitò a sorreggere la testa dell'arconte. Subito dopo arrivarono Sberling e Coppins con una barella, spinsero via il ragazzo e vi adagiarono sopra Vimperion, che non accennava né a muoversi né a parlare.

– Piano! – strillava Kayman. – Fate piano!

I ragazzi, vedendo caricare l'arconte sulla barella, iniziarono a mormorare e ad agitarsi sempre più scompostamente. Il cordone di sorveglianti si strinse attorno a loro.

Kayman, in cima alla scalinata, sbraitava ordini. – Portate l'arconte nei suoi alloggi! Chiamate i dottori! Fate sgombrare il parco! Riportate i ragazzi nei dormitori! Ordine! Ordine!

Sotto quella pioggia di ordini, Sberling e Coppins sollevarono la barella e si precipitarono giù per la scalinata, scortati da una squadra di sorveglianti. In quella discesa frenetica e traballante, il braccio teso dell'arconte ondeggiava come l'albero di una barca nella tempesta. Kayman si mise alla testa della squadra e aprì un varco nella calca per far passare la barella.

Anche Marill si trovava sballottata e spintonata in mezzo alla folla impazzita. Stava cercando di seguire con lo sguardo la barella dell'arconte quando improvvisamente si sentì afferrare per un braccio.

– Taryn! – esclamò. – Ma cosa…

– Vieni, presto – le disse Taryn e la trascinò con sé, sgattaiolando sotto una siepe di lauro.

– Largo! – strillava Kayman tra la folla di ragazzi. – Fate largo al vostro arconte!

Alla fine la scorta dell'arconte riuscì a imboccare l'uscita del parco e il cancello fu richiuso dai sorveglianti. Vimperion fu portato nei suoi alloggi, dove lo attendevano i suoi medici personali, e fu adagiato sopra un sontuoso letto a baldacchino.

Kayman scostò i tendaggi e aprì le finestre. Intorno all'arconte, tre medici si ostacolavano a vicenda nel tentativo di somministrargli cure del tutto inutili.

– Aria!

– Preparate un antispastico!

– Ma quale antispastico, dobbiamo praticargli un salasso!

Vimperion intanto rimaneva immobile.

– Io direi di togliere… – iniziò a dire Kayman.

– Silenzio – lo zittì uno dei dottori. I suoi due colleghi, indecisi sul da farsi, stavano tastando cautamente il braccio teso dell'arconte, cercando di capire se poteva essere mosso.

– Insomma! – strillò Kayman. – Levategli dal collo quella dannata ghirlanda!

I tre dottori si affrettarono a eseguire l'ordine. Liberarono il collo dell'arconte, mettendo in mostra un vistoso rigonfiamento violaceo.

– Per la sacra Fiamma di Altea! La puntura di un narcottero!

– Ma quale? Quello a strisce o quello viola?

– C'è un solo modo per saperlo.

– Fermi tutti! – gridò improvvisamente Vimperion, mettendosi di scatto a sedere sul letto.

– Sommo e supremo arconte! – esclamò Kayman. – Vi siete ripreso! Sia ringraziata la gloriosa Altea!

– Lascia perdere la gloriosa Altea – disse Vimperion, frugandosi affannosamente il petto con entrambe le mani. – Dov'è il mio medaglione?

38
Fuga da Villa Amantea

Taryn, seguito da Marill, correva nel prato tosato di fresco che dal parco conduceva all'ingresso posteriore della villa. La via era sgombra. Tutti i sorveglianti erano concentrati davanti alla gradinata, occupati a riportare l'ordine tra i ragazzi.

– Dove stiamo andando? – chiese Marill.

– Al serraglio. È l'occasione che ci serviva.

Taryn scese velocemente i gradini di pietra che conducevano all'ingresso secondario e corse per i viottoli del Villaggio delle Scienze, con Marill sempre dietro di sé. Oltrepassati i dormitori, si avvicinò a una baracca ai margini del cortile e fece scattare il chiavistello della porticina. Poi corse via, in direzione del gabbiotto dei sorveglianti.

– Cosa c'era dentro quella baracca? – chiese Marill.

– Dai, seguimi – disse Taryn. – *Mica* abbiamo tempo di parlare!

– Pip! – confermò una vocina dentro la baracca.

Come Taryn si era aspettato, non c'era nessuno alla guardiola. Si bloccò, indeciso sul da farsi. – Oh, *fischia* – disse con disappunto.

– Che cosa c'è? – chiese Marill.

– Le chiavi delle gabbie sono dentro la guardiola, ma… io non ce l'ho *mica* la chiave della guardiola, accidenti!

– Problema risolto – rispose Marill frugandosi sotto il camicione e traendone una grossa conchiglia con due valve a forma di ventaglio. – Ecco qua.

– *Fischia!* – esclamò Taryn. – Che roba è?

– Una memostrilla. Scommetto che l'arconte non ce l'ha.

– No che non ce l'ha, ma *te* cosa te ne fai?

– Ti faccio vedere – disse Marill. Diede dei colpetti con l'indice sulla conchiglia chiusa. – Strilla, ci serve il tuo aiuto.

Le valve della conchiglia si schiusero e ne uscì una piccola massa gelatinosa che immediatamente si modellò assumendo la forma del volto di Ailan.

– Ailan sa badare a se stesso – disse Marill, come per rispondere a una domanda della memostrilla. – Sbrigati.

– Senti, – disse Taryn con impazienza – non abbiamo *mica* il tempo di giocare con la tua medusa in conchiglia. Fra poco arriveranno i sorveglianti.

Marill non gli diede retta, si avvicinò alla porta della guardiola e appoggiò la memostrilla alla serratura. – Forza, Strilla.

La memostrilla infilò un tentacolo gelatinoso nel buco della serratura.

Un istante dopo la serratura scattò e Marill aprì la porta. – Dopo di te.

– *Fischia*, forte il tuo mollusco – disse Taryn ammirato. – Dai, muoviamoci. Le chiavi dovrebbero essere…

Taryn si guardò intorno.

– …appese alla parete – concluse Marill, guardando un chiodo infisso tra le pietre. – Ma non ci sono.

– Per la polenta – disse Taryn frugando in ogni angolo del gabbiotto. – Ma se sono sempre state qui!

Niente da fare, il mazzo di chiavi non c'era. E in lontananza si sentivano gli schiamazzi dei ragazzi e le grida dei sorveglianti che si stavano avvicinando.

– Andiamo – disse Marill. – Tanto le chiavi non ci servono.

– Giusto –. Taryn rientrò di corsa nel parco della villa, seguito da Marill.

Arrivati al serraglio, Marill rimase sbalordita alla vista di quelle caverne incrostate di pietre azzurre scintillanti, stipate di gabbie dove erano rinchiusi animali mai visti.

– Forza – disse Taryn. – Apri le gabbie.

Marill passò da una gabbia all'altra, lasciando che la memostrilla si infilasse nelle serrature e aprisse le porte. In pochi minuti furono messi in libertà i grifodonti e i baritonti, i tapirozzi artitozzi, il linguodattilo leccomuschiato, il macrocchero, l'antilope tricorno, il cinoriccio dattilotorto, gli sbellicotteri, i falsi elefanti e perfino i topi pittori, anche se Taryn non era del tutto sicuro che fosse una buona idea lasciare tutti quei pungiglioni velenosi in circolazione.

– I narcocosi, narcotteri, come li chiama Ailan, no – disse il ragazzo a Marill, che stava già accostando la memostrilla alla serratura della voliera. – E neanche i feoryn, tanto sono già tutti liberi.

– Perché i narcotteri no? – chiese Marill. – Se è per la loro puntura, abbiamo già liberato i topi pittori.

– Lo so, – rispose Taryn – ma è meglio che questi insettoni velenosi restino in gabbia. Hai visto cosa possono combinare, no?

– Allora abbiamo finito – disse Marill. – Gli animali sono fuori dalle gabbie. Ora che facciamo? –. Guardò gli animali che si disperdevano rumorosamente per le stanze del serraglio, alla ricerca di una via di fuga.

– *Mica* abbiamo finito – rispose Taryn. E si mise a riempire un secchio di segatura. – Forza, fa' come me.

Marill obbedì senza discutere. Non c'era tempo per le domande.

Quando Taryn ebbe riempito il suo secchio, andò a rovistare in un angolo, da dove ne tirò fuori un altro colmo di mele e con una corda legata al manico. – Meno male, ci sono ancora. Prendi i due secchi di segatura e vieni con me. Poi ti spiego.

– Perché non lo spieghi anche a noi? – disse una voce alle sue spalle.

Taryn si girò. Davanti all'ingresso della grotta c'era un drappello di sorveglianti, pronti a usare bastoni e manganelli.

– Ma bene – disse il capo del drappello. – Il guardiano del serraglio e il suo nuovo aiutante aprono le gabbie e liberano gli animali –. E fece un passo avanti, sollevando il suo bastone. La memostrilla lanciò uno strillo acutissimo e si tuffò sotto il camicione di Marill.

– Taryn, che facciamo? – gridò lei in preda al panico, ma la sua espressione terrorizzata si mutò subito in sorpresa, perché alle spalle dei sorveglianti stava succedendo qualcosa. Gli uomini voltarono la schiena ai due ragazzi e si concentrarono su qualcos'altro. Taryn e Marill sentirono urla e rumori di lotta. In pochi istanti, i sorveglianti caddero, uno dopo l'altro. Poi i rumori di lotta cessarono. Una figura agile e slanciata apparve dalla penombra delle grotte e avanzò verso i due ragazzi, scavalcando i corpi stesi a terra.

– Ma tu… – disse Marill. – Io ti conosco.

Davanti ai due giovani c'era la ragazza dalla carnagione scura e dagli occhi blu, che Marill aveva visto più di una volta per le strade di Altea. Solo che non vestiva più l'uniforme da spazzina. Indossava un gonnellino e un corsetto di cuoio e i suoi lunghi capelli erano acconciati con penne variopinte e monili di osso. Nella mano destra impugnava un'arma ricurva dal manico di legno, nel quale erano inserite tre affilatissime lamine di ossidiana. Nella sinistra impugnava una corta lancia.

– Andate, presto – disse la guerriera. – Ne stanno arrivando altri.

– Ma tu…

– Niente paura, penso io a loro. Correte!

Taryn si riprese. – Ha ragione. Marill, dobbiamo fare presto! –. E si mosse velocemente verso lo scalone a chiocciola, seguito di corsa dalla compagna.

Giunto al piano di sopra, Taryn s'infilò dentro una porticina di legno; Marill fece altrettanto e si ritrovò, accanto al ragazzo, su una stretta balconata che correva all'interno del Salone della Torre. Lungo le pareti della balconata si aprivano i finestroni che illuminavano la stanza. Dieci piedi sotto di loro, uno spaventoso bestione corazzato, con un'enorme placca ossea sopra la fronte e una fila di corni acuminati lungo il dorso, slittava sul pavimento di marmo unto di grasso, mentre tentava invano di sfondare a testate il portone di quercia della sua enorme prigione.

– Sono mesi che ci prova – disse Taryn. – Ma *mica* può farcela. Almeno finché spargo il grasso sul pavimento –. Indicò un massiccio portone, sotto la balconata. – La vedi quella porta? Là dietro ci sono le grotte del serraglio. Tu spostati lungo la balconata fino ad arrivare sopra la porta. Da lì fai cadere tutta la segatura sul pavimento giù in basso e poi mi raggiungi più svelta che puoi.

– Va bene, ma…

– Corri, che non c'è tempo!

Marill corse lungo la balconata. Raggiunto il punto indicato da Taryn, fece cadere la segatura dall'alto. Intanto sbirciava il compagno, che aveva calato il secchio di mele in un angolo del salone. Il pestaduro, fiutato il cibo, si era avvicinato e aveva iniziato a mangiare. Taryn, approfittando di quel momento, scavalcò la ringhiera della balconata e saltò in groppa al bestione, afferrandosi a uno dei corni del dorso. Poi si mise a cavalcioni, tra un corno e l'altro.

– Forza, Marill! – chiamò. – Corri qui e salta! Sbrigati, che il pestaduro ha quasi finito le mele!

– Sei completamente pazzo! – gridò Marill, ma fece come aveva detto il ragazzo, scavalcò la ringhiera e saltò, afferrandosi a uno dei corni del bestione.

– Brava! Ora siediti davanti a me.

Come Marill si mise a cavalcioni sulla groppa del bestione, sentì le braccia di Taryn attorno alla sua vita.

– Reggiti forte! Il cucciolone ha finito la pappa! Stringi i denti e attenta a non morderti la lingua!

Appena pronunciate quelle parole, il pestaduro iniziò la sua carica. Le sue enormi zampe corazzate ora facevano presa sul pavimento cosparso di segatura e il bestione si abbatté con tutta la sua potenza sul massiccio portone di quercia. Tutta la villa fu scossa violentemente, come da un terremoto. Dalla volta del salone caddero pietre e pezzi d'intonaco.

Taryn e Marill furono investiti da una pioggia di detriti. Marill soffocò un grido di dolore, ma anche dopo quell'urto tremendo il portone rimaneva in piedi.

– Resisti, Marill! Non è ancora finita!

Il pestaduro indietreggiò e partì per una nuova carica, più violenta della prima. Poi una terza e una quarta. A ogni carica, Marill si sentiva trapassare da fitte acutissime. La testa le faceva male da scoppiare e a ogni colpo le sembrava che i denti le si conficcassero nel cervello, ma si riteneva fortunata. Taryn, riparandola con il proprio corpo, la proteggeva dalle schegge che schizzavano dal portone e dai detriti che precipitavano dal soffitto. Lo sentì urlare e immaginò che una scheggia, o una pietra, lo avesse colpito.

Alla quinta carica il portone cedette di schianto. Pietre e schegge di legno schizzarono come proiettili e il pestaduro si ritrovò a correre libero nelle grotte del serraglio, abbattendo le porte e svellendo i sottili muri divisori intorno agli stipiti.

Come aveva sperato Taryn, il bestione, nella sua folle corsa all'interno della villa, si trascinò dietro anche gli altri animali, che s'inserirono al galoppo nella sua scia.

Per ultimi, dietro la fila inarrestabile degli animali in fuga, teneri batuffoli rosa saltellavano e pigolavano felici.

L'orda di animali passò tumultuosa come la piena di un fiume e raggiunse il salone delle armi, travolgendo bacheche cariche di balestre e armi da caccia e rastrelliere di alabarde e di archibugi.

Dal cortile esterno, un nutrito drappello di sorveglianti, accorso sul posto in gran fretta, vide la grande porta di cristallo del salone delle armi esplodere in mille schegge e si ritrovò a fronteggiare la carica del pestaduro e di tutti gli altri animali del serraglio.

I sorveglianti fecero appena in tempo a gettarsi da un lato per non essere travolti. In un istante tutto fu calpestato e ridotto in frantumi.

Come aveva previsto Taryn, il pestaduro riuscì a trovare una via di fuga verso l'esterno, abbattendo il portone del muro di cinta. L'orda di animali si rovesciò come una valanga per il viale alberato che scendeva dalla collina e si disperse nella foresta.

Marill era terrorizzata. Dove avrebbe potuto condurli quella folle corsa? Dalla cima della collina dove sorgeva la villa, il pestaduro avrebbe potuto correre fino a valle e devastare la città di Altea, o precipitare da un dirupo, trascinando con sé lei e Taryn.

Marill non avrebbe saputo dire quanto durò la corsa. Dopo qualche tempo l'andatura del bestione rallentò e il galoppo sfrenato si tramutò in un trotto veloce e regolare. Ormai il pestaduro non incontrava più grossi ostacoli sul suo cammino, a eccezione di qualche ramo che di tanto in tanto si schiantava al suo passaggio.

A un tratto, Marill sentì la voce di Taryn. – Marill, stai bene?

La ragazza avvertì la stretta di Taryn allentarsi. Solo in

quel momento si accorse che si erano fermati. Il pestaduro dondolava pigramente, spostando il peso dal lato destro al sinistro.

– Marill, tutto a posto?

La ragazza si liberò dall'abbraccio di Taryn e si guardò intorno. Si trovavano in un fitto bosco di latifoglie, tra querce e meli selvatici. Il pestaduro stava rovistando placidamente nell'erba col grugno, mangiando le mele cadute da un albero.

Taryn saltò giù e Marill fece altrettanto. Quando la ragazza toccò terra, sentì una fitta alle costole ed emise un gemito.

– Dove siamo? – chiese, premendosi la mano destra sul fianco.

– Nella foresta. Nella parte occidentale dell'isola.

– Vuoi dire la foresta nata sulle rovine della città vecchia?

– Sì, credo che le rovine non siano lontane.

– Che è successo agli altri animali?

Taryn fece un gesto circolare col braccio. – Dispersi nella foresta.

– Allora ce l'hai fatta. Hai liberato gli animali del serraglio.

– Ce l'abbiamo fatta – la corresse Taryn. – Senza il tuo aiuto, *mica* sarei riuscito ad aprire le gabbie e a liberare il pestaduro prima che *arrivavano* i sorveglianti.

– Senza l'aiuto mio e di Strilla, vuoi dire –. Marill infilò la mano sotto la camicia. Provò a tirare fuori la memostrilla, ma non ci riuscì. – Niente da fare. Si è avvinghiata e non vuole staccarsi. Ha ancora troppa paura.

– Lasciala stare – disse Taryn. – Vedrai che tra un po' si calma.

Marill guardò Taryn. Sembrava un po' ammaccato, ma intero. – Mi hai protetta…

– *Mica* troppo bene, mi sa. E *te*, ti sei ferita?

– Non so. Mi fanno male le costole.

– Riesci a camminare?

Marill mosse qualche passo incerto, zoppicando leggermente. – Sì, direi di sì.

– Ce la fai a seguirmi fino alle rovine della città vecchia? Guarda che ci sarà anche da arrampicarsi un po'.

Marill esitò.

– Puoi stare tranquilla, laggiù non ci trova nessuno. Ci costruiamo una casa tra le rovine e viviamo lì finché vogliamo. Nella foresta c'è un torrente pieno di trote, e ci sono dei posti segreti dove crescono un sacco di funghi. E se vuoi ti insegno a tirare con l'arco e a rubare le uova dai nidi. Vedrai che ci divertiamo un sacco, io e te.

Taryn tacque e guardò gli occhi verdi di Marill.

– Non resterai con me, vero? – disse.

– Taryn, vieni con me ad Altea. Mia nonna e Dedalus ti troveranno un posto dove stare. Per ora non ti posso spiegare, ma abbiamo un compito importante e uno in gamba come te ci farebbe comodo. Insomma, noi aiutiamo te, e tu aiuti noi….

– Anche loro hanno bisogno di aiuto – rispose Taryn.

Indicava il pestaduro, ma intendeva tutti gli animali fuggiti dal serraglio. – Devo pensare a loro. Se no sicuro come l'oro che li catturano ancora.

Marill non disse nulla. Dietro i due ragazzi, il pestaduro, servendosi della sua lunga lingua simile a un grosso cucchiaio, si portava alla bocca le mele selvatiche e le masticava placidamente.

– Aspettami qui – disse Taryn. – Ti trovo un passaggio per la città –. E in due salti sparì nella vegetazione.

Ritornò dopo qualche minuto, tenendo un'antilope tricorno per due rudimentali briglie, ottenute con delle liane.

– Ecco, questa cucciolotta è molto meno pericolosa del pestaduro. È brava e docile. Se vai da quella parte, dopo un po' incontri la strada che porta in città. Appena arrivi, la liberi, tanto lei sa ritornare alla foresta anche da sola.

– Tu non mi accompagni?

– Scherzi? L'antilope non ce la fa a portarci tutti e due: pesiamo troppo. Ma tanto te la caverai bene lo stesso, *te*! L'ho capito subito che sei una tipa tosta.

Taryn porse le briglie a Marill. Esitò per un istante, poi si sfilò il ciondolo che portava al collo e glielo mise in mano, assieme alle briglie.

– Ecco, tieni. È un artiglio di grifodonte. Prendilo, ti porterà fortuna. Tanto io ne trovo altri.

Marill lo guardò. Voleva dire qualcosa, ma tutto quello che le veniva in mente le sembrava sciocco.

Taryn intrecciò le mani e le accostò al ventre dell'antilope, come una staffa. – Forza, monta.

La ragazza obbedì. Si sistemò sulla groppa dell'antilope e si mantenne in equilibrio, impugnando due delle tre corna dell'animale.

– È meglio se tieni le briglie – suggerì Taryn. – Così la guidi meglio.

Marill fece una prova. Diede un leggero colpo di talloni, e l'antilope mosse alcuni passi. Poi tirò leggermente le briglie, e l'antilope si fermò.

– È docile.

– *Fischia*, se è docile! L'ho addestrata io. Siamo anche amici.

Marill si girò un'ultima volta verso Taryn. – Guarda che io ritorno. E allora dovrai venire con me. Senza scuse.

– Chi lo sa? – disse Taryn con un sorriso sornione.

39
Le spie alate

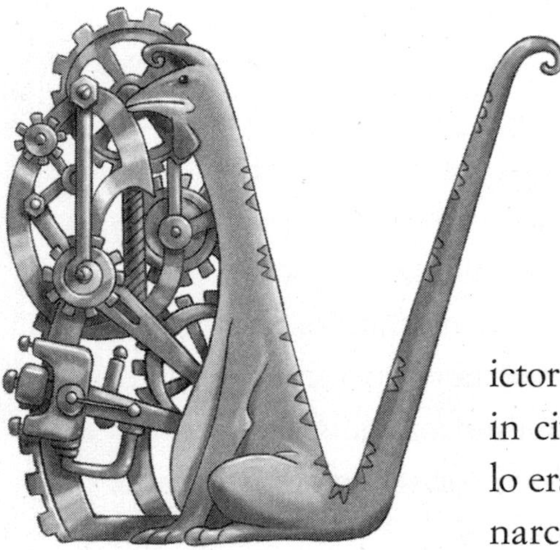

Victor Vimperion era rientrato in città in gran fretta. Il collo era gonfio e la puntura del narcottero bruciava ancora, ma lui non ci badava. Il medaglione era sparito e andava ritrovato a tutti i costi. L'arconte, seguito da Kaspar Kayman, entrò nei laboratori delle sue industrie meccaniche. Il personale in camice bianco si fece da parte, mente lui attraversava velocemente i corridoi. Vimperion spinse con entrambe le mani i due battenti della porta a vetri, ed entrò con passo deciso nel laboratorio. Camile e i suoi assistenti interruppero il lavoro e si voltarono verso di lui.

– Tempo scaduto, Camile. Mi servono i tuoi giocattoli adesso.

– I prototipi sono pronti.

– Quanti ne abbiamo?

– Cinque, per ora.

– Basteranno. Kayman!

Il funzionario estrasse dalla bisaccia una lurida casacca rosa e dei pantaloni grigi, con sfumature verde pistacchio, e li diede alla scienziata.

– Programma i tuoi giocattoli su questi – disse Vimperion.

Camile prese il fagotto e lo distese su un tavolo al centro del laboratorio. Poi si diresse a un quadro comandi e spinse alcune leve. Un cilindro ramato si aprì a ventaglio, e ne uscirono volando cinque minuscoli uccellini meccanici, simili a colibrì con il becco a trombetta. Il tecnomago girò alcune manopole. I colibrì sfrecciarono verso il tavolo al cento del laboratorio e si fermarono a mezz'aria sopra il fagotto di vestiti. I loro occhietti rossi scintillarono come minuscoli rubini e il loro becco iniziò a vibrare.

– Hanno registrato le tracce olfattive – disse Camile.

– Falli partire.

Per un attimo, il tecnomago pensò ai poveracci che sarebbero stati inseguiti dalle sue creature. Quelle minuscole spie non avrebbero mollato finché non li avessero trovati. E se l'arconte li voleva trovare con tanta urgenza, non era certo per dar loro un premio. Camile girò una manopola e spinse una leva. I cinque colibrì sfrecciarono silenziosi in direzione della finestra. In pochi secondi, gli uccellini meccanici scomparvero nel cielo grigio di Altea.

40
Sulle tracce della Fiamma

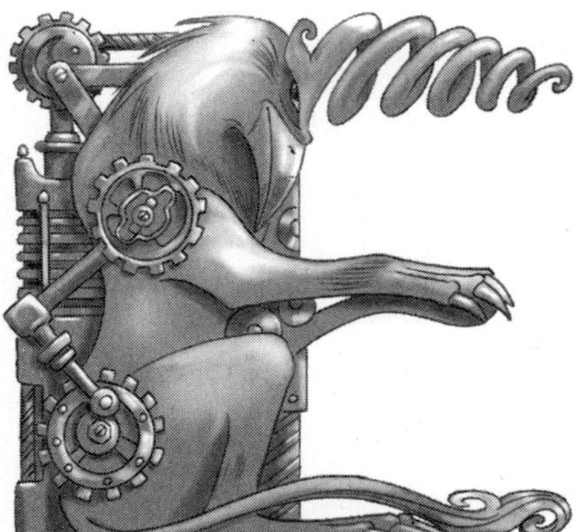

Era ormai sera quando Marill arrivò alla bottega di Dedalus. Senza perdere tempo, passò direttamente dal retrobottega e scese nel seminterrato. Come aveva immaginato, i due arconti ombra erano là, seduti attorno al tavolo. Ma non erano soli. Insieme a loro c'era la giovane guerriera dalla pelle ambrata.

– Sono tornata – disse Marill.

I tre ebbero un sussulto: non aveva un bell'aspetto. Aveva il volto scavato e gli occhi cerchiati di viola. I suoi capelli corti e arruffati sembravano ciuffi di sterpi. Il pigiama da prigioniero era sudicio e lacero e le braccia erano coperte di lividi e croste.

– Santo cielo! – esclamò Amandine. – Che ti è successo?

– Niente. Sono scappata da Villa Amantea a dorso di un

bestione che abbatteva i muri a testate. Ma prima, vediamo un po'… ho infranto la promessa fatta a mia madre, mi sono tagliata i capelli e conciata come un teppista, mi sono fatta imprigionare per tentare di liberare Ailan. Ma, ops, lui non aveva affatto bisogno di essere liberato, lui ha pensato bene di diventare un allievo dei feriflammi!

– Forse non tutto è come sembra – suggerì calma la guerriera.

– Vorrei che tu avessi ragione. E vorrei non aver visto quello che ho visto con i miei occhi. Io ero lì mentre Ailan veniva nominato feriflamma! E tu invece, signorina "appaio-e-scompaio-quando-ne-ho-voglia", dov'eri?

– Permetti, Marill? – la interruppe Dedalus. – Ti presento Leolani, guerriera e membro della famiglia reale di Keola.

Marill sbarrò gli occhi. – Guerriera di Keola?

– E membro della famiglia reale – ripeté Dedalus.

– Leolani ha una missione precisa – disse Amandine. – È stata incaricata di proteggervi.

Marill sbottò in un risolino isterico. – Proteggerci? Be', Ailan ha già trovato qualcun altro che lo protegga: Kayman e i feriflammi. Non riesco ancora a crederci.

Si accasciò su una sedia, svuotata di ogni energia. Si era lasciata convincere a cercare la Fiamma di Altea, aveva sfidato velocipedanti, sorveglianti e feriflammi, aveva rischiato la vita, per niente.

Improvvisamente alle spalle del gruppo si udì una voce. – Ciao a tutti!

Dedalus, Marill e gli altri si voltarono. – Ailan?

Era proprio lui e, malgrado vestisse la divisa dei feriflammi, non aveva un aspetto molto migliore di quello di Marill. Zill, appollaiata sulla sua spalla, gli si strusciava affettuosamente sul collo.

– Scusate il ritardo. Ci ho messo un po' a raggiungervi senza farmi vedere.

Marill, dopo i primi istanti di sbigottimento, si riebbe dalla sorpresa e gli si scagliò contro. – Traditore, hai il coraggio di presentarti qui con questa divisa?

Zill, dallo spavento, saltò sopra uno scaffale e si nascose sotto un lucente megafono di ottone. La memostrilla, con uno strillo acutissimo, schizzò in petto a Dedalus e gli si nascose sotto la camicia.

Ailan la allontanò da sé prendendola per le spalle. – Calmati, Marill.

– Calmati un accidente! – gridò la ragazza. – Perché sei tornato?

– Per portare questo – disse Ailan, lanciando un oggetto luccicante sul tavolo.

Dedalus ammutolì. – Che mi venga…

– Ma è il medaglione di Vimperion! – esclamò Marill sbigottita.

– Proprio lui – confermò Ailan. – Gliel'ho preso durante la cerimonia –. Poi si rivolse all'amica. – Mi dispiace, Marill. Non ci sarei riuscito se non avessi finto di unirmi ai feriflammi. Volevo avvertirti, ma Kayman mi marcava troppo stretto.

Marill sorrise. – Sono felice che tu non sia un traditore, Ailan Pintor –. Subito dopo, però, gli tirò un calcio nello stinco. – Potevo restarmene tranquillamente a casa ad aspettare! E fare a meno di tagliarmi i capelli – gridò. – Tanto te la sei cavata benissimo da solo.

– No, invece – gracchiò Ailan, saltellando per il dolore. – Senza il tuo aiuto, Taryn non sarebbe riuscito a liberare gli animali del serraglio. E senza il varco aperto dal pestaduro, io non sarei riuscito a svignarmela. Non ce l'avrei mai fatta, senza di voi.

– E Zill? Dove l'hai trovata? L'ho sempre tenuta chiusa in casa in questi giorni, per proteggerla. Doveva essere al sicuro in camera mia…

– Deve essere riuscita a scappare mentre eri prigioniera. Mi è saltata sulla spalla non appena mi ha visto uscire dalla villa. Non è vero, Zill? – disse Ailan, facendo un grattino dietro l'orecchio del mimure. Zill strizzò gli occhi ed emise un brontolio di soddisfazione.

Dedalus intanto si rigirava il medaglione tra le mani, osservandolo in silenzio.

Poi improvvisamente gridò: – Per la Fiamma di Altea! Questo è un pezzo della chiave che apre il Prisma Stellato! Proprio come ho visto nell'hypnoscopio!

– Bene, – disse Amandine – abbiamo un pezzo di chiave, ma mancano gli altri due. Senza contare l'asta su cui inserire le Tre Fiamme. Non abbiamo la minima idea di dove sia.

– L'asta? – esclamò Dedalus. – Per la sacra Fiamma! Come ho fatto a non capirlo prima?

L'arconte ombra prese in mano l'hypnoscopio e iniziò a trafficare con i suoi meccanismi. Le sue dita s'insinuavano tra gli ingranaggi dello strumento, alla ricerca di un pulsante o di una leva segreta.

Improvvisamente qualcosa scattò e le ghiere si staccarono di colpo dall'hypnoscopio, lasciando bene in vista un'asticella bronzea che sporgeva dal corpo principale dello strumento.

Dedalus prese l'asticella tra il pollice e l'indice e con un movimento deciso la sfilò dal corpo dell'hypnoscopio. Poi la tenne tra le dita, in modo che tutti la potessero osservare bene. In quel momento compresero che si trattava dell'asta di una chiave, dall'elegante impugnatura a riccioli. All'estremità opposta c'erano tre incastri a forma di stella.

– Ailan, passami il medaglione, se non ti dispiace.

Ailan prese il medaglione dal tavolo e lo porse a Dedalus. L'arconte ombra lo liberò della sua catena e accostò il monile all'asta. L'anello a forma di stella del medaglione s'inseriva perfettamente in uno dei tre incastri dell'asta di bronzo.

– Signori, – annunciò Dedalus – ecco a voi l'asta della chiave. Con inserita la prima delle Tre Fiamme.

– Molto bene – disse Amandine, compiaciuta. – Avete fatto tutti un ottimo lavoro.

– Però mancano gli ultimi due pezzi – osservò Marill.

– Forse io so dove cercarli – disse Ailan, tirando fuori da

sotto la giacca un rotolo di stoffa. Lo distese sul tavolo, in modo che tutti lo potessero osservare bene. – Questo l'ho trovato negli appartamenti di Midas.

– Il Trigamma! La prima bandiera di Altea! – esclamò Dedalus commosso, mentre sfiorava i ricami con reverenza. – Questa è la più antica rappresentazione delle Tre Terre!

Ailan mormorò: – Era sulla scrivania di Midas, come avevo visto nell'hypnoscopio. Sono sicuro che non è solo uno stendardo, o una mappa geografica. Sento che nasconde le indicazioni per trovare qualcosa di molto più importante di un tesoro. Come…

– Come le altre parti della chiave! – esclamò Marill. – Ma qui non ci sono segni né indicazioni per trovarle. A meno che… –. Marill prese lo stendardo e iniziò a tastarlo, per verificare se c'era qualcosa cucito all'interno. Poi lo inclinò in modo che la luce lo colpisse di taglio e accarezzò il ricamo delicatamente, in cerca di rilievi. – Ho trovato! – esclamò. – Ci sono due croci in filo dorato. Le vedete? Sono una a Vjnlan e l'altra a Keola. Secondo me indicano i punti in cui Midas ha fatto nascondere gli altri due pezzi della chiave.

– Non può essere che così – convenne Dedalus. – Anche se purtroppo le croci indicano una zona, non un punto preciso.

– Comunque – disse Amandine – è tutto quello che abbiamo per ritrovare i pezzi mancanti. E dovremo farcelo bastare.

– E anche se avessimo la chiave completa? – fece Marill. – Non sappiamo dove sia la Fiamma.

– Ha ragione – disse Ailan. – Anche se ricomponiamo la chiave, non ci servirà a nulla. La Fiamma è sparita.

Dedalus trasalì. – E tu cosa ne sai?

– È scritto tutto nel diario di Midas Mentor. L'ho trovato a Villa Amantea. Midas aveva rinchiuso la Fiamma nel Prisma Stellato e l'aveva nascosta sotto la piramide di Villa Amantea, ma ora là non c'è più nulla…

– Aspetta un momento. Tu hai il diario di Mentor? E dov'è adesso?

– L'ho dato a Vimperion.

– Cos'hai fatto, tu? – gridò Dedalus.

– Dovevo guadagnarmi la sua fiducia – si giustificò Ailan. – E poi la Fiamma di Altea non è più dove dice il diario. Al posto del Prisma Stellato c'era solo un pozzo, e io mi ci sono calato, ma il Prisma Stellato non era neppure lì. C'erano solo rocce lucide come vetro e l'imboccatura di una grotta. A proposito: non era Midas il traditore, ma Vimperion. Ha ucciso gli altri due arconti e ha dato la colpa a Midas. È tutto scritto nel diario.

Dedalus e Amandine si guardarono negli occhi. – Sospettavamo di lui da sempre, ma non avevamo prove della sua colpevolezza. Ora con quel diario avremmo potuto provare che i nostri sospetti erano fondati. Se solo tu non l'avessi dato a Vimperion…

– Insomma, siamo daccapo – tagliò corto Marill. – Non sappiamo dove cercare la Fiamma di Altea.

– Ci occuperemo noi di questo – disse Amandine. – È un compito che spetta agli arconti ombra.

– La troveremo grazie all'hypnoscopio – aggiunse Dedalus. – Sono sicuro che quell'aggeggio ha ancora qualche segreto da rivelare. Ma voi ragazzi dovete recuperare i due pezzi di chiave mancanti, prima che li trovi Vimperion. Ha il diario e non ci metterà molto a capire come sono andate le cose.

– Cioè, – disse Marill – dobbiamo andare a Vjnlan e a Keola?

– Sì. E senza perdere altro tempo.

– Cosa? – sbottò Ailan. Siamo vivi per miracolo e dobbiamo ripartire subito? E perché non ci va Leolani? Lei è una guerriera. È addestrata a questo genere di cose.

– Per me non è un problema – disse Leolani. – Posso andare io.

– Andrete voi due, Ailan e Marill – confermò Dedalus. – Per lo stesso motivo per cui vi siete dati tanto da fare per l'hypnoscopio, il diario e tutto il resto. Siete in gamba. Mentre tutti gli abitanti di Altea diventano ogni giorno più vuoti e spenti, voi avete dimostrato di avere grinta e risorse incredibili. Avete superato la prova. Congratulazioni.

– La prova? – disse Marill, sospettosa. – Di quale prova state parlando?

Amandine sorrise. – La tradizione vuole che ogni arconte scelga il discepolo che prenderà il suo posto. Ma prima di iniziare la propria istruzione, il discepolo deve superare una prova per dimostrarsi degno del compito che lo attende.

– Voi, – continuò Dedalus – recuperando l'hypnoscopio e il medaglione di Vimperion, avete superato la vostra prova. E noi, gli arconti ombra, vi abbiamo scelti come discepoli. L'addestramento comincia ora. Il vostro primo compito è riportare ad Altea i due pezzi mancanti della chiave.

– E quando tornerete con i due pezzi della chiave… sarete voi a inserire la chiave nel Prisma Stellato e a liberare la Fiamma di Altea.

– Sì – confermò Dedalus. – Lo farete in piazza, davanti al popolo. Tutti dovranno sapere chi ha liberato la Fiamma dalla sua prigione e l'ha restituita alla gente.

– Noi? – disse Ailan, che ancora non ci credeva. – Discepoli degli arconti ombra?

– Discepoli degli arconti – lo corresse Amandine. – Si avvicina il tempo in cui gli arconti ombra non saranno più costretti a rimanere tali. Quando la Fiamma di Altea verrà restituita alla città, noi usciremo dall'ombra e torneremo a governare Altea.

Ailan era sempre più sbalordito. – Volete cacciare Vimperion?

– Tu non lo vorresti, forse? Vimperion crede che governare sia fare quello che gli pare. Non è così. Governare significa tracciare un cammino che conduca a un futuro migliore per tutti. Chi vuole governare soltanto per avere il potere deve andarsene.

– Altea merita un futuro – disse Dedalus. – E noi glielo daremo. Grazie al vostro coraggio e grazie alla Fiamma di Altea.

Ringraziamenti

Grazie ad Alice Fornasetti e a Chiara Fiengo, per aver creduto in questo progetto.
Grazie di cuore a Elena Orlandi, per l'editing sapiente e rispettoso.
Grazie a Silvia Bigolin, per aver dato vita ai personaggi con le sue splendide illustrazioni.
Grazie a tutto lo staff Piemme che ha contribuito alla realizzazione di questo volume.
Un grazie speciale a Emanuele e Giacomo, i nostri primi attentissimi lettori, per i preziosi consigli.
Grazie a tutti!

Isabella e Marco

Indice

Chi è Isabel Harper?

Sotto lo pseudonimo Isabel Harper scrivono Marco e Isabella

CHI È ISABELLA?

Professione: libri e parole

Segni particolari: una criniera di ricci ribelli

Il suo sogno: una grande casa in montagna e tanto tempo per viaggiare intorno al mondo

Il suo segreto: ogni tanto vorrebbe fuggire su un'isola deserta

Marco dice di lei: Isabella è un vero vulcano di idee. Le vengono in continuazione, in ogni momento, in qualunque posto: facendo trekking in montagna, preparando il sugo per la pasta, o mentre sfreccia per la città in bicicletta col suo vestito a fiori, lasciando dietro di sé un turbine di foglietti che escono dalla borsa dimenticata aperta.

Quando esclama: «Mi è venuta un'idea!» mi tremano i polsi, perché potrebbe trattarsi di ribaltare completamente il libro che stiamo scrivendo, ma anche di ribaltare completamente l'arredamento del soggiorno, il che è molto peggio. Però è una cuoca fantastica. Purtroppo, da quando si è messa a scrivere *Il Fuoco Segreto di Altea*, mi lascia spesso il compito di preparare la cena, suscitando accorate proteste da parte dei nostri figli.

Isabella da piccola

CHI È MARCO?

Professione: mago dei computer

Segni particolari: un'isola di capelli, circondata da una pelata

Il suo sogno: una grande casa in montagna e tanto tempo per camminare, dormire, suonare

Il suo segreto: sa stirare le camicie (ma non ditelo a Isabella!)

Isabella dice di lui: Marco va a caccia di idee nei posti più strani. Una volta ha pedinato un gruppo di turisti per le calli di Venezia, nascondendosi dietro un giornale con due buchi per gli occhi. Un'altra volta è saltato su come una molla nel cuore della notte, si è infilato in macchina e si è diretto in tutta fretta al passo Giau, sulle Dolomiti, per vedere il sorgere del sole il giorno del solstizio d'estate.

Marco suona l'arpa celtica e la chitarra. Per un po' ha anche suonato il flauto e il violino. Insomma, sa tirar fuori una melodia da qualunque cosa, anche da una bottiglia vuota o da un tappo per le biro.

È un gran brontolone, ma ha uno spiccato senso dell'umorismo e riesce sempre a farmi ridere. Tranne forse di notte, quando russa come un trattore.

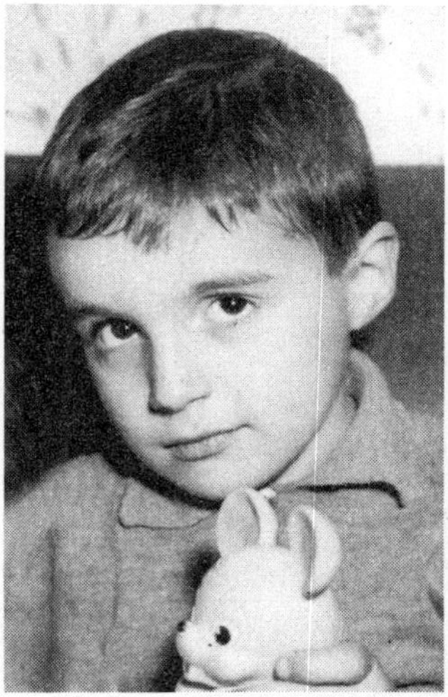

Marco da piccolo

Chi è Silvia Bigolin?

Silvia a un anno

Quando il mio vicino di casa, che ha otto anni, mi chiede «Che lavoro fai?», gli rispondo «Disegno!». E lui allora mi dice «Ma quello non è un lavoro!».
In effetti all'inizio non lo era. Ma fin da bambina mi è sempre piaciuto disegnare e, crescendo, ho frequentato scuole che mi permettessero di approfondire e migliorare questa mia passione.
Certo, mi sarebbe piaciuto anche fare l'astronauta, la ballerina e il clown, ma non risultavo molto aggraziata mentre piroettavo con una tuta spaziale e delle scarpe giganti!

Silvia Bigolin

Così, mentre concludevo gli studi, ho iniziato a mettere in pratica quel che stavo imparando, divertendomi a disegnare per il teatro, i cartoni animati e i libri illustrati.
E ora che sono "grande" continuo a divertirmi! Non so se ho convinto il mio vicino di casa, ma sono felice di non aver mai smesso di disegnare!

Silvia

Troverai la prossima avventura
de

IL FUOCO SEGRETO di ALTEA

in libreria a febbraio 2013

Se vuoi un'anticipazione del primo capitolo
del prossimo libro, gira pagina...

Il Dislocatore

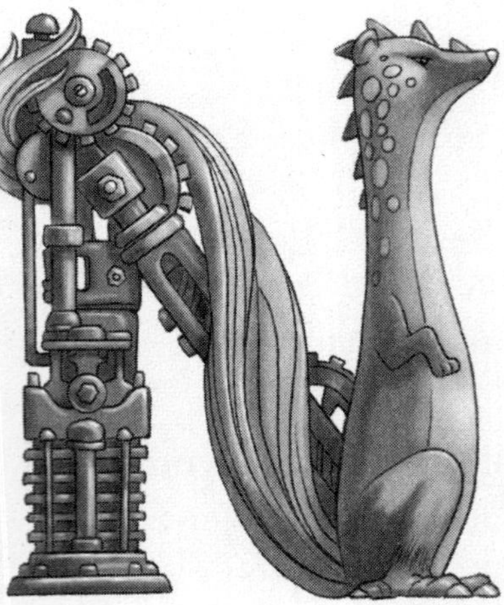

Nel Bazar delle Meraviglie regnava un silenzio solenne.

Anche il ronzio dei macchinari e delle Invenzioni Dimenticate sembrava essersi fermato. Le parole di Dedalus e Amandine, i due arconti ombra di Altea, parevano ancora aleggiare nell'aria, come polvere attraversata da un raggio di sole.

Leolani, la guerriera di Keola dagli occhi blu come il cielo al crepuscolo, osservava in silenzio le scaffalature colme di oggetti dalle forme più strane, immobile come un'antica statua di bronzo.

Ailan e Marill tacevano, mentre le parole pronunciate da Dedalus pochi istanti prima si sedimentavano lentamente dentro di loro. «Noi vi abbiamo scelti come nostri discepoli. Il vostro primo compito è riportare ad Altea i pezzi mancanti della chiave che aprirà il Prisma Stellato. E quando tornerete, sarete voi a liberare la Fiamma di Altea.»

Fu Ailan a interrompere il silenzio, battendo le mani, sarcastico. – Belle parole. Molto commoventi, davvero. La fiamma, il popolo di Altea… andate a Keola e a Vjnlan a cercare i due pezzi di chiave… al vostro ritorno faremo una bella cerimonia… Davvero entusiasmante. Ma chi ci assicura che riusciremo a tornare vivi?

– Ailan ha ragione, – esclamò Marill – è da pazzi! Come ci arriviamo a Keola e a Vjnlan? Attraversando l'oceano con una barca a remi?

Dedalus ridacchiò. – Per carità. Abbiamo sistemi più rapidi.

L'arconte ombra si alzò dal tavolo. Accennò un inchino, disegnando con la mano uno svolazzo a mezz'aria. – Signori, se volete seguirmi. Vado a presentare una delle meraviglie della mia bottega.

Pochi istanti dopo, Ailan e Marill fissavano sbigottiti uno strano oggetto basso e largo, con quattro piedini scolpiti a zampa di leone. Somigliava vagamente a una vecchia stufa di ghisa, alla quale però era fissata un'enorme campana di ottone, simile alla corolla di un fiore. L'intero marchingegno era avvolto da un garbuglio di tubi flessibili e ventose, come tentacoli di una piovra.

Amandine e Leolani osservavano senza commentare.

– Cos'è, uno scherzo? – domandò Marill.

– Non è uno scherzo. È un dislocatore.

Ailan alzò un sopracciglio. – E a cosa serve, di preciso?

– Serve a dislocare.

Ailan e Marill si scambiarono uno sguardo perplesso.

– È molto semplice – continuò Dedalus. – Voi pensate intensamente a un luogo e il dislocatore vi ci porta all'istante. Per prima cosa andrete a Keola. Poi penseremo a Vjnlan.

– In altre parole, questa stufa di ghisa dovrebbe servire a farci viaggiare in modo super-rapido.

– Comodo, vero? Grazie al dislocatore, sarete a Keola in un batter d'occhio.

– Risparmierete almeno una settimana di tempo – aggiunse Leolani.

– E come torneremo ad Altea?

– Nessun problema. Vedete quella leva rossa? Se la spingo, il dislocatore vi porta nel luogo desiderato. Se la tiro, vi riporta indietro. Fra quindici giorni esatti vi faccio tornare.

– Ehm, Dedalus…

– Sì?

– A cosa dovremmo pensare? Io a Keola non ci sono mai stato. Come faccio a pensare a un posto che non ho mai visto?

– Lo stesso vale per me – disse Marill.

– Ah ah – disse l'arconte ombra. – Bravi, ragazzi, avete fatto centro! In effetti, questa è esattamente la ragione per cui non vi ho proposto il dislocatore per farvi entrare nella caserma dei velocipedanti o a Villa Amantea.

– E adesso non è la stessa cosa? – disse Ailan.

– Abbiamo capito – disse Marill spazientita. – Il dislocatore non ci è di alcuna utilità.

– In apparenza sembrerebbe così – rispose Dedalus. – Ma…

– …ma?

– Aspettate qui.

Ailan e Marill si guardarono con aria interrogativa.

L'arconte ombra ritornò dopo qualche minuto, reggendo un quadro. Il dipinto gli ostacolava i movimenti e gli nascondeva la visuale, così Dedalus avanzava goffamente, urtando gli oggetti al suo passaggio.

– Ecco – disse posando il quadro davanti ai due ragazzi. – Questo dovrebbe risolvere il nostro problema.

– Ma è il quadro che ho portato qualche giorno fa – disse Ailan.

– Esatto. E non è forse Keola, quella che vedi dietro la barca?

– È solo una striscia di terra sullo sfondo.

– È Keola. Al dislocatore non serve altro. Voi pensate a quello che vedete nel quadro e questa macchina vi ci condurrà. Ah, a proposito: vi conviene trovarvi un salvagente. Forse vi toccherà nuotare un po'–. Dedalus si soffermò qualche istante a pensare. – Dovrei averne due o tre, da qualche parte.

Dopo qualche minuto, i ragazzi erano pronti a partire, schierati tra il quadro e il dislocatore. Entrambi indossavano un salvagente a ciambella bianco e rosso, Ailan sopra la divisa da feriflamma e Marill sul lurido pigiamone da prigioniero che indossava quando era fuggita da Villa Amantea.

– State per compiere una grande missione – disse Leolani. – Siatene fieri.

– Non mi sono mai sentito più stupido di così – mormorò Ailan, mentre Zill lo fissava perplessa, inclinando il capo.

Dedalus gli strizzò l'occhio. – Funzionerà.

Amandine si avvicinò a Marill e le consegnò un piccolo recipiente sigillato. – Qui dentro ci sono dei dolcetti speciali. Mangiateli solo se siete molto affamati o se siete presi dallo sconforto. Vi aiuteranno.

– Aspettate! – disse Marill infilando il contenitore nella sborsa miniaturizzante che aveva a tracolla. – Non possiamo partire così. Che dirà mia madre?

– Giusto – disse Ailan. – Anch'io devo avvertire mio padre.

– Ormai è tutto pronto – disse Dedalus. – Non dobbiamo perdere tempo prezioso.

– Non vi preoccupate – li rassicurò Amandine. – Parleremo noi ai vostri genitori. Spiegheremo tutto. Partite tranquilli.

L'arconte ombra si avvicinò al dislocatore. Orientò la campana verso i ragazzi e scostò un paio di tentacoli gommosi per liberare un pannello di comandi.

– Siete pronti? Concentratevi sul quadro!

Dedalus abbassò un interruttore e girò una manopola zigrinata. Il dislocatore emise un profondo ronzio. Alcune lancette iniziarono a oscillare nei loro quadranti.

– Addio, ragazzi, e buona fortuna. Possa la Fiamma illuminarvi la via.

– Un momento! – esclamò Ailan. – Dedalus! E i miei ricordi? Avevi promesso che me li restituivi!

Ma Dedalus era troppo impegnato per dargli ascolto.

Quando le lancette si furono stabilizzate, l'arconte spinse la leva rossa. Un cono di luce dorata scaturì dalla campana di ottone e avvolse i due ragazzi. Dopo qualche istante le loro immagini si fecero incerte e iniziarono a sbiadire.

– Funziona! – esultò Dedalus.

In quel momento Amandine gli toccò un braccio.

– Dedalus, guarda.

L'arconte ombra si girò e si trovò a fissare cinque piccoli colibrì di metallo, fermi a mezz'aria. Cinque paia di occhietti rossi scintillarono e cinque becchi a trombetta vibrarono in direzione del raggio di luce.

– E questi cosa sono?

– Prendili! – disse Amandine.

Troppo tardi. I colibrì schizzarono come proiettili, infilandosi nel raggio di luce.

Leolani scattò, fulminea, ma riuscì ad afferrarne soltanto uno.

In quel preciso momento il ronzio del macchinario aumentò d'intensità e si fece più acuto. Le figure sotto il cono di luce scomparvero completamente.

Leolani mostrò a Dedalus e Amandine il palmo della mano, al quale era rimasto attaccato il colibrì, come una ventosa. Le ali avevano smesso di frullare, ma dalla testolina gli occhi sporgevano come quelli di un camaleonte e roteavano in ogni direzione, a caccia d'informazioni.

Dedalus esaminò rapidamente il colibrì e trovò un minuscolo pulsante sopra la sua nuca. Come lo premette, gli occhietti color rubino si spensero e l'uccellino si immobilizzò.

– Spie di Vimperion. Si attaccano con la ventosa e raccolgono informazioni.

– Hanno seguito i ragazzi – disse Amandine.

– Già. Dobbiamo avvertirli. Quei colibrì non devono assolutamente tornare da Vimperion.

– Vado io – disse Leolani. – Distruggerò i colibrì prima che tornino ad Altea.

– Molto bene, allora. Se vuoi accomodarti.

Leolani si mise in posizione davanti alla campana di ottone.

– Ora concentrati sull'immagine del quadro.

– Non ne ho bisogno – rispose la guerriera. – Conosco bene Keola.

– Sarà meglio se fai come ti dico – la avvertì Dedalus. – Altrimenti rischi di ritrovarti in un posto completamente diverso.

Leolani si girò verso il quadro e lo osservò con attenzione. – Sono pronta.

– Allora, partenza! – disse Dedalus. – Distruggi quelle spie alate, veglia sui ragazzi e riportali indietro sani e salvi.

Leolani fece un cenno di saluto con la mano. Poi fu avvolta dal cono di luce e dopo qualche istante la sua immagine svanì.

Ti è piaciuto questo libro?
Allora puoi leggere anche:

Elena Mariani

Il mondo di Orfeo

Orfeo e Ofelia sono gemelli, eppure non si somigliano molto. La differenza più grande tra loro però non è nell'aspetto: Orfeo è autistico e vive in un mondo suo, che non ha molti punti di contatto con la realtà. Ma una notte, magicamente, Ofelia si trova in quel mondo, al fianco dei Sogni impegnati a proteggere il fratello dagli Incubi che lo minacciano…

Lauren Oliver

Il viaggio di Lili e Po

Una sera, nella soffitta dove Lili è rinchiusa dalla perfida matrigna, appare un piccolo fantasma di nome Po. Intanto, Will, un apprendista alchimista, per sbaglio scambia due cassette dal contenuto molto speciale. I destini di Will, Lili e Po si incroceranno e uno straordinario viaggio avrà inizio…

Miki Monticelli

Lo Stregone dei Venti

Quando Cassandra riceve l'eredità della sua unica zia, rimane interdetta. Non sa ancora che quella lampada è la chiave per entrare, attraverso un quadro, nel mondo di TantAcque dove imperversa la guerra tra il potentissimo Stregone dei Venti e la malvagia Maga dello Stagno Morto e lei è l'unica a poter cambiare le sorti della battaglia…

Miki Monticelli

Il Libro Prigioniero

In una cittadina talmente misteriosa da sembrare sospesa nel tempo, un perfido Negromante vuole sottrarre i poteri di fata a Cornelia, poteri che solo con un libro, imprigionato e sigillato da secoli, la ragazzina potrà imparare a dominare.

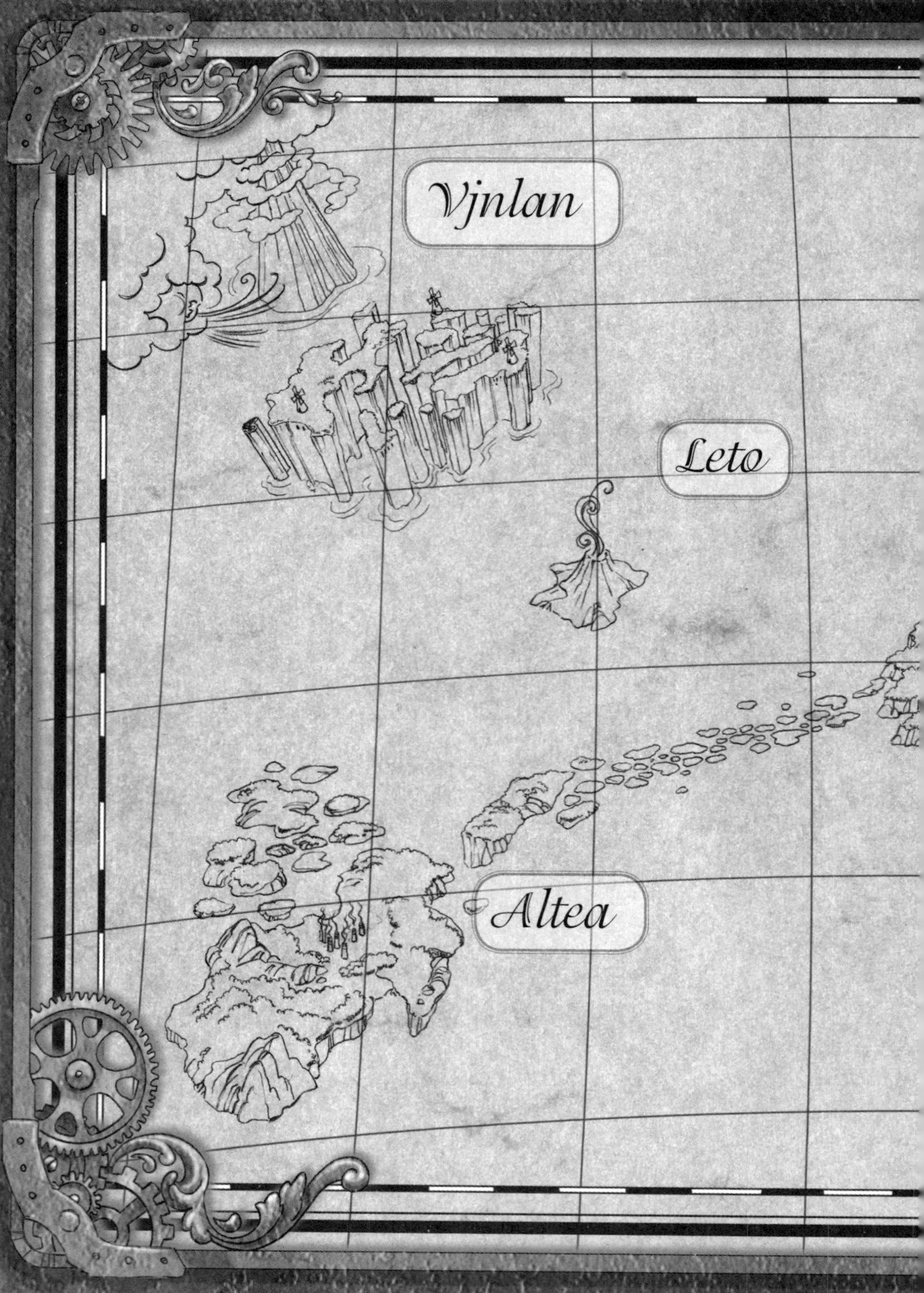
Vjnlan
Leto
Altea